방글라데시에서 먹다 남은 음식을 먹는 지은이

필리핀의 피나투보 산을 바라보고 흐르는 부카오 강

필리핀 마닐라 남쪽의 부수앙가 섬

베트남 호찌민 시로 향하는 열차의 보통석 차량

폴란드 비에초레크 탄광에서 석탄을 캐는 지은이

크로아티아의 죽음의 마을에 사는 늙은 개

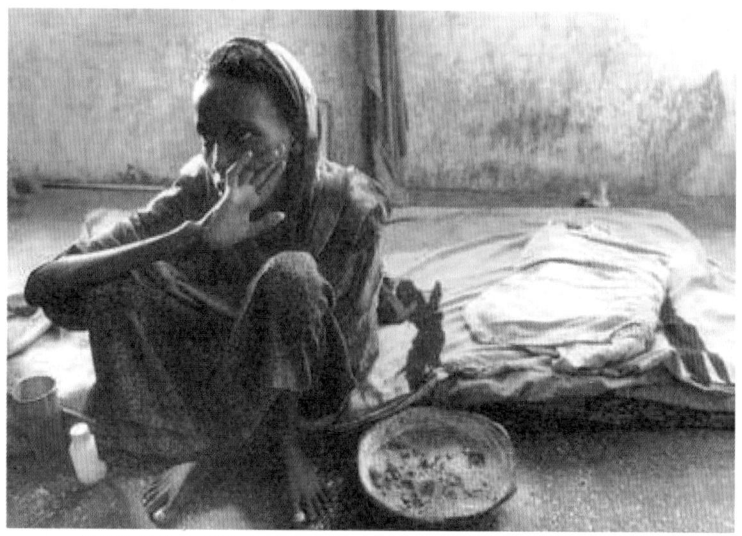

소말리아 모가디슈에서 굶주리며 죽음을 기다리는 마른 나뭇가지 같은 소녀 파르히아

크로아티아에서 남편을 잃고 레잔체를 만드는 노부인

소말리아 북모가디슈의 식량 배급소

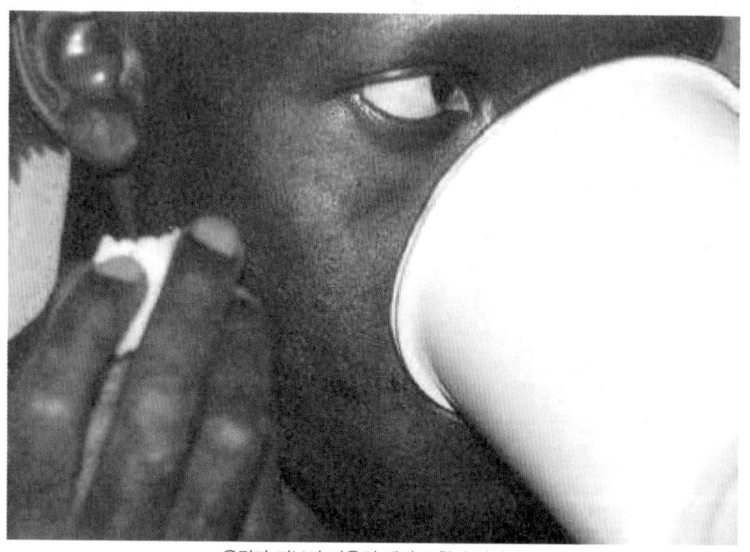

우간다 키보가 마을의 에이즈 환자 나사카

우간다의 트랜스 아프리카 로드

러시아 블라디보스토크 함대 해병 사단 병사들의 점심 식사

우크라이나 체르노빌의 원자력발전소 4호기

원자력발전소에서 3킬로미터 이내에 있는 프리퍄티 마을의 정지된 관람차

체르노빌 사람들의 식사

러시아 모스크바의 볼쇼이극장 앞에서 첼로를 켜는 소녀

한국 대구의 무덤 앞에서 통곡하는 이용수 할머니

먹는 인간

먹는 인간

헨미 요 지음 · 박성민 옮김

もの食う人びと

식食과 생生의 숭고함에 관하여

메멘토

차례

2장

갈등하는 유럽의 맛

3장

뜨거운 아프리카의 맛

4장

얼음과 불이 빚은 혼돈의 맛

5장

가깝지만 낯선 한국의 맛

일러두기

1. 이 책은 ㈜교도통신사에서 1994년 6월에 펴낸 단행본 『먹는 인간(もの食う人びと)』의 문고판(가도카와 주식회사, 1997년)을 번역한 것이다. 단행본과 문고판 원서 모두 교도통신사가 1993년 3월부터 1년 동안 전국의 가맹 신문에 주 1회씩 실은 연중 기획, 헨미 요가 집필한 「먹는 인간」(총 51회)을 수정하고 보탠 원고를 바탕으로 했다.
2. 지도 및 본문 중 각 나라의 정세, 고유명사, 등장인물의 직함과 나이 등은 저자가 취재하고 집필하던 때(1992년 말~1994년 3월)의 것이다. 화폐가치는 이해를 돕기 위해 현재의 원화를 기준으로 삼아 함께 밝혔다.

여행을 떠나기 전에

사람들은 지금 어디서 무엇을 어떤 얼굴로 먹고 있을까, 또는 얼마나 못 먹고 있을까? 배고픔을 어떻게 견디고 있을까? 하루하루 음식을 먹는 당연한 행위를 어떻게 의식하고 있을까, 또는 의식도 못 하고 있을까? 먹는 행위를 둘러싸고 세계 곳곳에서 어떤 변화가 싹트고 있을까? 끊임없이 이어지는 지역 분쟁은 먹는다는 행위를 어떻게 짓누르고 있을까……? 이런 여러 문제를 접하고 느끼기 위해 나는 이제 긴 여행을 떠나려고 한다.

확실한 여정은 정하지 않았다. 이렇다 할 결심도 없다. 다만 내가 나 자신에게 해야 할 일을 주려고 한다. 사람들이 음식을 씹고 쩝쩝거리는 풍경 속으로 헤치고 들어가 그들이 먹는 음식을 가능한 한 함께 먹고 마실 것.

불안하다. 무슨 의미가 있는지도 모르겠다. 바보 같은 일일지도 모르겠다.

하지만 그렇게 해 보고 싶다. 왜일까?

나는 내 혀와 위가 못마땅해졌다. 오랫동안 포식에 익숙해져 버릇이 없어진 데다 무엇을 먹었는지 곧 잊어버리기 일쑤며 매사에 아무 감동도 받지 못한 채 축 늘어져 있는 내 혀와 위. 이 녀석들을 다른 곳으로 데려가 극한의 상황에서 괴롭히고 싶다는 생각이 들었다. 그것이 이 기묘한 여행의 동기라고 할 수 있다. 호강에 겨워 흐트러지고 감각이 무뎌져 버린 혀와 위가 앞으로 어떻게 될지는 전혀 알 수 없다. 두려움에 온몸이 졸아들지도 모른다. 하지만 이것들에게 잊혀 가는 맛을 떠올리게 하고 싶다.

분노의 맛, 증오의 맛, 슬픔의 맛을.

뜻밖에 어떤 예감이 들었다. 앞으로도 오랫동안 변하지 않을 지금 일본의 포식 상황을 보면서 떠올랐다가 사라진 예감, 아직은 알 수 없는 잿빛의 작은 그림자. 어쩌면 그것이 먼 훗날 '기갈'이라는 불길한 윤곽을 띠고 검은 얼룩으로 퍼져 갈지도 모르겠다는 예감이다. 배가 터지듯 실컷 먹던 것을 먹지 못하게 되는 역설, 대갚음을 받는 것이다. 지금, 그 어렴풋한 기운이 나타나고 있지는 않을까? 이건 그저 내 터무니없는 비관일 뿐일까? 확인할 길이 없고 알 수 없는 잿빛 그림자를 가슴에 담은 채 떠난다.

여행을 떠나기 전에 나는 3년이나 텅 빈 채로 내버려 둔 자리에 틀니 네 개를 박아 넣었다. 모래 위의 말뚝처럼 덜거덕거리며 위태위태하던 이를 옆자리의 이와 철사로 묶어 단단하게 심어 두었다. 그다음은 내과다. 위궤양 흔적이 네 군데 발견되었다. 악성은 아니라고 한다. 술을 약간 줄였다. 새 부적을 가방에 숨겼다. 이것 말고는 연습도, 취재 준비도 제대로 하지 않았다. 해도 별 도움이 되지 않을 테니까.

드디어 떠나는 날이 되었다.

주어진 시간은 2년 남짓이다. 먼저 방글라데시로 갈 것이다. 빈민 인구가 170만 명이라는 수도 다카에서 가장 먼저 혀와 위의 스파링을 해 볼까 한다.

1장

가난한 아시아의 맛

러시아
몽골
조선민주주의 인민공화국
일본
베이징
대한민국
황하
중화인민공화국
양쯔강
타이완
부탄
인도
다카
치타공
하노이
루손 섬
피나투보 산
하이난 섬
방글라데시
라오스
돈호이
마닐라
미얀마
베트남
필리핀
타이
다낭
방콕
카가얀데오로
캄보디아
민다나오 섬
호찌민
벵골 만
브루나이
말레이시아
술라웨시 섬
칼리만탄(보르네오) 섬
싱가포르
수마트라 섬
인도네시아
0
1000km

방글라데시

먹다 남은 음식을 먹다

땅거미가 질 무렵 다카 역 주변을 정처 없이 걷고 있었다.

하늘에서 떨어지고 땅에서도 솟아오르는 듯한 갈색 사람과 릭샤(자전거로 끄는 인력거)의 홍수에 떠밀리고 겁에 질려서.

길게 꼬리에 꼬리를 무는 나팔 소리에 이끌려 왔다.

이때까지 내 혀와 위는 밤마다 이어지는 송별회에서 먹은 최고급 스시나 샤브샤브의 맛을 끈질기게 기억하고 있었다.

미련이다. 기억을 지우고 싶다.

냉이만 자라 있는 선로를 건너 남쪽의 치타공 역을 향해 갔다.

뜨뜻미지근한 바람이 불면서 짐승 냄새, 카레 향, 개골창의 악취가 한꺼번에 코와 입을 덮쳤다. 값비싸고 고급스러운 일본 맛의 기억이 그것으로 날아가 버렸다.
짐승 냄새 너머에는 빨간색, 파란색, 노란색의 서커스 천막이 있었다.
나팔 소리를 내는 곳이었다.
천막 옆 빈터부터 선로를 따라 끝도 없이 해초 같은 것이 들러붙어 있다. 작은 나뭇가지로 만든 기둥에 누더기만 걸친 슬럼가 오두막촌이다. 카레 향은 이곳에서 풍겨 나왔다.
가냘픈 연기 몇 줄기가 땅바닥에서 피어오르고 있다.
어디에선가 주워 온 돌을 화덕으로 삼아 사람들이 음식을 만든다. 발가벗은 아이들이 쓰레기를 주워다 화덕에 불을 지피고, 반쯤 벗은 아버지가 화덕에 꼬챙이를 쑤셔 넣어 불길을 올린다. 때가 덕지덕지 낀 사리를 입은 어머니는 황토색 달(카레 맛이 나는 콩 수프)이 든 냄비 안을 휘젓는다. 시장에서 주워 왔는지, 닭발 몇 개만 넣어 끓이는 여자도 있다.
땅바닥 위에서 한 치도 안 떨어진 필사의 요리.
식탁은 없다. 고기도 없다. 똘까리(카레) 안에는 돌멩이 같은 말린 생선뿐.
땅바닥에 앉아 서커스 천막 위로 떠오른 새하얀 초승달을 바라보고 나팔 소리를 들으면서 그걸 손으로 척척 움켜 집으며 먹는다.
때때로 멀리서 짐승 울음소리가 들린다.
짐승 울음소리에 나도 허기를 느꼈다. 역 앞 광장의 포장마차로 들어갔다. 지름이 70센티미터쯤 되는 커다란 양철 쟁반에 수북이 쌓인 브리야니(볶음밥)와 밧(흰 밥)에 식욕이 솟아올랐다. 한결같이 뼈에 붙은 닭고기와 양고기가 듬뿍 쌓여 있다.

옆에서는 녹색 선향 대여섯 개가 연기를 피워 올리고 있었다. 작은 코에 금색 장신구를 박아 넣은 아가씨가 브리야니는 4타카(1타카는 약 15원이다.—옮긴이), 밧은 5타카라고 간드러진 목소리로 말했다. 이렇게 적은 돈으로 먹을 수 있다니, 신이 난 나는 비싼 쪽을 주문했다.

방글라데시에서 첫 번째 식사다.

그에 걸맞게 이곳 관습대로 오른손 손가락만 써서 먹어 본다. 익숙해지면 혀뿐만 아니라 손가락도 맛을 느낀다고 하지 않나!

그러면 좋겠다고 생각하면서 접시의 밥으로 쭈뼛쭈뼛 손을 갖다 대니 어이쿠, 싸늘하게 식어 있었다.

싸니까 불평할 수는 없다. 엄지손가락, 집게손가락, 가운뎃손가락, 거기에 넷째손가락까지 동원했지만 서투른 탓에 꼴사납게도 밥알을 줄줄 흘리고 만다.

그래도 어찌어찌해서 입안 가득히 밥을 넣고 씹었다. 희귀 동물이 먹는 모습을 관찰이라도 하듯 가게의 아가씨와 구경꾼 들이 내 손가락과 입이 움직이는 모습을 뚫어져라 본다.

인디카 쌀치고는 찰기가 없다. 찌르르 하고 혀끝을 톡 쏜다. 물기가 있다. 그래도 씹으면 씹을수록 단맛이 난다.

쌀 문화는 역시 좋아, 하고 고개를 끄덕이며 두 입, 세 입 잇따라 먹었다. 그리고 뼈에 붙은 고기를 입으로 가져가려고 할 때였다.

"잠깐!" 갑자기 외치는 소리가 들렸다.

"그건 먹다 남은 음식이에요."

더듬거리는 영어가 이어졌다. 자세히 보니 고기에는 분명 베어 문 자국이 있었다. 밥도 이미 누군가의 오른손에 짓눌린 듯했다. 선향은 썩은 냄새를 없애려고 피운 것이다.

윽! 내가 접시를 내려놓았다. 그 순간 마치 말린 고기처럼 가느다란 팔이 옆에서 불쑥 들어오더니 접시를 빼앗아 갔다. 열 살쯤 되는 소년이다. 돌아보니, 쩍 벌어진 입으로 뼈에 붙은 고기를 덥석 뜯어 물며 주위는 아랑곳하지도 않았다.

내게 충고한 사람은 모하메드 샤무스, 눈이 매처럼 생긴 남자였다. 서른 살이다. 호텔 종업원이었는데 지금은 실업 중이라고 한다. 걸으면서 모하메드가 말했다.

"다카에는 부자들이 남긴 음식을 파는 시장이 있어요. 음식 찌꺼기 시장이죠. 도매상, 소매상도 있어요."

입에서 신물이 줄줄 솟아올라 나는 연신 침을 뱉어 냈다.

도쿄에서는 매일 50만 명의 하루치 식사량에 버금가는 음식 찌꺼기가 아무렇지도 않게 버려지고 있다. 다카에서는 음식 찌꺼기가 인간의 식사로 팔리고 있다. 신도 두려워하지 않는 사치가 절정에 다다르고 결국 언젠가는 그 모습이 뒤바뀌어 버리지 않을까? 도쿄에서 음식 찌꺼기를 먹는 날이…….

어처구니없는 생각이 떠올랐다가 사라졌다.
음식 찌꺼기 리사이클을 내 눈으로 좀 더 확인해 보고 싶었다. 모하메드가 안내를 맡아 주었다. 이 남자는 아직 오기로라도 먹다 남은 음식을 먹지 않았지만, 음식을 구하는 데 어려움을 겪고 있었다.

금요일 밤.
나와 모하메드가 도심의 '다카 레이디스 클럽'이라는 건물 앞에 있는 나무 뒤 그늘에 숨었다. 안에서 왁자지껄 웃는 소리가 들렸다. 결혼 피로연이다.
떠들썩한 소리가 가라앉았다. 드디어 웨이터가 건물 뒤편으로 먹다 남은 음식이 그대로 놓여 있는 탁자를 들고 나왔다. 사리를 입은 여자 다섯 명이 비닐 봉투를 들고 어디에선가 나타나 그곳으로 그림자처럼 다가갔다.
그리고 한껏 부풀어 오른 봉투를 든 채 줄지어 어둠 속으로 사라져 갔다. 다들 왜 그런지 어깨를 움츠리고 살금살금 움직였다.
"주로 목요일과 금요일에 음식 찌꺼기가 출하돼요. 이슬람교도가 이날 결혼식 올리는 걸 좋아하거든요." 모하메드가 속삭였다.
피로연에서 먹다 남은 음식이 상품화된다는 것이다.
부자들이 제례를 치르는 때도 가난한 사람에게는 음식이 유통되는 날이다. 예식 주최자는 남은 음식을 기꺼이 내놓지만, 웨이터가 미리 연락한 음식 찌꺼기 중개인에게 파는 경우도 있다. 어둠 속으로 사라진 여인들은 다카 역 앞과 경기장 역전 광장, 페리 선착장 앞 등 '4대 음식 찌꺼기 시장'에서 소매상이나 도매상을 한다고 한다.
우리는 수도 남쪽 부리강가 강의 페리 선착장으로 갔다.
뱃전이 부풀어 오른 것처럼 보일 정도로 승객으로 꽉 찬 페리가 몇 척이나 정박해 있다. 차파티(발효시키지 않은 빵), 튀김, 과일을 파는 사람들이 밀치락달치락하며 북적거리는 선착장 앞길에서 음식 찌꺼기를 팔고 있는 검은 옷의 노파를 바로 발견할 수 있었다.
고기가 붙어 있는 먹다 남은 브리야니가 큰 냄비에 들어 있었다. 한 접시에 얼마냐고 물으니, 걸걸한 목소리로 2타카라고 했다. 얼마 전 내가 먹은 밧보다 3타카나 싸다.
코를 갖다 대니 살짝 시큼한 냄새가 났다.
모하메드가 귀에 속삭였다.
"어제나 그저께 열린 피로연에서 나온 음식일 겁니다. 신선도에 따라 가격은 더 싸져요."
그래도 릭샤 운전사 두 사람이 땅바닥에 웅크리고 앉아서 그 브리야니를 우걱우걱 먹고 있었다. 음식 찌꺼기의 주된 소비자는 빈민촌에 사는 사람들이거나 20만 명 이상으로 알려진 릭샤 운전사의 일부라고 한다. 새로 나온 브리야니를 먹으려면 최소한 15타카는 내야 하기 때문에 시간이 좀 된 것을 먹으면 크게 절약이 된다.
토요일 저녁에는 경기장 역전에서 음식 찌꺼기 장수를 보았다.
일본에서 온 구호물자일까, 'Tama Pochi Tora'라고 찍힌 티셔츠를 입은 남자가 쭈그리고 앉아서 썩어 가는 고기에 달라붙어 있다. 일단 음식을 받으면 뭔가에 취한 듯 눈동자가 꼼짝도 하지 않는다. 벼락이 떨어져도 그것을 놓지 않을 것 같다.

굵직하게 울리는 코란의 기도 소리가 스피커를 통해 거리로 흘러나온다. 고기를 먹는 아이들 등 뒤의 쓰레기 더미에는 또 다른 남자아이가 들개, 까마귀와 서로 으르렁대며 쓰레기를 뒤지고 있다. 음식을 남기는 것이 죄라면, 이 아이들이 그 죄를 씻고 있는 셈이다.

월요일 아침.

다카 역의 구름다리 중간쯤에 시체 한 구가 놓여 있었다.

빈민촌에 사는 남자의 말라비틀어진 나뭇가지 같은 시체. 먹다 남은 음식조차 못 먹었을지도 모른다.

시장에서 본 것과 같은 녹색 선향이 빈 맥주 캔에 꽂혀 있었다. 그것은 선로를 따라 땅바닥에서 그날 먹을 음식을 만드는 가난한 사람들의 풍경과 기묘하게 뒤섞였고, 길을 가는 사람들은 시체를 곁눈질로 보면서 얼굴빛 하나 변하지 않았다.

'달과 밧을 모든 사람에게.'

이 나라의 표어다. 밥과 국을 전 국민에게, 아마 이런 느낌일 거다. 그만큼 밥을 못 먹는다는 말이다. 빈민이 아닌 서민도 '판타 밧'이라고 하는 먹다 남은 음식을 자주 먹는다. 밥이 조금이라도 남으면 물에 담가 뒀다가 이튿날 아침에 소금을 살짝 뿌려서 먹는다.

미식이나 건강식은 고사하고, 최소한의 음식을 얻기에도 급급한 탓에 남는 음식도 사실 그다지 많지 않을 것이다. 얼마 되지도 않는 음식을 우려먹는 셈이다.
하지만 이상하다고 단정할 필요는 없다. 먹는다는 것이 삶과 죽음으로 직결된다는, 지극히 당연한 이치를 나는 요 며칠 사이에 다카에서 확인했을 뿐인지도 모른다. 다만 그 이치를 깨달았을 때 내 혀는 공포에 질려 딱딱해지고 위장도 작은 돌멩이처럼 쪼그라들어 버렸지만.

수도를 떠나기 전날, 모하메드가 좋은 것을 보여 주겠다고 했다.
부리강가 강 근처의 빈터에 그것이 있었다.
나무판자와 대나무, 로프만으로 허술하게 조립해서 만든 붉은색의 작은 관람차였다.
나무판자를 대서 만든 곤돌라가 달랑 네 대 있었다. 관람차를 무척 좋아하는 나도 나무로 만든 관람차는 처음 봤다.
1타카를 내고 올라타자 허리춤에 룽기라는 옷을 두른 청년이 곤돌라에 손을 걸어 힘껏 끌어낸다. 사람의 손으로 움직이는 것이다. 나무가 삐걱거리고, 곤돌라가 기울어지고, 때에 절어 있는 아이들이 함성을 지르고, 풍경이 흔들흔들 움직였다.
"이걸 타고 판(인도에서 나는 식물로 특유의 향미 때문에 옛날부터 담배처럼 씹어 입 냄새를 없앤다.—옮긴이)을 씹으면 기분이 최고예요."
잘게 빻은 빈랑나무 열매와 물에 적신 석회 가루를 싼 후추과 식물의 잎을 모하메드에게 받아서 나도 처음으로 씹어 보았다. 기분을 좋게 해 주는 값싼 기호 식품이다. 잎에서 나는 풋내가 입안에 퍼지면서 점점 혀가 마비되는 느낌이 들었다.
왜 먹다 남은 음식 따위에 관심을 가지냐고 나무판자 곤돌라 안에서 모하메드가 물었다.
"안 먹을 수만 있다면 좋잖아요? 그런 음식……."
나는 아무 말도 하지 않았다. 실은 18세기 프랑스의 미식가로 유명한 브리야사바랭(Jean Anthelme Brillat-Savarin)이 『미식 예찬(*Physiologie du gout*)』에서 한 말을 생각하고 있었다.
"짐승은 먹이를 먹고, 인간은 음식을 먹는다. 교양 있는 사람만이 비로소 먹는 법을 안다."
하지만 그렇지 않다. 사람도 가끔 짐승과 똑같이 '먹이를 먹는다'.
'교양 있는 사람', 돈이 많은 사람은 우아한 모습으로 먹이를 먹을 뿐이다. 먹다 남은 음식을 먹는 사람, 대량 수입한 음식을 먹고 남기는 사람. 음식의 신이 있다면 틀림없이 전자를 보고 눈물을 흘리고 후자에게는 언젠가 배고픔과 목마름이 어떤 것인지 알게 하지 않을까? 모하메드에게 이런 말을 하려고 했지만 혀가 마비되어 그럴 수 없었다.
판자 곤돌라는 다카의 축축한 공기 속을 빙빙 돌았고, 칙칙하게 줄지어 있는 집들은 몇 번이고 떠올랐다 가라앉았다.

음식의 한

어쩌면 훗날 부활할 수도 있지만, 지금 일본에서는 '음식의 한(恨)' 같은 말이 이미 죽어 버렸다고 봐야 한다. 하지만 다카에서 방글라데시의 최남단에 떨어져 있는 로힝야족 난민 캠프에 가 보고 그 한이 얼마나 큰지 알게 되었다.

원조 기관이 난민에게 식량을 배급했다. 그런데 그 양이 캠프 주변에 사는 주민들의 눈에 자신들이 가진 식량보다 훨씬 많아 보이자 그때까지 주민들이 난민에게 보이던 동정이 서서히 반발로 변해 갔다.

음식의 양에서 드러나는 아주 미미한 차이.

거기에서 거품처럼 생기는 미묘한 감정의 무늬. 포식의 나라에서 자란 나의 혀와 위가 점점 잊어 가는, 인간이 타고난 애처로운 맛의 상극

이 이곳에 있었다.

1991년 후반, 불교 국가 미얀마의 군사정권이 서부 지역의 로힝야족을 비롯한 이슬람교도를 박해하기 시작했다. 강제 노동과 징병 등을 피해 많은 난민이 달랑 맨몸뚱이로 국경을 넘어 방글라데시로 들어갔고, 이듬해에 그 수는 26만 명을 넘어섰다.

내가 방문한 1993년 초에는 벵골 만에 면한 콕스 바자르 부근에서 운영되던 캠프 수십 곳에서 남녀노소 20만 명 정도가 탄식의 나날을 보내고 있었다.

인도양의 밀물과 썰물 때문인지, 이 부근에는 우윳빛 커튼처럼 아지랑이가 자주 낀다. 바람이 불면 커튼이 슬슬 걷히면서 땅바닥을 꿈틀꿈틀 기는 송충이처럼 너무나 허술한 피난민 막사와 갈색 얼굴 들이 모습을 드러낸다.

소총을 든 경비병을 따라 들어가니 순식간에 갈색 인간 수백 명이 담벼락을 둘러쌌다.

흙먼지 냄새에 몇 번이나 목이 멨다. 머리카락은 온통 먼지투성이였다. 병사들이 총을 휘두르면서 사람들을 쫓아내니 흙먼지가 피어올라 공기가 뿌예졌다.

이번에는 사람들이 멀리서 빙 둘러싸고 내 몸짓을 하나하나 지켜보았다. 사람들의 숫자가 늘어났다. 2000~3000명쯤, 다시 말해 4000개~6000개나 되는 눈이 나를 쏘아보고 있었다.

언덕 위에도 말없는 눈들이 꽉 차 있었다. 무시무시한 시선에 내 몸이 깎여 없어지는 듯했다.

아이들을 빼면 무리 속에 여자는 거의 없었다. 날마다 음식을 만들거나 아기를 돌보고 있을 것이다. 경비병이 남자들에 대해 말했다.

"아무것도 안 해요. 그냥 사는 거죠. 먹고, 자고, 섹스만 해요. 편하게 살아요. 하지만 애들이 계속 생기는 게 문제죠."

밖에서 생선을 다듬는 여자가 있다. 생선의 눈이 맑지 않고 누렇다. 생선 대가리 주변으로는 아무리 손으로 쫓아내도 새까만 파리들이 몰려든다. 생선에 알을 낳고 있을지도 모른다. 방글라데시에 온 뒤로 이런 광경을 몇 번이나 본 터라 이젠 놀랍지도 않다.

문제는 '식칼'이다. 아니, 그걸 식칼이라고 부르지는 못할 것 같다.

그냥 돌이다. 뾰족한 돌의 모서리로 짓뭉개듯 생선을 자르는 것이다.

피난민 막사 안의 어두침침한 곳에서 남자가 태평하게 자고 있다. 기둥과 벽은 대나무고, 흙바닥에는 제대로 된 깔개도 없다. 전기, 가스, 침대는 물론이고 라디오도…… 아무것도 없다. 정말 아무것도 없다.

10제곱미터쯤 되는 공간에 네댓 명이 함께 사는 경우가 허다하다. 가족이 다섯 명인 자파르 아메드의 막사를 찾아가보니 천막 밖으로 내 손발이 비어져 나갈 것만 같았다.

자파르는 쉰 살인데 짧은 머리가 백발이었다. 자파르보다 스무 살이나 어린 아내 카첸은 이 막사에서 아이를 가졌다. 열 달밖에 안 된 아기가 발가벗은 채로 흙바닥에서 뒹굴고 있었다. 마치 흙에서 태어난

듯이.

카첸은 아기를 눈앞에 두고 피타빵을 만들고 있었다.

맷돌이 아니라 그냥 돌로 빻은 쌀가루를 애벌구이한 항아리에 넣고 찐다. 밖에서 주워 온 평범한 돌에 올려놓은 쌀을 또 다른 돌로 박박 누르면서 빻는다.

토방의 점토를 손으로 쌓아 올려 단단히 굳히기만 한 작은 아궁이와 잉크병으로 만든 램프. 불이 너무나 가냘프다.

고대 메소포타미아에서 빵이 탄생한 6000년 전, 중국에서 요리용 찜통이 사용되기 시작한 4000년 전. 그 무렵 인간의 생활이 상상되었다.

자파르는 미얀마군의 징용을 피해서 1년 전에 이곳으로 왔다. 그가 경비병의 표정에 신경을 곤두세우면서 띄엄띄엄 왜 피난소 바깥 마을 사람들과 소원해졌는지를 말해 주었다.

자파르를 비롯한 난민들이 이 캠프에 처음 도착했을 때는 마을 사람들이 담요나 먹을거리를 가져다주면서 같은 이슬람교도라는 인연으로 무척 친절하게 대해 주었다고 한다.

그런데 국제적십자 같은 데서 본격적으로 식량을 지원하면서 분위기가 조금 달라졌다.

마을 사람들이 이상하게도 지원물에 흥미를 보였다. 매일같이 엿보러 찾아왔다. 그리고 배급 식품의 내용을 알게 되자 서먹서먹해지더니 마침내 "당신들은 가난한 방글라데시를 점점 더 가난하게 만드는 방해꾼이다.", "미얀마로 돌아가라." 하고 말하는 사람까지 생겼다.

배급 식품은 1주일에 1인당 쌀 3.15킬로그램, 수프에 쓰이는 콩 210그램, 식용유 175그램, 소금 35그램, 설탕 75그램이다. 감자, 파 같은 채소류는 3인 가족 기준으로 한 달에 2킬로그램.

하루에 다 먹어도 2000킬로칼로리쯤 되는 이 식자재가 질투의 원인이었다.

"하지만 그 사람들이 원망해도 어쩔 수 없어요. 우리도 할 말이 있어요."

자파르가 내가 건넨 담배를 피우지 않고 한 개비 한 개비 믿을 수 없을 만큼 재빨리 호주머니 속에 감추면서 투덜거렸다.

"우리한테는 땔감이 없어요, 연료가."

음식을 조리하는 데는 장작이 필요하다. 하지만 치안상의 이유도 있어 배급이 안 된다.

그럼 어떻게 하나?

"쌀이나 콩이나 소금을 팔아서 마을 사람들한테 땔감을 사요."

그 결과, 배급된 식품은 확연히 줄어든다.

때로는 말린 생선만이 아니라 제대로 된 생선 카레 찜을 먹고 싶다. 그럴 때도 배급 식품을 생선이나 카레와 바꿔서 얻어야 한다. 마을 사람들이 부르는 값으로 살 수밖에 없으니, 식자재는 점점 줄어든다.

"원성을 살 만큼 먹지도 않아요. 여기서 원망하는 소리를 들어도 미얀마로 돌아갈 수는 없고, 어떡할지 모르겠어요."

자파르의 갈색 얼굴이 예순, 일흔처럼 나이 들어 보였다. "미얀마 불교도는 돼지를 먹고 악마처럼 조개까지 먹는 사람들도 있어요." 이렇게 말한 뒤로는 미얀마 욕만 했다.

피타빵이 다 만들어졌으니 먹고 가라고 한다.

통역이 영어로 속삭였다. "비위생적이니까 절대 먹으면 안 돼요." 사실 내 혀도 뒷걸음질 치고 있었다. 그래도 다카에서는 음식 찌꺼기까지 먹었는데, 하고 스스로를 타일렀다.

손때에 흙먼지도 묻어 있는 둥글고 작은 접시에 놓인 얇은 빵.

물끄러미 쳐다보다가 베어 물었다. 불길이 약해서 잘 안 쪄진 탓인지 생쌀 맛이 났다. 맛이 없다. 그래도 포기하지 않고 끝까지 먹었다.

두 장을 먹었을 때, 카첸이 먹지 않고 가만히 나를 보고 있다는 걸 깨달았다. 조금 전까지 보이던 상냥한 웃음도 사라졌다. 가족 한 명당 두 장씩 돌아가는 저녁 식사용 피타빵의 5분의 1을 내가 먹어 버렸기 때문이다. 이곳 난민들은 주변 마을 사람들과 마찬가지로 하루에 두 끼만 먹는다. 미안한 마음이 들자 입에서 무척 쓴맛이 났다.

자파르에게 사과의 뜻으로 남은 담배 전부와 얼마 안 되는 돈을 건네자 그가 다시 마술사처럼 재빨리 그것들을 호주머니에 집어넣었다. 그러자 대나무 칸막이 너머 옆방에서 갈색 손 세 개가 나무 틈새로 쓱 뻗쳐 오더니 "나도 줘요, 나한테도 줘요." 하고 손을 펼쳤다. 옆방에 사는 사람들이 시종일관 보고 있었던 것이다.

천막 밖으로 나오니, 사람들이 너덜너덜한 등기 자림에 맨발로 걷고 있다. 어디를 가든 난민이 넘친다고 생각했는데, 그들은 마을 사람이었다. 겉보기에는 난민과 마을 사람이 별로 다르지 않았다.
사이가 멀어진 것에 대해 마을 사람들도 할 말이 있었다.
난민들은 일을 하지 않고 식자재를 받았다. "산에 있는 나무를 베어서 땔감으로 가져가요. 그 사람들, 뿌리째 다 뽑아 가요." 마을 사람들이 말한다. 얼마 되지 않는 식자재를 줄이고 싶지 않아서 난민들이 저지르는 위법행위다.
난민 수만 명이 음식을 만들려고 산의 나무를 베고, 베고, 또 벤다. 민둥산이 생겼을 정도다.
나도 그것을 보았다. 반들반들하게 빚어 놓은 찐빵 같았다. 난민 수만 명이 나무가 울창하던 산에 메뚜기처럼 무리 지어 있다. 여기저기서 쓱싹쓱싹 소리가 끝도 없이 이어지면서 눈 깜짝할 사이에 나무들이 사라져 가는 장면을 상상했다. 한숨이 나왔다.
나무 도둑 때문에 이 산이 입은 손해는 1992년만 해도 1억 2000만 타카라고 한다. 그래서 식량을 둘러싼 질투가 원망으로까지 부풀어 올랐다. 방글라데시 정부가 난민 송환을 서두르는 이유이기도 하다.
캠프 안에서 1992년 말까지 겨우 10개월 만에 3200명이 넘게 영양부족이나 병으로 죽었는데 주로 유아였다. 가난한 사람들 사이에는 슬픈 감정의 오해가 여전히 이어지고 있다.

달이 없는 밤, 다시 막사를 찾아갔다.

찬찬히 보니, 천막의 대나무 칸막이 틈새로 수제 램프의 희미한 불빛이 새어 나오고 있었다. 전기가 들어오지 않는 주변 마을의 오두막에서도 가냘픈 등불이 깜박깜박 흔들리고 있었다. 마을의 등불도, 천막의 불빛도 내게는 똑같이 반딧불이 무리처럼 보였다.

피타빵의 씁쓸하고도 쓸쓸한 맛이 다시 목구멍으로 솟구쳐 올랐다.

필리핀

피나투보에서 잊혀 버린 맛

피나투보 산속에서 화전농을 짓고 있던 필리핀 원주민 아에타족의 장로 격인 마가아브 카바리크가 요즘 '네스카페'에 푹 빠져 팬이 되어 버렸다고 한다.
인스턴트커피 회사는 좋아할지 몰라도, 올해 여든 살이 되는 카바리크한테 직접 이 이야기를 들은 나는 충격을 받았다.
이것은 어쩌면 문화인류학상 커다란 사건이 아닐까?
1991년에 일어난 피나투보 화산 폭발로 산속 생활을 버리고 산 밑, 하계로 내려온 아에타족은 좀처럼 보기 힘든 야외 생활의 달인들이며 독자적인 시간 감각과 이야기, 그리고 풍부한 자연식 문화를 가진 마음 따뜻한 소수민족이다.

그런데 거의 2년 동안 이어진 산 밑 생활이 그들의 식문화에 분명히 혼란을 가져왔다. '하계의 맛'을 익히기 시작한 것이다. 이와 동시에 멀리서 피나투보 산을 바라보며 그 속의 사라져 가는 진짜 맛을 마음속으로 그리워하기도 했다.
애처로울 정도인 미각의 갈등이 있었다.

지프로 마닐라에서 북서쪽으로 쉬지 않고 달리다 보면 풍경이 묘하게 바뀐다.
하얀 화산재에 묻힌 대지가 사막같이 이글거리는 뜨거움에 나른해진 설경처럼 보인다.
피나투보 산을 멀리서 바라보는 이바 교외의 부카오 강은 잿빛 진흙으로 몇 배나 불어나 마치 시멘트가 흐르는 거대한 강처럼 보였다. 이 강에서 그리 멀지 않은 구릉지에 아에타족의 피난처 가운데 하나인 로분가 재정착지가 있었다.
장로에게 먼저 인사하려고 전통 가옥인 니파 오두막을 들여다보니 카바리크가 깜짝 놀랄 만큼 새빨간 조깅 팬츠를 입고 있었다. 구호물자인 것 같았다. 산에서는 분명 아랫도리만 가리는 관록이 넘치는 옷차림이었을 카바리크가 담배를 피우면서 나이에 비해 힘찬 목소리로 식생활이 어떻게 변했는지 말해 주었다.
산속에서 살 때는 고구마, 타로 고구마, 카사바 같은 뿌리채소를 주식으로 하면서 활로 사냥한 새나 박쥐를 부식으로 삼았나니 믹을기리로 고민한 적이 없었다고 한다.

"평지로 도망쳐 내려온 뒤로는 살려고 뭐든 먹고 마셨지."

네스카페, 분유, 생선 통조림…….

필리핀 국내뿐만 아니라 해외에서도 보낸 구호물자인 가공식품을 일흔여덟 살이던 그때 처음으로 먹어 보았다고 한다. 뜨겁지도 않은지, 아무것도 신지 않은 뒤꿈치로 담뱃불을 짓밟아 껐다. 가늘지만 검은 강철 같은 발이다.

인스턴트커피 맛이 어떤지 물었다.

"처음에는 묘한 맛이었어."

그런데 계속 마시다 보니 버릇이 되었다는 것이다.

"없어지면 또 마시고 싶어져. 참 희한하지. 지금 어떻게 하면 얻을 수 있을지 궁리하는 중이야."

목소리가 가라앉았다. 네스카페가 떨어진 지 한 달 정도 되었기 때문이다.

인스턴트커피는 구호단체가 최선이라고 말할 수는 없어도 선의임에 틀림없는 '하계적' 판단에 따라 보낸 식품일 것이다. 그것이 산속에 살던 장로를 이다지도 사로잡다니, 나는 혀를 찼다.

카바리크가 '갈색의 묘한 가루'라고 표현한 것을 나도 숙소로 돌아와서 맛보았다.

필리핀 사람들이 자주 하는 방법으로, 컵에 뜨거운 물을 먼저 붓고 가루를 부으면서 저었다.

흠, 묘하기는커녕 아무렇지도 않다. 그냥 인스턴트 맛.

단바이 재정착지에 사는 아마드 디손도 마흔네 살에 평지로 내려와 커피당원이 된 사람이다. 그가 재미있는 이야기를 들려주었다.
1년 반쯤 전에 구호단체가 주는 네스카페를 받았을 때, 아에타족 내부에서 대수롭지 않은 논쟁이 벌어졌다.
논쟁은 평지 사람들이 마시는 이 갈색 음료와 야생 바나나 아모카우를 손으로 짜서 만든 아에타족 고유의 주스 중에서 어느 쪽이 더 맛있느냐는 것이었다.
나는 당연히 아모카우 주스가 더 맛있다고 생각했지만, 그들은 이건 쓰니 저건 다니 하면서 열띤 논쟁을 벌이다 의견이 갈린 채 결론을 못 냈다고 한다.
도대체 인스턴트커피의 무엇이 아에타족의 마음을 사로잡았는지는 수수께끼다. 그들이 하계의 맛에 가까워진 만큼, 대대로 지켜 온 산의 미각은 서서히 무뎌지는 듯하다.
정어리 통조림을 두고도 비슷한 논쟁이 벌어졌다고 한다.
원래 아에타족은 피나투보 산의 계곡에서 물고기를 잡아 요리할 때면 통째로 먹었다. 대가리도, 꼬리도 모조리 다 먹었다.
생선 대가리는 맛이 있고 영양도 풍부하다고 믿었다. 그런데 정어리 통조림에는 대가리가 없었다. "이게, 뭐야!" 하고 평지 사람들에게 바보 취급당했다고 오해해서 안 먹은 사람까지 있었다.

하계의 가공식품을 받아들이지 못하고 피난소의 폐쇄적인 생활에도 견디지 못해 정신이 이상해진 아에타족 사람이 화산재로 뒤덮인 산으로 돌아갔다가 행방불명이 된 경우도 있다고 한다.

디손은 커피에 중독되었고 지금은 대가리도, 꼬리도 없는 정어리를 토마토케첩으로 조려서 먹을 수 있게 되었다.

"근데, 이건 말이죠……."

그가 재정착지의 텃밭에서 캔 카사바를 나한테 보여 주면서 내뱉듯 말했다.

"산속에서 자란 녀석이 훨씬 크고 맛있어요. 아바우(풍뎅이)랑 개구리도 맛있었죠."

토란처럼 생기고 껍질이 나무처럼 단단한 카사바를 노릇노릇하게 구워서 껍질을 벗겨 먹으니 목이 멜 듯 입안 가득 전분 맛이 퍼졌다. 단맛을 뺀 고구마 맛이다.

디손의 눈이 기분 좋은 듯 가늘어지는 것 같더니, 산속의 진미에 대한 이야기를 조곤조곤 시작했다. 거짓이 없는 맛, 역시 그게 좋다고 했다. 하계의 맛이 아직은 그를 완전히 지배하지 못한 것 같다.

"요즘 먹는 꿈을 자주 꿔요."

40년 넘게 산속에 살면서 익힌 맛을 지금은 하계의 꿈속에서 음미한다고 한다.

그에게 '가장 맛있는 꿈'은 산에서 대통에 지은 밥과 역시 대통에서 조리한 '사와'라는 뱀의 맛을 보는 것이다. 아모카우의 꽃봉오리나 버섯의 맛도 아직 혀에 남아 있다고 한다.
작은 새소리, 나뭇잎과 바람의 노랫소리, 졸졸 흐르는 물소리를 들으면서 먹었겠지.
얼마나 멋진 메뉴에 화려한 자연 레스토랑인가!
그런데 그가 지금은 인스턴트커피를 좋아한다니, 도저히 믿기지 않는다. 디손의 꿈 이야기를 듣는 나는 하계가 잃어버리고 잊어버린 많은 것들, 그리고 아에타족 사람들의 식생활에 맞출 수 없는 하계의 복잡함을 힘없이 생각할 뿐이었다.
"산에서는 성냥이나 라이터를 안 썼어요."
조각 난 대나무 막대, 대통, 마른 나뭇잎으로 불을 피웠다고 한다.
막대를 이렇게 대고 비벼서……. 흥이 난 디손이 실제로 산에서 하던 방식을 보여 주기 시작했다. 다만 그러기 조금 전에 1회용 라이터로 담뱃불을 붙이긴 했다.
불을 피우는 법과 뱀을 요리하는 법을 손짓, 발짓으로 알려 주는 그의 몸에 군살이라고는 없다. 온몸이 채찍 같다. 아에타족 특유의 작은 키, 짧은 털, 암갈색 피부 등 모든 것이 지금부터 2만 년도 더 전에 필리핀으로 이주한 선조들의 피와 위엄을 등에 업고 있다.
대대로 이어져 내려온 민담, 야외에서 살아가는 기술, 식물의 독을 빼는 법, 식물에서 물을 얻는 법도 하계 생활 속에서 산의 맛과 함께 잊히고 있지는 않을까?
미군은 베트남전쟁 때 아에타족 사람들에게 정글에서 살아남는 기술을 배웠다고 한다. 하지만 '폭력에 폭력으로 맞서는 경우는 거의 없다. 애초에 폭력 사건이 일어나는 일조차 매우 드물다'〔시미즈 히로무(清水展)가 쓴 『사건의 민족지(出来事の民族誌)』〕고 알려진 아에타족에게서 배워야 할 것은 전쟁용 기술이 아니라 자연과 공존하는 법이며 평화로운 식사법이라고 생각한다.

디손의 이야기는 산속에서 음식을 조리할 때 쓴 '식기'로 이어졌다.

"바나나 잎에 올려놓고 손으로 먹으면 뭐든 맛있어요. 그 향기와 감촉에 식욕이 솟는데, 다 먹은 뒤에는 그냥 버리면 돼요."

재정착지에 사는 지금은 원조 기관에서 받은 식기가 있다. 좋은 향기가 안 나는 데다 씻어야 하니까 귀찮다고 한다.

술은 안 마시는지 물었다. 야생 바나나 술 이야기를 기대하면서. 그런데 디손은 얼굴을 마구 찌푸렸다.

"술 같은 걸 마시면 죽는다고 생각했어요. 그건 마시면 안 되는 물이에요."

아에타족에게는 술을 마시는 습관도, 만드는 전통도 없다고 한다. 그러고 보니 로분가 재정착지의 장로 마가아브 카바리크도 지금은 네스카페 팬이지만, 술 이야기가 나오자 '취해서 생각하는 것과 깨서 생각하는 것이 다르다니 이상하다'며 연신 화를 냈다. 생각해 보면 당연한 말이지만, 내게는 참 신선한 논리로 들렸다.

아니나 다를까 술 때문에 문제가 벌어진 듯했다.

화산 폭발로 평지에 내려온 뒤 아직 10대인 아에타족 젊은이들이 필리핀제 진이나 산미겔 맥주를 마시기 시작했다. 그것 때문에 산에서는 거의 없던 가족 간 다툼 같은 문제가 계속 일어나고 있다고 한다. 산속에서 모여 살 때는 금주령을 내릴 수 있었지만, 하계에서 살면서 평지 사람들로부터 날마다 받는 영향을 차단할 수는 없나 보다.
아마 그 강렬한 진에 걸려들면 야생 바나나 주스의 맛도 날아가 버리지 않을까? 그리고 '취해서 생각하는 것과 깨서 생각하는 것이 다른' 상태가 언젠가는 나처럼 일상화되어 버리지 않을까? 이런 생각이 들었다.
디손과 카바리크는 인스턴트커피가 아주 좋다면서도 하루 빨리 피나투보 산으로 돌아가고 싶다고 한다.
디손은 잃어버린 맛을 되찾기 위해, 카바리크는 분화구에서 8킬로미터 떨어진 부르부르 부락에서 화산재에 묻혀 있을 '백서른 살 된 아버지'(두 번이나 물었는데 이 나이라고 했다.)를 찾고 손자들을 위해 다시 맛있는 바나나를 실컷 따기 위해.
하지만 돌아갈 수 없다.
다시 분화하거나 폭발할 위험이 있고, 우기에는 분명히 화산재가 진흙 강이 되어 덮칠 것이다. 지금 살고 있는 정착지도 위험하다.
2만 3000명이던 아에타족의 350명이나 분화로 죽었다. 영양실조나 홍역 같은 병으로 죽은 사람도 600명이 넘는다.
단백질 부족은 지금도 심각하다. 화전농을 주로 하며 이동 생활을 한 그들에게 재정착지의 농업은 아직도 익숙하지 않다.

하계의 음식에 어리둥절해하는 이 소수민족에게 닥친 가장 큰 과제는 생존일 것이다.
밤마다 꿈에서 피나투보의 풍요로운 자연을 떠올리고 근사한 맛의 기억을 더듬어 가며 이제는 하계에서 어떻게든 살아 나갈 수밖에 없는 것이다.

필리핀

인어를 먹다

"지금도 인어를 먹는 사람들이 있다."

마닐라에서 이 말을 들은 나는 가만히 앉아 있을 수가 없었다.

물론 인어라는 말은 농담이고, 그 전설의 기원이 된 듀공을 가리킨다.

"고기가 주홍빛을 띠고 맛이 아주 좋으며 인갱(仁羹: 인어 고기)이라고 이름 붙인다."

이 문장을 민속학자 야나기다 구니오(柳田國男)가 쓴 책에서 읽고 난 뒤로 나는 미안한 마음이 들면서도 인어는 과연 어떤 맛일지 궁금해졌다.

희귀 동물 보호라는 문제가 있지만, 먹으면 불로불사한다는 말도 있지 않은가! 그 고기가 정말 있다면 당국의 허가를 받아서 아주 살짝이라도 맛보고 싶었다.

그래서 '어시장에서도 듀공 고기가 팔린다'는 소문이 돌던 마닐라에서 남서쪽으로 280킬로미터 떨어진 부수앙가 섬으로 날아갔는데…….

그곳은 택시 한 대도 없는, 마치 잠에 빠져든 섬 같았다.

섬 주민들은 대부분 근해어업이나 소규모 농업으로 근근이 생계를 이어 가고 있지만, 험상궂은 얼굴은 없고 다들 태평하게 보인다.

인어, 아니, 듀공 이야기를 어떻게 꺼내야 할지 망설이는 참에 눈에 띄는 것이 있었다.

여기저기 붙은 듀공의 보호를 호소하는 포스터.

포획하거나 죽이면 벌금 5000페소(한화로 10만 원을 조금 넘는다.—옮긴이)를 물게 한다고 쓰여 있었다. 이러니 "먹어 봤어요? 맛있었어요?" 하고 묻고 싶어도 입을 다물 수밖에 없겠다고 생각했는데, 뜻밖에 '작년 11월에 아는 사람한테 얻어먹었다'고 말하는 남자가 나타났다.

나이는 마흔여덟이고 전에는 어부였는데 이제 농사를 짓고 있다는 이 남자, 에드는 먹는 것이 왜 잘못이냐는 투로 다짜고짜 말했다.

"딴 데서 온 사람은 몰라도 우리 섬사람 중에 안 먹어 본 사람은 없을 거예요."

에드는 그렇게 내뱉듯이 말했다.

"공무원이든 경찰이든……." 이 말을 할 때만 목소리를 죽이며 슬쩍 한쪽 눈을 깜박했다. 그리고 큰 소리로 "그 맛이야 최고지." 하고 살진 몸을 흔들며 껄껄 웃었다.

1960년대에는 날마다 먹었다고 한다.

마구잡이로 포획한 탓인지, 1970년대부터 그 수가 줄어들어 1980년대 이후로는 1년에 한두 번만 먹을 수 있는 정도라고 한다.

예전에는 정말로 어시장에서도 팔았지만 최근 규제가 엄격해지고는 친척이나 지인들끼리 조금씩 사고판다는 것이다. 그래도 시세는 있어서 1킬로그램에 35페소 정도라고 알려 준다. 1킬로그램에 85페소인 소고기보다 훨씬 싼 것은 아는 사람끼리 거래하거나 얻은 고기를 나누어 주기 때문이라고 한다. 중국인 상인이 밀매하는 것 같다는 소문도 들었다.

"그것 말고는 고기를 먹을 수 없으니까 먹는 거예요. 맛있거든요. 벌금을 내더라도 먹고 싶을 정도라니까요, 정말로."

11월에 먹은 맛을 떠올렸는지, 에드의 눈이 게슴츠레 풀렸다.

다음 날 에드와 내가 배를 준비해서 부수앙가 섬 북동쪽에 있는 토르다 섬으로 향했다. 그곳이라면 말린 듀공 고기 정도는 있을지도 모른다고 했다.

두 시간 반 동안 항해했다. 바람도 없이 잔잔하고 푸른 거울 같은 바다 위를 배가 미끄러져 갔다. 아릿한 햇볕에 그을리며 토르다 섬에 도착한 나는 곳곳을 걸어 다니면서 듀공 고기에 대해 물어보았다. 그런데 다들 "벌써 다 먹어 버렸지." 하는 것이다.

옆에 있는 말라우드 섬이라면 아직 남아 있을지도 모른다는 말에 다시 배를 타고 떠났다.

맹그로브 나무로 두껍게 둘러싸인 그곳은, 농업과 어업을 함께 하는 바쿠낭 일가를 비롯해 인구가 2000명밖에 되지 않는 무서울 만큼 조용한 섬이었다.

"어쩌나."

성실하고 정직해 보이는 바쿠낭이 말했다.

두 달 전, 250킬로그램짜리 듀공이 포구 쪽으로 길을 잘못 들었을 때 다이너마이트를 터뜨려서 그걸 잡았다고 한다. 섬사람들이 다 먹고도 남은 고기를 말려 두었는데, 얼마 전에 그것도 먹어 버렸다는 것이다.

"그게 워낙 맛있으니까 바로 먹어 버리지. 껍질부터 내장까지 다 맛있어."

초로의 이 남자가 실감 나는 목소리로 중얼거렸다.

"갈비뼈를 가루로 만들어서 마시면 기운이 솟고, 출산해서 거칠어진 피부도 좋게 하고, 여하튼 못 먹는 게 없어."

스물일곱 살이라는 장남 레너드는 듀공 잡는 법을 가르쳐 주었다.

"다이너마이트를 해수면에서 폭발시키면 기절해요. 그럼 듀공에 달라붙어 콧구멍을 틀어막아서 죽이죠."

생생하다. 인어의 전설이니 뭐니 하는 것은 없었다. 옆에서 바쿠낭이 말했다.

"양보다 돌고래, 돌고래보다 돼지, 그냥 돼지보다는 멧돼지, 멧돼지보다 소, 소보다 듀공(타갈로그어로는 주공)이 맛있지."

고기의 왕이라는 말이다.
맛은 소고기와 비슷한데, 소고기보다 냄새가 적고 부드럽다. 껍질이 맛있고 뼈는 감기에 효험이 있으며 임산부의 영양식도 된다고 한다.
내가 듀공의 깊은 맛을 알고 싶다고 했더니, 에드가 고개를 갸웃하고 생각하다가 마침내 답했다.
"아주 살짝 젖……, 그래 맞아, 사람의 모유 냄새가 나는 것 같아요."
바쿠낭 가족이 누렇고 작은 돌처럼 생긴 것을 선물로 주었다. 듀공의 어금니다. 가보처럼 여긴다는 약이다. 가루로 만든 것을 주춤주춤 핥아 보니 달착지근하면서 살짝 우유 맛이 돌았다.
그러고 보니 민속학자 미나카타 구마구스(南方熊楠)도 「인어 이야기(人魚の話)」에서 이렇게 쓰고 있다.
"1668년에 콜린이 쓴 『필리핀 섬 선교지(比律賓島宣教志)』의 80쪽에 이런 글이 있다. '인어 고기를 먹을 수 있고, 그 뼈나 이빨도 베인 상처에 영험하다.'"

먼 옛날, 불효자인 데다 사리 분별도 못 하는 젊은 남녀가 있었다. 그 부모가 신에게 어떻게든 그들에게 벌을 내려 달라고 부탁했다. 화가 난 신은 두 사람을 듀공으로 만들어 버렸다.
부수앙가 섬 주변에서 전하는 이야기다. 낭만적인 이야기는 아니다. 그저 잡아먹기에 안성맞춤으로 그럴듯하게 꾸며 낸 이야기로 들린다.
그때 에드가 나지막이 중얼거렸다.

"일본인은 고래를 먹는다던데……."

그렇다, 나는 고래회를 아주 좋아한다. 이 주변 섬에서 태어났다면 아마 듀공을 아무렇지도 않게 먹었을 것이다. 맛이라는 것과 동물 보호의 관계는 참으로 어렵다.

어느 날 밤, 작은 고기잡이배에 함께 탈 수 있었다.

혹시나 듀공이 그물에 걸리지 않을까, 나는 잘못을 뉘우치는 마음도 없이 생각했다. 하지만 듀공이 잡히기는커녕 잡어만 몇 마리 낚은 초라한 어획이었다.

나는 갈려서 깨알같이 된 듀공의 이빨을 야광충이 푸른빛을 내는 바닷속으로 던져 버렸다.

그 순간 바다에서 젖 냄새가 감돌았다.

필리핀을 떠나고 꽤 시간이 흘렀을 때 여행지에 있던 내게 느닷없이 에드의 편지가 당도했다.

'듀공 고기 입수. 냉동해 두었음. 먹으러 올래요?'

마음이 동했지만 가지 않았다.

내 상상 속 최상의 맛이 사라져 버릴 것을 두려워하면서.

필리핀

민다나오 섬의 비극

바다색을 띤 맑은 하늘이 갑자기 흐려지면서 산등성이가 흐릿해진 느낌이 들더니 가랑비가 흩날렸다. 우비는 없었다.

"괜찮아, 그냥 소풍 가는 거라고 생각해."

노인이 던진 말에 대수롭지 않게 여기고 따라나섰다.

빗발은 점점 거세졌다. 옥수수 밭만 어슴푸레하게 노란 띠를 두른 것처럼 보였다. 몸은 벌써 흠뻑 젖어 버렸다.

노인은 돌아갈 생각이 없는 듯하다. 돌아가기는커녕 믿기 어려울 만큼 빠르게 성큼성큼 산길을 오른다. 이따금 산등성이를 향해 "야호!" 하고 외친다.

필리핀 민다나오 섬의 카가얀데오로 시에서 남동쪽으로 90킬로미터쯤 떨어진 키탄그라드 산속에 내가 있다.
내 앞에서 걸어가는 노인은 알레한드로 살레. 일흔네 살로 지금은 농부지만 2차세계대전 때 전장에서 용맹무쌍하게 싸운 공로로 미국 정부로부터 실버스타 훈장까지 받고 전역한 필리핀군 대위다.
아내가 만들어 주는 돼지고기 스튜를 가장 좋아하는 음식으로 꼽는 그에게 내가, 전쟁이 끝나고 이곳에 남은 일본군 병사들이 1947년까지 숨어 있던 현장으로 안내해 달라고 부탁한 것이다.

나는 세 번이나 미끄러졌다. 노인은 딱 한 번 넘어졌다. 항일 게릴라전이 벌어졌을 때 산속 행군도 했고, 퇴역 뒤에는 농사를 지으면서 다리나 허리가 잘 단련되어 있기 때문일 것이다.
노인의 아내가 튼튼한 그를 '타이슨'이라고 부를 때가 있다고 한다. 권투 선수 마이크 타이슨의 타이슨 말이다. 내가 넘어질 때마다 '타이슨'은 허허 웃는다.
노인은 진흙투성이가 된 나를 거들떠보지도 않고 풀을 뽑는다.
엉겅퀴 같은 꽃이 핀 두안두안이라는 풀이라고 한다.
"그 사람(잔류 일본 병사)들이 이 풀을 그 고기랑 같이 끓였어."
노인이 이렇게 말하면서 두안두안 꽃을 쥐어뜯었다. 진흙땅에 피처럼 선명한 주홍빛 점들이 맺혔다.
내가 줄기를 씹어 보았더니 처음에는 쑥 냄새 같은 것이 은은하게 났다. 조금 있으니 풋내가 강해지면서 침이 흥건히 고였다.

'냄새를 없애려고 이 풀을 넣었을까?' 하고 나는 생각했다.
가는 길에 오두막이 있었다.
"여기서도 농민들이 끌려갔어."
노인이 중얼거렸다.
산기슭의 인타바스 마을까지 나를 태우고 갔던 트럭 운전사는 "지금 가는 곳에 살던 사람들은 다 군인들 냄비 속으로 들어갔지." 하고 진지한 표정으로 말했다.
노인이 띄엄띄엄 말하기 시작했다.
이 산 일대에 숨어 있던 구 일본군 제14방면군 소속 양륙대(揚陸隊) 고관이던 군인(이미 사망했다.)의 아들이 1974년에 일본에서 일부러 노인을 찾아왔을 때, 이 오두막까지 안내했다고 한다. '그 이야기'를 해 주었는지 물어보았다.
"안 했어. 아들한테 말할 수는 없지."
목소리도, 표정도 바뀌지 않은 노인이 대답했다.
양륙대원 30여 명이 투항한 1947년 2월 이후, 오두막에서 더 깊이 들어간 밀림 지대에는 일본인이 한 번도 들어가지 않았다고 한다. 산을 오르기가 꽤 힘들었다. 노인이 물었다.
"그래도 가 볼 텐가?"
사건이 밝혀지고 46년이 흘렀다. 현장을 본들 달라질 건 없다. 그래도 보고 싶었다.
빗물에 흠씬 젖어 너덜너덜해진 몸을 이끌고 길이 전혀 보이지 않는 산비탈을 올라갔다. 나뭇가지와 가시가 팔뚝을 그었다. 산거머리가 달라붙었다. 각다귀한테도 물렸다.

"자, 자. 어서, 어서." 노인이 내게 힘을 북돋아 주었다.

"참 수수께끼 같은 일이야."

노인이 멈춰 서더니 혼잣말을 중얼거렸다.

잔류병들이 영양실조 상태였다는 것은 사실일 것이다. 하지만 1946년부터 1947년까지 산속에는 멧돼지와 사슴과 원숭이도 있었다. 산을 조금만 내려가면 토란도 자라고 있었다.

그들에게는 총과 탄약이 있었으니, 단백질이 필요했다면 짐승을 사냥해도 되지 않았을까? 짐승이 아니라면 영양이 풍부한 토란만으로도 꽤 오랫동안 살 수 있었을 텐데, 사람을 수십 명이나 먹었다니…….

이것이 지금까지도 알 수 없는 수수께끼라는 말이다.

전쟁과 그에 따른 극한상황이 인류가 가장 금기시하는 규칙을 깨뜨리고 말았다.

나는 지친 머리로 이렇게 생각했다. 이와 동시에 설령 이런 일반론이 모든 전쟁범죄에 들어맞는다고 하더라도, 노인이 말하는 수수께끼에 대한 정답은 될 수 없다는 생각이 들었다.

"투항했을 때 그들은 몸 상태가 꽤 좋았지."

이렇게 말하며 노인은 다시 허허 웃었다. 탓하는 기색이나 비꼬는 느낌이 없는 목소리였다. 어떤 이야기든 어이가 없을 만큼 호탕하게 말하는 사람이다.

해발 1500미터쯤 올랐을까?

고사리 같은 풀을 헤치며 밟고 올라가 보니 어느새 울창한 숲속이었다. 어두컴컴했다. 발밑을 자세히 보니 깊은 골짜기였다.

지친 몸과 두려움으로 다리 힘이 빠진 나는 주저앉아 버렸다. 도저히 더는 오를 수 없다고 말하려던 참에 노인이 소리쳤다.

"저기다!"

노인의 굵은 손가락이 골짜기 너머 40, 50미터 정도 앞쪽의 산등성이를 가리키고 있었다.

하지만 아무것도 보이지 않았다. 원시림에서 쭉쭉 뻗은 풀밖에 보이지 않았다. 다가가려고 해도 가파른 절벽 때문에 도저히 못 갈 것 같았다. 그렇다고 돌아서자니 다시 숲을 빠져나가야 했다.

필리핀군의 공격을 피해 숨기에는 안성맞춤인 곳 같다. 하지만 사람이 생존하기에는 너무 험난한 곳이라, 겨우 5분 동안 머물렀을 뿐인데도 고독감에 온몸이 부들부들 떨렸다.

거기까지 간신히 올라가 보니 패전 사실을 몰랐거나 알고도 믿으려 하지 않았던 그들의 마음속에서 일어난 혼란이 비로소 어렴풋이 느껴졌다. 가슴이 조여 왔다.

그 산등성이에 잔류 일본 병사들의 오두막이 다섯 채 있었다고 한다. 1947년 초에 노인이 지휘하던 군대가 그곳을 급습했을 때, 들풀과 함께 조리되고 있던 그 고기가 냄비와 반합에 들어 있었다……. 어두컴컴한 숲속에서 노인의 목소리가 묘하게 크게 울렸다.

마닐라에서 읽은, 필리핀 공문서관에 소장된 1949년 전쟁범죄 재판의 영문 기록이 떠올랐다. 열 명이 넘는 양륙대 병사들이 진술한 내용이 신음이 되어 내 귀에 들려왔다.

"저는 먹었습니다."

"저도 먹었습니다."

'나라면 어떻게 했을까?' '먹지 않을 수 있었을까?' '이런 상상은 어리석을까?' 이런저런 생각에 잠겨 있는데, 노인이 침묵을 깼다.

"나도 그걸 먹었지."

"예?"

내 귀를 의심하며 물었다.

"나도 먹었다니까."

눈앞에 서 있는 호탕한 노인이 사람을 먹은 적이 있다고 고백했다. 마치 말고기를 먹었다고 하는 양 아무렇지도 않다는 듯이.

살레 노인은 양륙대 병사들이 숨어 있던 현장을 가리키면서 그걸 어떻게 먹었는지 이야기하기 시작했다.

1947년 초, 잔류 일본병 토벌 작전이 한창 벌어지고 있었다.

희미하게 날이 밝는 새벽녘의 급습이었기 때문에 현장은 아직 어두웠다. 일본 병사들은 도망치고 없었다.

오두막 근처에 있던 냄비에 담긴 음식이 아직 따뜻했다. 당시 20대 청년으로 한창 먹성이 좋던 살레는 아침을 거르고 출발한 터라 배가 몹시 고팠다.

냄비 안의 고기 다섯 점을 게걸스럽게 먹어 치웠다.

어린 개를 잡아 끓인 스튜라고 생각했다. 짠맛이 조금 났다.

햇빛이 비치면서 귀나 손가락이 드러나서야 그것이 사람이라는 사실을 알았다. 나무 밑에 사람의 머리도 있었다.

"토하려고 했지만 이미 늦었지."

노인은 가톨릭 신자였다. 곧바로 신부에게 고해했다. 신부는, 모르고 먹었으니 죄가 아니라고 했다고 한다.

내가 노인의 우락부락한 표정에서 그 '우연의 음식'이 어땠는지를 짐작해보려고 했지만, 깊숙이 감춰졌는지 아무것도 찾을 수 없었다. 그저 평소에는 엿볼 수 없는 영역을 그 노인이 보고 말았다는 생각이 들었다.

일본 병사를 몇 명 죽였냐고 노인에게 물었다.

노인이 무뚝뚝한 표정으로 답했다.

"일곱 명."

나는 아무 말 없이 산을 내려갔다.

앞서가는 노인의 억센 목둘레를 의심의 눈초리로 더듬었다. 그것을 먹은 사람의 목 뒤쪽에 나타난다는 '녹색 둥근 고리'가 정말로 있는지 찾아보았다.

어떤 흔적도 없었다. 사람 고기를 먹지 않은 사람의 눈에만 보인다는 그 고리 모양 빛에 관한 이야기는 다케다 다이준(武田泰淳)의 소설

『반짝이끼(ひかりごけ)』에서 읽었다.

나는 몹시 피곤했다. 노인의 등 뒤에서 마음속으로 나의 무례를 사죄했다.

산기슭의 인타바스 마을에 다다르자 마을 사람 예닐곱 명이 나를 둘러싸면서 키탄그라드 산에 왜 올라갔는지를 물었다.

내가 이유를 설명했다. 잔류 일본 병사들이 먹은 그 '음식' 이야기도 잠깐 했다.

이때 마을 사람들이 보인 반응을 어떻게 말로 표현할 수 있을까? 피로에 지친 내가 꿈을 꾸나 하는 생각이 들었다.

마을 사람들이 너도나도 한마디씩 하기 시작했다.

"어머니도, 여동생도 잡아먹혔어요."

"우리 할아버지도 일본 병사한테 먹혀 버렸소."

"나무 봉에 돼지처럼 매달려 끌려가서 먹혔단 말이오."

'먹혔다.' 이 피동사가 내 수첩에 순식간에 열 개나 나열되었다.

마을 사람들은 울거나 소리치지 않았다. 목소리를 높이지도 않았다. 착 가라앉은 고요한 목소리였다. 그런데도 내 수첩이 '먹혔다'는 격렬한 말로 새까맣게 뒤덮이는 모습이 기묘하게 느껴졌다. 노인은 어쩔 줄 몰라 하는 나를 잠자코 지켜보고 있었다.

1949년에 마닐라에서 열린 전쟁범죄 재판에 나가 증언하기도 한 농민 칼메리노 마하야오가 마을 사람들의 목소리를 모았다. 1946년부터 1947년 초까지 이 마을과 주변에서만 서른여덟 명이 잔류 일본병에게 죽임을 당했고, 그들 중 대부분이 먹혔다. 머리 부분 같은 잔해 혹은 먹는 현장을 목격했다는 증언으로 사실은 명백해졌다. 하지만 일본 측은 단 한 번도 조사단을 파견하지 않았다.

마하야오가 마지막으로 말했다.

"하지만 잊지 말아 주십시오. 제대로 전해 주십시오."

사실 이 사건의 개요는 1992년 가을, 교도통신의 마닐라지국에서 보도했다. 그러나 1947년에 잔류 병사가 발견된 이후, 현대사에서는 지극히 보기 드문 병사들의 '조직적 식인 행위'로 연합군 사법 관계자들이 기겁한 이 사건의 전모는 일본에 거의 알려지지 않았다.

왜 그랬을까?

사실을 은닉하는 어떤 힘이 작용했을까? 그렇다면 '식(食)에 관한 최대의 금기'를 범한 이 사건에 깔린 도저히 설명할 수도, 말로 표현할 수도 없는 혐오감이 원인이었을까?

'전쟁 때 범한 과오는 잊어버리는 편이 좋다.' 이런 생각이 작용했기 때문인지도 모르겠다. 하지만 바로 내 눈앞에는 육친이 '먹혔다'는 사실을 마치 어제 일처럼 말하는 유족들이 있다. '먹었다'는 역사를 모르고, 아니, 잊어버리고 싶어 하는 일본과 그들 사이에는 정신이 아득해질 정도의 거리가 있다. 나는 그저 침묵하고 있을 수밖에 없었다.

살레 노인과 내가 인타바스 마을을 뒤로했다.

길을 가면서 노인은 자신이 중심이 되어 거의 50년 전에 일어난 사건에 대해 유족들에게 물어 가며 조사를 시작했다고 말해 주었다. 일본 정부에 어떤 식으로든 배상을 요구하고 싶다고 했다.

"(잔류 일본병) 한 사람 한 사람에게는 이제 원한이 없어. 다 좋은 사람들이야."

노인이 물웅덩이를 묘하게 피해 가면서 말했다.

그는 잔류 장병 30여 명이 투항했을 때 그 자리에 있었다. 마닐라 법정에서 그중 열 명이 사형을, 네 명이 무기징역을 선고받았다. 하지만 특별사면으로 형은 집행되지 않았고, 사망한 부대장을 제외한 전원이 귀국했다고 한다. 그 뒤 기독교인이 된 사람, 민다나오 마을에 약품을 보내온 사람, 직접 와서 마을 사람에게 사죄하고 간 사람도 있다.

노인은 배상을 요구해도, 남몰래 혼자 괴로워하고 있을 그 사람들에게 폐가 되고 싶지는 않다고 말했다.

노인은 귀국한 옛 잔류 장병과 편지를 주고받고 있었다. 노인의 딸이 일본으로 어학연수를 떠났을 때, 옛 장교가 그녀의 신원보증인이 되어 주었다고 한다.

'그것'을 먹은 과거 때문에 괴로워하는 사람들과 '그것'인 줄 모르고 먹어 버린 노인은 참 기묘한 끈으로 이어져 있었다. 세상에는 그렇게 벗을 사귀는 일도 있는 것이다.

비가 그쳤다.

뒤돌아보니 구름 사이로 햇살이 금빛 다발이 되어 키탄그라드 산을 반짝반짝 비추고 있었다. 두렵던 산이 전과 달리 장엄해 보였다.

음식과 상상력

우리 집의 얼룩고양이는 집 주변을 어슬렁거리던 길고양이로 살던 시절, 사흘이나 지난 토란 조림이든 만두피든 사람이 먹다 남긴 것이라면 뭐든지 먹는 아주 씩씩한 수놈이었다.
그러다 집고양이로 승격되고 나서는 과보호가 당연하고 고양이용 통조림만이 삶의 보람이 된 중년의 무기력한 미식 고양이가 되고 말았다. 120엔(약 1200원이다.—옮긴이)짜리 고양이 통조림을 하루에 한 개 반씩 먹으니까, 한 달 식비로 5400엔쯤 든다.
이것이 고양이 통조림 제조 노동자 평균 월수입의 3분의 1이 넘는다는 사실을 나는 타이에서 처음 알게 되었다. 고양이는 말할 것도 없고, 나 같은 사람도 고양이 사료를 만드는 사람들이 겪는 고생에는 상상력이 미치지 못하는 법이다. 일본에서 (연간 4만 톤 이상) 수입하는 고양이 통조림의 대부분을 공급하는 방콕 주변 통조림 공장에 가 보니 앞으로는 고양이와 함께 타이 쪽으로 발 뻗고 자지도 못할 것 같은 기분이 들었다.

대기업인 A 공장에 취재 신청서를 냈는데 여지없이 거절당했다.

경계가 상당히 심했다.

귀중한 수산자원을 잡을 수 있는 대로 잡아서 싼 노동력으로 가공하고 일본의 반려동물에게 먹이면 그만이라는, 인간과 동물이 아예 뒤바뀌어 버린 생산과 소비의 구조. 이에 대한 반성론이 미미하게나마 일본 일부에서 나타나기 시작한 것에 타이의 펫푸드 관련 기업 전체가 지금 꽤 신경을 곤두세우고 있다.

'사회문제화하지 말라'는 말이 여기저기서 들려온다.

일본에서 주문이 줄어들면 펫푸드 관련 회사 수십 곳, 노동자 2만 명 정도가 당장 영향을 받기 때문이다. '고양이 통조림 반성론' 같은 것이 공장 측에서는 골칫거리일 뿐이다.

어쨌든 모두 익명으로 한다는 조건하에 간신히 방콕 동쪽 교외에 있는 B 통조림 공장을 견학할 수 있게 되었다.

내장을 뺀 가다랑어를 거대한 철제 상자에서 찌는 과정부터 보았는데, 다 찐 가다랑어를 식힌 다음부터가 힘들다. 긴 고무장화, 흰 모자, 흰 작업복 차림의 타이 여성들이 계속 서서 수작업을 한다.

생선가루 비료에서 날 법한 냄새와 열기가 가득한 가운데, 칼로 대가리를 자르고 껍질을 벗긴다.

몸통을 4등분하고 가시를 발라낸다. 잔가시를 뽑을 때는 핀셋을 쓴다. 끈기가 필요하다.

그다음에는 거무스름한 살과 흰 살을 손가락으로 분류한다. 이것이 어렵다. 익숙해지는 데 적어도 두 달은 걸린다. 거무스름한 살은 고양이 사료, 흰 살은 사람이 먹는 플레이크가 된다. 섞이면 품질에 문제가 생기기 때문에 숙련 노동자가 눈을 부릅뜨고 지켜본다.

분류가 끝난 살코기는 벨트 컨베이어 두 대로 옮겨지는데, 한쪽은 고양이 사료용이고 다른 쪽은 사람 식용으로 흘러간다. 사료용에는 도중에 비타민 E와 미네랄 등이 첨가되는데, 일본 고양이 사료의 고급화 지향에 따른 것이다. 사람이 먹을 흰 살에는 새우나 멸치가 더해질 때도 있다.

통조림을 자동으로 채우는 기계가 없는 이 중견급 공장에서는 젊은 여성이 고양이 사료용 캔에 손으로 생선 살을 넣으면서 하나하나 계량하고 있었다. 여성들의 눈은 전자 부품이라도 만드는 듯 진지했다.

살아 있는 노동자들이 손길을 더하고 애쓰는 정도는 고양이 사료와 사람의 음식이나 마찬가지다.

여덟 시간 노동, 한 시간 휴식에 일당은 150밧(약 500엔)이다. 한 달에 26일을 일해도 1만 5000엔을 못 번다. 그래도 중소 봉제 공장에 다니는 것보다 수입이 낫다.

좁은 기숙사의 방 한 칸에 서너 명이 함께 자는 경우도 있는데, 타이에서는 이 정도도 복 받은 편에 속한다. 일본 도시의 젊은 여성들이라면 아마 급료를 스무 배 더 받는다고 해도 이런 일은 하기 싫어할 것이다. 완성된 고양이 통조림 포장을 보니 우리 집의 투실투실한 고양이가 더없이 사랑하는 상표다. 게다가 일본 수출용 고양이 통조림의 포장을 보면, 이 공장에서 그리스로 수출하는 식용 생선 통조림보다 훨씬 멋진 데다 비용도 더 든다.
이 땀의 결정이 타락한 고양이의 입으로 들어간다? 이렇게 상상하니 화가 치민다.
그렇게 맛있나 싶어서 완성된 고양이 통조림을 먹어 보았다. 짠맛은 없고 비린내만 나는, 왠지 김빠진 듯한 맛이었다.

점심시간에 공장 근처에서 둥근 얼굴에 피부색이 까무잡잡한 틴이라는 여자와 이야기를 나누었다. 스물여섯 살이고, 고양이 통조림 제조의 마지막 단계인 내용물 채우기 작업을 하고 있었다. 타이 북동부의 부리람에서 벼농사를 짓는 가정 출신이라는데 말수가 적었다.
틴은 통조림 공장 일은 농사보다 훨씬 편하다고 했다. 한번은 공장 일을 그만두고 집에 돌아가 농사를 도왔지만 결국 공장으로 돌아왔다.
집에서 고양이를 키우는지 내가 물어보았다.
"고양이도, 개도 안 키워요."
시답잖은 질문은 하지 말라는 듯한 표정이었다.
그래도 음식 얘기에는 생글생글 웃었다. 아침과 점심 식사에 10밧씩,

저녁 식사에는 20밧이 든다. 물론 물가가 다르겠지만, 일본의 고양이 통조림값이 내 머릿속에서 어른거렸다.

틴은 솜탐을 아주 좋아해서 하루도 안 빠지고 먹는다고 한다. "시골에서도 항상 먹었으니까요." 하고 말했다.

솜탐은 소금에 절인 게, 작은 새우, 채 썬 파파야, 고추, 강낭콩, 라임, 마늘, 토마토 등을 그릇에 담아 남플라(생선과 쌀로 만든 액상 양념)를 뿌리고 버무려서 만드는 타이 고유의 대중 음식으로 동북 지방 사람들에게 특히 인기가 있다.

게는 논에서 잡은 데다 익히지 않아서 내가 먹기를 가장 꺼리는 음식인데, 틴은 솜탐 재료를 직접 사다 아파트에서 요리할 때도 있다고 한다. 한 봉지에 7밧인 포장마차 솜탐보다 싸고 많은 양을 만들 수 있어서라고 중얼거렸다.

솜탐 이야기를 빼고는 그녀와 나눈 대화가 왠지 어색한 채로 끝났다.

며칠 뒤에 용기를 내서 솜탐을 먹어 보았다. B 공장이 아니라 또 다른 대형 통조림 공장이 근처에 있는 방콕 남서쪽 사뭇사콘의 어느 식당에서다. 작업복을 입은 여성 노동자들이 동북 지방 사투리로 이야기하면서 솜탐을 반찬 삼아 찹쌀밥을 한입 가득 넣어 씹고 있었다.

얼핏 보면 샐러드처럼 보이는 솜탐을 나도 먹었는데……. 음, 이건 맵고 짜고 비린 게 소금에 절인 고등어 맛이라고 해야 할까, 김치 맛이라고 해야 할까. 목구멍에 계속 남아 있는데 말로 표현할 수 없는 깊은 맛이 났다.

그걸 먹으면서 틴에게 꽤 무례한 질문을 한 것이 떠올랐다.
"일본 고양이를 위해서 통조림 만들고 있는 걸 어떻게 생각해요?"
너무 심한 질문이었다. 그래서는 안 되었다. 묻지 말았어야 했다.
틴은 잠자코 있었다. 눈은 화가 나 있었다. 마침내 말을 내뱉었다.
"상관없어요. 그냥 일할 뿐이에요."
그렇다. 그녀에게는 자신이 만든 통조림을 도대체 누가 먹는지 상상하지 않을 권리가 있다. 솜탐을 먹으면서 부모가 살고 있는 고향을 생각하는 편이 당연히 낫다.
질문을 받아야 할 사람은 오히려 나였다.
"당신 집에 있는 고양이가 먹는 통조림이 어떻게 만들어졌는지 상상해 본 적 있나요?"

타이

위장의 연대

음식을 먹는 사람으로서 식당이 크다고 좋은 것만은 아니다.

작은 가게는 작은 대로 차분한 분위기가 있는 법이다.

'초(超)' 자가 붙을 만큼 규모가 엄청난 식당에 들어서면 인간의 거대한 무리가 먹고 있는 모습이 만들어 내는 장관에 그저 "하아……." 하고 감동의 한숨이 새어 나올 뿐이다. 겐코 법사(吉田兼好 : 14세기 일본의 시인이자 수필가다.—옮긴이)가 "먹고 마시고, 배설하고, 잠자고, 말하는 것…… 그만둘 수가 없어 대부분의 시간을 보내는구나."(『쓰레즈레구사(徒然草)』 108단)라고 하며 먹고 마시는 것을 인간의 행위에서 맨 먼저 꼽은 이유를 잘 알 것 같다.

기네스북이 '세계에서 가장 큰 식당'으로 인정한 타이의 로열드래곤.

이렇게 소개하면 내 바람과 다르게 왠지 홍보에 도움을 주려는 것처럼 되고 만다. 하지만 먹는 행위에 대한 이 식당의 철학을 다루려는 것은, 좀 거창하게 말하자면, 요즘 일어나고 있는 지역 분쟁을 해결할 실마리를 구상하는 데 시사하는 점이 있기 때문이다.

로열드래곤은 베이징의 이허위안 정원이나 베이하이 공원과 비슷한 중국풍 모습이다.
연못, 7층탑, 회랑이 있다. 3만 4000제곱미터쯤 되는 땅에 즐비하게 늘어선 5000석. 안으로 들어가면 그릇 부딪치는 소리, 음식을 씹고 삼키는 소리, 웃는 소리, 웨이터들이 롤러스케이트를 타고 미끄러지듯 지나가는 소리……, 대교향곡이 울린다.
그런데 신기하게도 질서가 있다.
사람이 수천 명이나 모이면 무질서가 생겨나기 마련인데, 여기서는 강제 없는 질서가 있다. 먹고 맛보는 것에 사람들이 관심을 기울이고 놀랄 만큼 집중해서 그렇게 되는 것 같다.
노동이라면 그럴 수가 없다. 겐코 법사가 말하는 식사 외의 기본 행동인 '잠자기'나 '말하기'라도 이렇게까지 잘 되지는 않는다. 사람이 수천 명 모여서 함께 잠들 수도 없을 것이며 서로 이야기를 나눈다면 끝도 없이 논쟁이나 싸움이 벌어지지 않겠나?
보고 있어도 질리지 않는 모습이다.
미녀가 악어처럼 입을 크게 벌리고, 신사가 수염에 음식을 묻히고 뺨을 풍선처럼 부풀리며 분투한다.
핏대를 올리고 머리를 흔들며 음식을 베어 물려고 하는 노인도 있다. 음식이 통과할 때만큼은 마치 다른 생물의 일부처럼 보이는 목구멍의 꿈틀거림.
수천 개의 입과 위장 속에 채워지는 것은 사상도, 주의도, 주장도 아닌 음식뿐이다.
'아아, 사람이란 너도나도 음식을 먹는 기관이구나.' 감동이 밀려온다.
접시가 10만 장, 요리사와 웨이터 등 직원이 1200명이라는 이 식당이 완고하게 지키는 자세는 아마도 '무제한의 공존'일 것이다. 즉 세상의 무수한 식습관과 음식을 하나하나 존중하고 모든 것을 제공할 테니 부디 싸우지 말고 드십시오, 하는 원칙 없는 원칙이다.
해산물을 중심으로 한 요리가 약 1000가지라는 차림표는 두께로 보나 무게로 보나 책이라고 하는 편이 더 어울리는데, 200엔 정도의 면류부터 주문을 먼저 받고 한 달 동안 조리한다는 10만 엔 정도의 특별 요리까지 없는 게 없다.
소고기를 먹지 않는 힌두교도, 돼지고기를 꺼리는 이슬람교도, 고기를 먹지 않는 채식주의자가 모두 저마다 식습관과 미각에 따라 원하는 음식을 찾을 수 있다. 생선회, 된장국, 닭고기 덮밥, 김치, 한국 불고기, 참새 요리, 개구리 요리, 자라에 해삼……. 이건 뭐 끝이 없다.
이 음식들을 손으로 먹을지, 포크와 나이프로 먹을지, 젓가락으로 먹을지는 손님 마음대로다. 이렇게 민족, 종교, 계급이 평화롭게 혼연일체가 되어 거대한 공간에서 비할 데 없이 장엄한 '공존'의 풍경이 전개되는 것이다.

머리가 아닌 위장이라면 인류가 서로 연대할 수 있을지도 모른다. 적어도 먹는 동안에는 말이다. 음식을 먹는 거대한 무리의 한복판에 있으니 이런 생각이 들었다.

5000명이 동시에 식사할 수 있는 이 식당에서 민족이나 종교 문제를 풀기 위한 긴급 국제회의를 열면 어떨까?

옛 유고슬라비아의 크로아티아, 세르비아, 보스니아를 대표하는 사람들은 꼭 참가하면 좋겠다. 인도의 힌두교, 이슬람교도 과격파와 아일랜드공화국군 대표도 함께 자리하기를 바란다. 이라크, 조지아도 대표자를 파견하면 좋을 것이다.

같이 먹으면서 이야기를 나누다 보면 한없이 서로를 죽이는 것보다는 먹는 즐거움을 되찾는 편이 좋겠다고 위장으로 이해할 수 있지 않을까?

마음껏 상상의 나래를 펴고 있는데, 별안간 팡파르가 울렸다. 스포트라이트를 받는 쪽을 보니, 경극풍 옷을 입은 웨이터가 요리 접시를 한 손에 든 채 7층탑에서 뻗은 로프를 스르륵 미끄러져 내려오고 있다! 아무래도 손오공을 흉내 낸 것 같다. 이게 바로 이 식당의 자랑거리인 '하늘을 나는 웨이터'다.

화교만 네 명인 공동 경영자 중 중심인물인 소무차이 씨에게 중국적인 연출이라고 했더니, 그가 슬쩍 받아친다.

"무슨 말씀입니까? 밸런타인데이에는 큐피드, 크리스마스에는 산타클로스 차림으로 내려오니까 중국이든 타이든 어느 쪽에도 치우치지 않아요."
살진 몸을 흔들고 껄껄 웃으면서 단호하게 말했다.
"먹는 즐거움에는 종교, 정치, 신분 같은 건 아무 관계가 없어요. 그러니까 이 장사가 잘 되는 거죠."
방콕에서 자란 배경에 유연한 성격, 기개 높고 도량 넓은 중국인의 피가 적절히 섞여서 이렇게 엄청난 공동 식사 공간을 생각해 냈는지도 모르겠다.
나는 중국이나 타이 동북부에서 즐겨 먹는 참새 요리를 먹어 보았다. 통구이라고 할 수 있는데, 타이의 참새는 안쓰러울 만큼 야위어서 살점 따위는 거의 붙어 있지 않다.
머리부터 바삭바삭 씹어 먹으니 어릴 때 먹던 메뚜기 조림 맛이 났다. 흙과 쌀의 향이 은은하게 감도는 맛. 하지만 한 접시를 다 먹지 못하고 남겼다.
남은 음식은 어디로 가는지 소무차이 씨에게 물었다.
하루에 200리터들이 통 열 개분의 음식 찌꺼기가 나오는데, '생선 양식장에 사료로 판다'고 한다. 스물다섯 살에 5만 밧을 밑천으로 식당을 열었고, 서른일곱 살인 지금은 세계에서 가장 큰 이 식당을 비롯해 열 군데가 넘는 식당을 경영하는 사람. 즉 요식업 분야에서 입지전적 인물인 만큼 만사에 빈틈이 없다.

사람이 남긴 음식을 먹은 생선을 다시 사람이 먹는다. 그 음식 찌꺼기를 또 생선이 먹는다. 그 생선을 다시 사람이……. 겐코 법사가 말한 대로 먹는 행위는 그칠 줄 모르고 한없이 이어진다.

쌀국수의 사회주의

안개비가 내리는 한낮이 지난 무렵, 잎이 무성한 큰 나무 밑에서 느긋하게 쌀국수를 후루룩거리며 먹는다.

뜨거운 김으로 뿌옇게 변한 거리를 바라보면서 사람 사는 세상의 변한 모습을 떠올리고 이런저런 생각을 하다 보니 시간을 꽤나 들여 후루룩거리고 있다. 비가 국수 그릇으로 들어와도 그러든지 말든지 하늘의 물이라고 여기면 맛이 더 좋아진다. 이것이 베트남 하노이 사람들이 쌀국수를 먹는 법이다. 시정(詩情)이 흐른다.

한편 도쿄의 서서 먹는 우동 가게에서 샐러리맨들이 우동을 먹는 평균 시간은 2, 3분쯤이라던가? 운치가 없다.

하지만 이른 아침에 밥을 입속으로 밀어 넣듯이 먹으면서 일본은 경제를 번영시켜 왔다.

국수 한 그릇을 다 먹을 때까지 걸리는 시간의 길고 짧음. 이것이 의외로 그 나라의 경제 상황을 판단하는 기준이 될지도 모르겠다.

이런 생각을 하면서 하노이에서 날마다 쌀국수로만 세끼를 먹었더니, 어이쿠, 몸에서 힘은 빠졌지만 뭔가가 보이기 시작했다. 이 가난한 사회주의국가의 수도에도 미미한 변화는 있었다.

참고로, 나는 예전에 하노이 특파원이었다. 현재와 과거의 모습을 비교하는 눈이라면 어느 정도 있다.

결론부터 말하겠다. 하노이 시민이 쌀국수를 먹는 데 걸리는 시간은 3년 전에 비해 평균 2, 3분은 짧아진 듯하다.

나는 이것을 경제 활성화와 사회 변화의 징조로 본다.

쌀국수는 '퍼'라고 한다. 베트남 북부 지방의 독특한 패스트푸드다.

쌀가루 물을 냄비에서 끓여 얇은 필름처럼 만든 뒤에 가늘게 썰어서 면을 만든다. 이것을 3~5초 정도 살짝 데치고 4, 5초쯤 찬물로 헹군다. 그릇에 담아 국물을 붓고 실파, 고수, 고기를 얹으면 완성이다. 소고기를 넣은 '퍼보'와 닭고기를 넣은 '퍼가'가 전통적이고 가장 인기 있는 메뉴다. 여기에 레몬이나 잘게 썬 고추 등을 기호에 맞게 곁들여 먹는다.

약 220만 명이 사는 하노이에 퍼 가게가 8000곳에서 1만 곳쯤 된다고 한다. 공산당 지도자부터 샐러리맨과 밀수업자에 실업자까지, 하노이 사람이라면 적어도 사흘에 한 번은 퍼를 먹는다고 할 수 있을 정도다.

사실 퍼의 별명은 '연인' 또는 '애인'이다.
밥은 아내나 남편이라고 부른다고 내 하노이 친구가 가르쳐 주었다. 밥은 날마다 먹으니까 질릴 때가 있다. 그래서 가끔은 퍼가 좋다. 그러니까 퍼는 연인인 셈이다. 참 그럴듯한 말이다.
그래도 이 연인은 정말 많이 사랑받는다.
레반흐우 거리의 근사한 퍼 가게에서 한 그릇에 5000동(1동은 약 0.05원이다.—옮긴이)짜리 퍼가를 먹고 있던 공무원 쿠인 안은 월수입 30만 동 중 아침과 점심에 먹는 퍼값으로 7만 동이나 쓴다고 했다.
젓가락으로 국수 가락을 집어 왼손에 든 숟가락에 올려서 소리를 내지 않고 느긋하게 먹는다. 이것이 기본적인 먹는 법이다.
서른두 살이라는 그녀가 국수를 먹는 데 걸리는 시간을 재 보았다. 일본의 우동 한 그릇보다 양이 살짝 적은 듯한 퍼를 먹는 데 걸린 시간은 9분. 그리고 친구와 이야기하는 데 10분. 시간은 별로 신경 쓰지 않는다고 그녀가 말한다.
"규칙상으로 점심시간이 한 시간인데, 다들 두 시간은 쉬어요. 이제 커피 좀 마시고 쇼핑하러 갈 거예요."
3, 4년 전에는 더 여유 있었다.
입을 오므리고 국수를 몇 가락씩 살며시 호로록거리며 먹어서인지 여성들이 퍼를 다 먹는 데 12, 13분은 걸렸다. 점심시간이 실제로 두 시간 반이나 되는 사람도 있다.
퍼를 먹고 있으면 누군가가 빈 깡통으로 등을 툭툭 치기 마련이다. 돌아보면, 국물만이라도 좋으니 은혜를 베풀라면서 빈 깡통에 국물을 좀 부어 달라는 거지가 있다. 그런데 이런 모습이 확실히 줄었다.

하이바쯩 거리의 퍼 가게에서는 양손으로 들어 올린 국수 그릇에 입을 대고 국물을 마시는 부인을 보았다. 예전에는 이런 행동이 금물이었다. 시간이 걸려도 숟가락으로 한 입씩 떠서 마시는 것이 예의였다.

면을 남기고 허둥지둥 자리를 뜨는 남자도 보았다. 예전에는 일에 늦든 말든 여유 있게 다 먹는 게 당연했는데…….

한편 새로운 퍼가 나오기 시작했다. 닭고기에 소고기를 비롯해 여러 가지를 넣은 믹스 퍼. 고급화를 지향한다. 화학조미료도 이상할 정도로 많이 쓴다.

항띠엔 거리에서 퍼를 먹고 있던 어느 교사가 식사 시간에 대해 이렇게 말했다.

"예전에는 계속 전쟁 중이라 경제가 형편없었어요. 퍼 한 그릇으로 하루를 버틴 적도 있어요. 그러니까 시간을 들여 아끼면서 먹었죠."

이제 경제가 조금씩 나아지자 괜히 바빠져서 식사 시간이 짧아졌다는 것이다. 내 생각과 거의 같았다.

하노이종합대학에서 비교문화를 연구하는 판 쿠 데 박사를 찾아가서 국수 문화에 대해 물어봤는데, 장장 두 시간에 걸친 '쌀국수학' 개인 강좌가 되고 말았다.

방대한 내용을 도저히 다 담을 수는 없으니 요약하자면, 퍼는 '베트남 북방 문화를 반영하는 것으로 예술이자 철학적 실재'이기 때문에 이런 점을 충분히 생각하고 느긋하게 음미하는 것이 올바른 식사법이라는 것이다. 도쿄 토박이의 우동 먹는 법과는 정반대다.

“일찍이 베트남의 문화인들 중에는 퍼 먹는 법을 일본의 다도처럼 생각하는 사람도 있었어요. 예법이 있었죠. 실파, 고추, 레몬을 넣을 때도 순서가 있었어요.”

빨리 먹는 것이 전통문화의 붕괴로 이어진다고 말하고 싶은 듯했다.

그래도 왜 문화인가?

“면의 순백색, 채소의 녹색, 고추의 붉은색. 이건 아름다움이고 민족의 예술입니다.”

그럼 왜 철학적 실재인가?

“수프의 단맛, 레몬의 신맛, 고추의 매운맛. 하나하나가 따로따로라면 대립하는 것들입니다. 하지만 맛있는 퍼 한 그릇은 그런 대립물의 통일을 나타내지요.”

따로따로 서로 반발하는 것이라도 섞이면 좋아지는 경우가 있으니, 베트남은 앞으로 일본·미국·서유럽·동유럽 문화의 좋은 점을 받아들여……. 박사의 말은 하염없이 넓게 퍼졌다.

퍼 이야기로 돌아가면, 가게마다 가보처럼 소중히 여기던 국물 만들기 비법이 이제 화학조미료를 사용하면서 거의 다 사라졌다고 한다. 막 데쳐 낸 부드러운 면을 최상으로 치기 때문에 예전에는 퍼 가게들이 장사를 한두 시간만 했는데, 지금은 종일 영업하는 곳도 허다하다. 먹는 법도, 만드는 법도 변하고 있다.

국수만으로 배가 꽉 찬 내가 생각했다. 퍼를 먹는 시간이 더 짧아지고 면의 대량생산이 이루어질 때, 이 나라의 사회주의는 자본주의에 좀 더 가까워져 있을지도 모르겠다.

빨리 먹는 것이 좋지는 않지만 말이다.

베트남의 은하 철도

초승달이 낫처럼 푸른빛을 띠고 따라왔다.

나는 하노이 역 오후 5시발 호찌민행 열차 TBN 9편의 2등 침대차에 있다.

이제 논이 어둠속으로 가라앉고 달과 별 말고는 빛을 비춰 주는 것도 없어 밤하늘에 열차와 함께 두둥실 떠 있는 듯 정처 없다.

지독한 소음이다. 차량이 낡은 데다 여닫이문의 상태가 좋지 않다.

연결 부분이 덜그럭거리며 부딪치고, 용수철은 삐걱대며, 창과 문도 닫히지 않아 밤바람이 휭휭 지나간다. 이게 베트남 은하 철도구나, 생각하면서 참을밖에 도리가 없다.

열차는 초만원이다. 표를 산 승객 680명, 무임승차 조금 있음.

저마다 '이유'가 있다. 남쪽으로 간다는 더없이 구체적인 이유. 그래서일까, 차 안이 어두침침해서일까? 어떤 얼굴을 봐도 윤곽이 뚜렷하다. 내 '이유'는 옅고 가볍다. 승객들이 무엇을 어떻게 먹는지 보고 싶을 뿐이다. 목적 외 승차. 하지만 종점까지는 7120킬로미터, 48시간. 이유 있는 사람들의 좋은 친구이고 싶다.

오후 7시. 차 안 탐험을 시작했다. 외국인 관광객, 외국 국적 베트남인, 부자, 정부 간부 들이 많은 1등칸과 2등칸 침대차는 데면데면하고 사람 사는 냄새가 나지 않는다. 3등칸 침대차로 가 본다.

판자에 돗자리만 깐 3단 침대가 둘씩 놓여 있다. 여섯 명이 정원일 텐데, 3등칸 어디든 1.5평쯤 되는 공간에 남녀가 수십 명씩 꽉꽉 들어차 있다.

이런 상태라면 밥 먹는 자세를 잡기가 만만찮다.

3단 침대 맨 위에서 'ㄷ' 자 모양으로 몸을 구부린 채 차에서 파는, 알루미늄 그릇에 담긴 라면을 후루룩거리는 사람. 준비해 온 바인쯩(찹쌀밥)을 침대 중간 칸에 엎드린 채 쩝쩝거리며 먹는 사람. 술을 마시면서 트럼프를 즐기는 어른들 틈에 끼어 얼굴만 쏙 내놓고 과자를 먹는 아이.

음식이 위까지 가려면 시간이 꽤 걸릴 것 같아 걱정되는 자세인데도 다들 아무렇지도 않은 모양이다.

찻삯이 가장 싼 보통석 차량에 가까워지자 걸쭉하고 복잡한 냄새가 코를 찔렀다. 누옥맘(생선으로 만든 액상 양념)과 사람의 땀내가 섞인 듯 시큼한 냄새다.

놀라운 광경이었다.

실내등 탓인지 다른 이유가 있는지 몰라도, 보통석 차량은 사람이든 물건이든 꺼림칙한 흑갈색으로 보였다.

긴 나무 의자에 사람들이 꽉꽉 차 있다. 의자 밑에도 사람 다리 몇 개가 땅속줄기처럼 쑥쑥 비어져 나와, 조림 국물이 흐르는 바닥에 뻗어 있다. 마치 전쟁 통 사체 운반차 같다.

벤치와 벤치, 철망과 철망 사이에 해먹이 몇 개나 매여 있고, 사람들이 거미줄에 걸린 벌레처럼 대롱대롱 매달려 있었다.

상자 같은 공간에 인간들이 세로로, 가로로, 또는 활처럼 구부러진 모양으로 가득 차 있는 것이다.

난파선의 화물창 같은 그곳에서도 사람들의 먹는 행위는 참으로 활발했다.

해먹 위의 남자가 벌렁 드러누워 프랑스빵을 먹고 있었다. 그 아래쪽 어둑한 곳에서는 젊은 남녀가 꼭 껴안은 채 입을 맞추고 있었다.

바인자이 장수가 통로 쪽으로 다가왔다. 바인자이는 갓 쳐 낸 찹쌀떡에 어묵 튀김처럼 생긴 것을 끼워 넣어 바나나 잎으로 싼 음식으로, 찹쌀떡 샌드위치 같은 것이다. 의자 밑에 웅크리고 있던 남자가 지폐를 움켜쥔 손을 쑥 내밀더니 찹쌀떡 샌드위치를 받아 들었다. 남의 엉덩이 밑 어두컴컴한 곳에서 그걸 한 입 가득 넣고 우물거리는 모양이다.

나도 하나 사서 선 채로 먹는데, 아니, 이게 참 맛있다. 맛이 일품이다. 찹쌀떡의 단맛에 튀김의 고소함이 녹아들어 입가로 웃음이 비어져 나온다. 생판 모르는 사람끼리 좁은 공간에서 온몸을 찰싹 붙이고 있을 수밖에 없어서 괴로운 보통석 차량에서도 먹는 즐거움은 확실히 살아 있다.

오후 9시. 타인호아 역 부근이었나?

이따금 창밖에서 바람을 타고 개구리 수천, 수만 마리의 울음소리가 들려왔다.

맥주를 마시고 싶어서 식당 칸으로 갔다. 가는 길에 차량 연결 부분에서 해먹을 매달고 자고 있던 부이 코안이라는 스무 살 난 하노이의 실업 청년과 이야기를 나눴다.

"사이공은 건축 붐이 있어서 틀림없이 건설 현장에서 노동 일을 구할 수 있을 거예요." 그가 말했다.

두 가지가 궁금해졌다.

첫째, 어느 누구도 호찌민 시라고 하지 않고 통일 전 이름인 사이공이라고 부른다는 점.

둘째, 수도에서 출발한 이 열차를 아무도 '하행선'이라고 생각하지 않고 '상행선'으로 보는 것 같다는 점.

모든 사람이 공산당 본부가 있는 하노이가 아니라 '상행선'의 종점인 사이공에 좋은 일자리와 풍족한 음식이 기다리고 있다고 여기는 것 같다. 그렇다면 남북 통일을 상징하는 이 열차는, 조금 비꼬아 말해,

사회주의에서 자본주의로 향하는 선로를 달리고 있나?

식당 칸에 도착하니 차내 경비를 책임져야 할 경찰관들이 찐 닭고기를 안주 삼아 술판을 벌이고 있었다. 하노이를 벗어난 만큼 사람들 마음의 긴장이 풀린 듯하다.

식당 칸 옆 화물 차량에서는 승무원이 완전히 벌거벗고 쇠로 만든 대야 안에 들어가 쏴쏴 물을 끼얹고 있다. 어이가 없어 쳐다보고 있는데, 경관들이 단번에 술잔 비우기 대결을 벌이자고 덤볐다. 술 열두 병이 순식간에 바닥나고 무승부로 끝났다. 침대차로 돌아오다가 술에 취한 승무원이 승강구에서 오줌 누는 걸 봤다.

자정. 빈 역 도착.

차장인 코찌가 도둑을 조심하라는 주의를 주러 왔다. 그러면서 '열차가 정각에 맞춰 사이공에 도착하면 운전사에게 장려금 10만 동이 나온다'고 알려 주었다. "사이공은 음식도 맛있고 자유로워서 좋아요." 그가 이렇게 말하고 갔다.

바깥을 보니 별이 하늘에 가득하다.

체코제 디젤 기관차가 비명 같은 기적을 울리자 철로 된 상자 전체가 흔들렸다. 깨알처럼 빛나는 수많은 별들을 헤치고 들어가듯 열차는 나아갔고, 나는 술에 취한 채 잠에 빠져들었다.

어렴풋이 바다 내음이 난다 싶더니 이튿날 아침이었다.

동허이 역에 도착한 것이다.

오전 9시, 흐릿한 녹색의 벤하이 강을 건넌다. 베트남이 남북으로 갈라졌던 북위 17도선이다. 여기부터가 옛 남베트남이다. 열차는 이제 남북을 연결하고 있다. 하지만 함성도, 기적도, 차내 방송도 없다.
베트남전쟁 때 죽은 이들이 잠들어 있는 희뿌옇게 바랜 묘지를 무표정하게 스쳐 지나고, 후옹 강을 건너 후에 역에 도착했다. 오전 11시 20분.
여기서부터 차량 안의 무언가가 변했다.
더위 탓만은 아니었으리라. 사람들의 얼굴이 반짝반짝 빛났다.
사회주의의 이상처럼 '위대'하지도 않고 존경받아 마땅한 것도 아니지만, 욕망을 노골적으로 드러내는 만큼 표면적으로는 매력적인 자본주의의 냄새에 승객들의 마음이 반응했을까?
기분 탓인지, 사람들의 식욕도 점점 더 솟아나는 듯했다.
후에 역에 정차하는 동안 특산품인 메송과 바인쑤쌔에 메추리알, 사탕수수 등 갖가지 먹을거리를 파는 장수들이 우르르 차 안으로 밀려들었다. 메송은 참깨를 뿌린 단맛 나는 찹쌀떡이고 바인쑤쌔는 쌀가루에 코코넛밀크를 섞어 찐 다음 댓잎 상자에 넣어 만든 과자다. 지방이 많은 돼지고기와 양배추 볶음에 밥을 알루미늄 캔 두 단에 겹쳐 담은 도시락도 팔기 시작했다.
새된 목소리로 물건을 파는 소리가 차 안을 돌아다니고, 땀에 젖은 손이 뻗쳐 오고, 베트남 지폐가 날아다닌다. 모두 한결같이 밥을 먹는다. 680명을 넘게 태운 열차 전체가 움직이는 대식당으로 변한다.

배가 불룩해진다. 열차도 빵빵하게 부풀어 오른다.
밖에서 들어온 많은 음식 장수와 거지 들이 차가 떠나도 내릴 생각을 안 하고 땀에 흠뻑 젖은 채로 장사를 계속한다. 처음부터 만원이던 열차가 이제는 터질 것만 같다. 통로에 서 있으니 진하고 걸쭉한 냄새를 뒤집어쓴 내가 마치 간장이나 기름에 절인 통조림 속 고기라도 된 듯한 기분이 들었다.
사건이 터졌다.
무임승차로 차내 경관에게 쫓기던 남자가 열차 지붕으로 기어 올라간 것이다. 창밖으로 목을 빼고 올려다보니 붉은 셔츠를 입은 남자가 세 번째 차량의 지붕 위에 웅크리고 있었다. 그 남자도 차 안에서 뭔가를 팔려고 했던 것 같다.
이번에는 붉은 셔츠의 남자를 지붕에 실은 열차의 승강구로 선로 옆 풀숲에서 사탕수수를 꽉 채운 가방을 든 남녀 네 명이 뛰어올라 타려고 했다. 열차는 하이반 고개 기슭의 비탈진 곳으로 접어들려던 참이라서 시속 30킬로미터쯤 되었을 것이다. 네 사람은 풀숲에서 필사적으로 달렸다.
이것도 생계를 꾸리는 일이다. 차에서 사탕수수를 팔려는 것이다.
두 사람이 뛰어올라 타는 데 성공했다. 차에서 함성이 터졌다. 나머지 두 사람은 결국 승강구 손잡이를 놓치고 공중에서 몸이 뒤집어져 나뒹굴었다. 짧게 자른 사탕수수들이 야자나무 뿌리 근처에서 굴러다녔다. 승객 몇 명이 빈정대듯 웃었다.

비정하다고 생각할 때 열차가 터널로 들어갔다.

다시 밝아지자 색을 다 바꿔 칠한 듯 풍경이 달라졌다. 남중국해가 눈이 시릴 만큼 반짝반짝 빛을 내고 있었다.

열차는 비취색 수면을 미끄러지듯 달리면서 드넓은 바다가 아득히 내려다보일 때까지 산기슭을 느릿느릿 올라갔다.

그동안 휴대용 화덕을 들고 있는 말린 오징어 장수가 차 안에 나타났다. 하지만 인적 없는 포구, 새하얀 모래밭, 은색으로 희뿌연 수평선에 넋이 빠진 사람들이 식욕을 잃었는지 장사는 형편없었다.

숨이 멎을 듯 아름다운 해안선에는 현대적인 호텔과 간판이 안 보이고 문명의 때가 눈곱만큼도 끼어 있지 않았다. 열차만이 번민과 욕망과 희망을 그득히 채우고 검은 지네처럼 바닷가를 기어가고 있었다.

남으로, 남으로.

오후 3시 50분, 다낭 역 도착.

미군 병사의 사생아일까? 꾀죄죄한 붉은 머리칼, 초록빛이 도는 눈, 하얀 피부를 가진 여자아이가 유리 조각처럼 생긴 환하게 빛나는 물건을 팔고 있었다.

얼음사탕이었다.

그걸 사서 핥아 먹다가 잠이 설핏 들었다. 눈을 뜨니 차 안으로 쏟아져 들어올 것만 같이 무수한 별이 유리창 바로 너머에 무리 지어 있었다.

열차는 또 별들의 선로를 달리고 있었다.

사이공으로 의류를 사러 간다는 청년을 만났는데, 그가 초조해하고 있었다.
"하노이에서 꼬박 이틀이 걸리다니, 19세기 같잖아요."
돈을 많이 벌어서 비행기로 왕복할 형편이 되면 좋겠다고 말한다.
"기차가 낭만적이고 좋죠."
별하늘을 가리키며 이렇게 말한 사람은 사이공에서 기타 교습을 한다는 드 앙 투앙이었다. 기차에서 생활하며 이틀 밤을 지낸 얼굴은 뺨이 움푹 패고 찌들어 있었다. 옆에 있던 그의 아내가 "따님한테라도……." 하고 자투리 천으로 만든 화려한 분홍색 머리 장신구를 내게 선물했다. 부업으로 만드는 것이라고 했다.
마음이 춤을 춘다. 별이 가득한 하늘에 머리 장신구. 노래가 부르고 싶어졌다.
그런데 머리 장신구를 가지고 침대로 돌아가다가 거대한 까마귀 사체 같이 생긴 덩어리 두 개를 승강구에서 보았다. 검은색 담요인 줄 알았는데 꿈틀꿈틀 움직이는 것을 보고 깜짝 놀랐다.
검은색 옷을 입은 앞을 못 보는 노파와 그 딸이었다. 모녀가 함께 사이공으로 동냥하러 간다고 했다. 입안의 노래가 쑥 들어갔다.
냐짱에는 사흘째 되는 날 오후 5시에 도착한 것 같다. 하지만 별 꿈을 꾼 것밖에 생각나지 않는다.
사실 7시에 눈을 떴는데, 머리 장신구와 카메라 등이 있는 가방을 도둑맞았다는 것을 알았다. 별도, 꿈도, 노래도 사라졌다.
경찰이 와서 조서를 작성하더니 마지막에 그것을 짐짓 큰 소리로 읽어 내려갔다. 그러고 나서 암매매 상인같이 보이는 남자와 히죽히죽 웃으며 무슨 말을 할 뿐 차 안을 제대로 조사하려는 생각도 안 했다. 운이 없었다.

차장인 코찌가 왔다. 뜬금없이 베트남전쟁 중에 자신이 남베트남군 병사로 미군과 싸웠다는 이야기를 하고는 거만하게 어깨를 으쓱거렸다. 하노이를 출발할 때는 왠지 움츠러들어 있던 이 중년 남자도 사이공이 다가오니 묘하게 변했다.

경찰관도 차장도 가 버렸다.

우두커니 있으니 차를 파는 여자아이가 왔다.

이름이 칭이라고 했다. 바랜 분홍색 셔츠에 고무 샌들 차림이고 숲속의 작은 짐승처럼 환히 빛나는 귀여운 눈을 가졌다. 일곱 살 때부터 벌써 7년째 차를 팔고 있다는 이 아이는 학교 같은 데는 한 번도 가 본 적이 없다고 했다.

차 안에서 먹다 남은 음식을 모아 돼지 먹이로 팔기도 한다. 한참 이야기에 빠져 있는데, 통로에 놓여 있던 주전자에 든 차를 누군가가 다 마셔 버렸다. 아이가 문을 두드리며 분통을 터뜨렸다.

그리고 말했다.

"도둑이 엄청 많아요. 조심하세요."

이미 늦었다고 대답하려다 "고마워." 하고 바꿔 말했다.

세찬 소나기가 내렸다.

모두 창밖으로 몸을 쑥 내밀고 비를 맞았다. 나도 맞았다. 비는 남국의 달콤한 과일 향을 품고 있었다. 그것이 때에 찌든 내 목을 씻어 주고, 살갗에 감미롭게 스며들었다.
소나기가 그치고 타는 듯한 햇살이 비추기 시작했을 때 사이공에 도착했다. 꿈의 베트남 은하 철도 종착역에 내린 나는 입이 찢어져라 하품을 했다.

2장

갈등하는 유럽의 맛

0
300km
베를린
브란덴부르크
포즈난
바르샤바
폴란드
카토비체
체코
슬로바키아
빈
오스트리아
헝가리
발라톤 호
슬로베니아
자그레브
베네치아 만
크로아티아
루마니아
베오그라드
보스니아
헤르체고비나
유고슬라비아
아드리아
해
세르비아
불가리아
알바니아
그리스

독일

담장 안의 식사

예전에 떡하니 버티고 있던 베를린 장벽 부근에서 거리를 빠져나와 촉촉하게 젖은 숲속의 나무를 넋을 잃고 바라보면서 서쪽으로 60킬로미터쯤 차로 달렸다.
흙과 나무의 내음이 한층 더 짙어질 무렵, 베를린 장벽에도 뒤지지 않을 만큼 탄탄한 돌벽이 우뚝 모습을 드러냈다.
정확히 말하면 '담'이라고 불러야 할 이 벽은 물론 조금도 무너지지 않았다. 냉전이 끝나고 동독과 서독이 통일되었어도 사람을 해치고 물건을 훔치는 것은 여전히 나쁘니까 말이다. 나는 통일 전에 동독이 운영하던 브란덴부르크 교도소에 와 있다.

담벼락 안으로 들어가니 노란색 물감을 흩뿌려 놓은 듯 민들레가 피어 있었다. 등판에 문신으로 푸른 장미를 피워 놓은 덩치 큰 남자가 마당에서 햇볕을 쬐는 것도 보였다.
저 남자의 거대한 뱃속에는 도대체 뭐가 들어 있을까? 통일이 되고 나서 죄수들의 위장이 변했을까? 그것이 알고 싶었다.
그런데 예상치 못한 광경이 날 기다리고 있었다.
일본인에게는 처음으로 취재를 허가해 주었다는 말에, 기껏해야 형기가 한두 해 정도인 '모델 교도소'이겠거니 하고 대수롭지 않게 여겼다. 그런데 그렇지가 않았다. 리하르트 소장 말로는 수감자 450명 가운데 거의 70퍼센트가 옛 동독에서 징역 15년 안팎을 선고받은 중죄인이라는 것이다.
알렉스라는 40대 법무 담당관과 교도관의 리더쯤 되는 30대 슈뢰더라는 사람이 안내를 맡았다. 면 셔츠를 입은 알렉스는 여기서 보기 드물게 붙임성 있는 예술가풍 남자였다. 은테 안경을 쓴 슈뢰더는 위엄 있게 생긴 관료 느낌을 주는데, 두 사람은 처음부터 서로 말을 하지 않았다. 사이가 나빴나?
경기가 좋지 않은 공장 같은 곳부터 안내해 주었다. 체육관처럼 넓고 휑한 작업장에서 가슴 보호대가 붙은 푸른 작업복을 입고 용접이며 선반 작업을 하는 수감자는 스무 명밖에 안 됐다. 카세트에서 나오는 록을 들으면서 작업을 하고 있었기에 전혀 교도소로 보이지 않았다.
동독이 관리하던 시절에 교도소는 휴식 없는 공장이었다고 한다.

지금보다 5.5배 정도 많은 수감자 2500명이 공장 열 곳을 가득 메우고, 자동차 부품이나 가구를 연간 4억 마르크(유로를 쓰기 전 독일의 통화인 마르크의 가치는 유로의 절반 정도였다. 따라서 1마르크를 약 700원으로 본다.—옮긴이) 규모로 생산했다. 베를린 장벽이 무너진 뒤 많은 정치범이 석방되고 서독의 법제가 적용되고 나서부터는 수감자들의 노동도 주말에는 쉬는 주 40시간제로 바뀌었다.

감방이 있는 건물로 들어가보니 내벽이 청결한 크림색으로 무척 밝았다.

슈뢰더가 가까이에 있는 감방 문을 열었는데, 내가 깜짝 놀랐다.

이게 죄수의 방인가? 관엽식물이 심어진 화분에 컬러TV가 있었다. 스테레오에, CD 컬렉션에, 작은 응접세트에, 책장이 있었다. 벽에는 여성의 알몸 사진이 붙어 있었다. 옆 감방에는 수조까지 있어 에인절피시와 구피가 새치름한 얼굴로 헤엄치고 있었다.

"열대어는 동독 시절에도 키웠어요."

슈뢰더가 가슴을 펴고 말했다.

"베를린 장벽이 무너지기 한 달 전까지는 TV도 라디오도 금지였죠."

알렉스가 슈뢰더의 이야기에 덧붙이듯 말했다. 그리고 이런 말로 이어졌다.

"감방 하나에 열 명 넘게 꽉꽉 찼습니다. 지금은 많아도 세 명이죠. 한 방에 한 명을 목표로 하고 있어요."

슈뢰더가 입을 닫았다. 공기가 무거워졌다.

면회자와 수감자의 접견실로 갔다.

찻집 같은 분위기의 집단 접견실에 매점이 있는데, 사식용 식품뿐만 아니라 콘돔이 놓여 있었다. 웬 콘돔이냐고 물었더니, 소파와 그림과 조각 작품에 샤워 시설까지 갖춘 호화 개인 접견실로 안내해 주었다.

"여기라면 그걸 쓸 기회가 있지 않겠어요?"

알렉스가 말했다. 나는 어이가 없어 할 말을 잊었다.

점심시간이 되었다.

내가 수감자와 밥을 먹게 해 달라고 부탁했다.

"좋습니다."

알렉스가 답했는데, 슈뢰더는 무뚝뚝한 표정으로 말이 없었다. 두 사람은 하나부터 열까지 의견이 맞지 않는 것 같았다.

밝은 푸른색 벽에 흰색 식탁이 놓인 수감자 식당은 문신을 새긴 남자들이 식사하고 있다는 점만 빼면 여느 회사 식당 같았다. 나도 남자들과 줄을 섰는데, 거참, 주방으로 통하는 창구가 둘이었다. 하나는 일반 식단, 다른 하나는 체중 조절 식단이었다.

오늘의 메뉴는 으깬 감자에 당근, 꼬투리째 요리한 완두콩, 양파 조림, 커다란 프랑크푸르트 소시지. 이 음식들이 접시에 떡하니 차려진다. 틀림없이 전형적인 독일 요리지만, 접시의 반은 수북한 감자가 차지했다. 불만을 말할 수는 없다. 죄인의 식사다. 포도주에 절인 송아지 고기 조림 같은 것이 나올 리 없다.

음, 이건 형편없군. 조림 요리는 채소의 풍미가 없이 짠맛뿐이다. 감자는 질척질척하고 조림은 도대체 언제 만들었는지……. 그나마 소시지는 먹을 만했다.

그런데 하고많은 곳 중에 하필이면 얼굴에, 그러니까 이마와 뺨에 온통 검푸르게 문신을 한 남자가 한창 먹고 있는 나를 빤히 노려보며 지나갔다. 가슴이 굵은 통나무 같은 스킨헤드 남자도 지나갔다. 안절부절못한 데다 무서워서 소시지가 목에 걸릴 것만 같았다.

눈이 온순해 보이는 수감자를 찾아 맛이 어떤지 물었다. 키가 작고 어깨가 축 처진 랄프라는 남자.

"맛있지도 않고 맛없지도 않지."

그러고는 연신 웃으며 대답한다. 왜 수감되었는지 물었더니, '살인'이라면서 여전히 히죽히죽 웃는다. 징역 14년형을 받아, 벌써 8년째 복역 중이라고 한다. 맛 따위는 못 느끼게 되는지도 모르겠다.

눈이 철학자처럼 깊고 고요한 초로의 남자에게도 말을 걸어 보았다. 이름은 에르빈이다. 처음 들어왔을 때는 베를린 장벽이 무너지기 전으로, 강도상해죄를 지었다. 장벽이 무너진 다음에 부녀자 폭행으로 두 번째 수감되었다고 한다.

"통일된 다음에는 음식이 조금 좋아졌어. 양도 좀 늘었고. 술? 당연히 안 되지만, 감자를 훔쳐서 몰래 만들고 있지. 통일되기 전부터."

에르빈이 이렇게 말했을 때, 몹시 야위고 등이 굽은 중년 남자가 내 쪽으로 왔다. 왠지 절박한 눈이었다. 그가 내 귀에 입을 가까이 대고 식당 입구 쪽을 가리키며 더듬더듬 속삭였다.

"이봐, 저, 저 녀석, 사, 사실은 아직도 스탈린주의자야. 여기 간수들 거, 거의 대부분은 통일 전이랑 같아. 나쁜 놈들이야."

남자의 입김에서 냄새가 풍겼다. 침 넘기는 소리가 내 귀에 들렸다. 손가락이 가리키는 곳에는 슈뢰더가 있었다.

슈뢰더는 도마뱀처럼 재빠르게 기둥 뒤로 숨어 버렸다.

교도소에 음식 말고 심각한 문제가 있는 듯하다.

어리둥절해하고 있으니까 등이 굽은 남자가 내 펜과 수첩을 집어 들더니 뭔가를 갈겨쓴다!

"3시. 41호실에서."

등이 굽은 남자는 혼자서 연신 고개를 주억거리며 자리를 떴다.

41호실로 와 달라는 뜻인가? 일개 기자가 그런 일을 할 수 있나? 위험하지 않을까? 나는 메모지를 손에 숨기고 식당을 둘러보았다.

수감자들은 우물거리며 밥을 먹고 있었다.

얼굴이 문신투성이인 남자도 얼굴 중 유일하게 빨갛고 징그럽게 커다란 혀에 프랑크푸르트 소시지 조각을 올려놓고 있었다.

살인범 랄프도, 아마도 버릇인지, 실실 웃으며 채소 조림을 씹고 있었다. 자세히 보니 눈동자는 웃고 있지 않았다.

부녀자를 폭행한 에르빈도 마르크스처럼 근사한 수염 끝으로 조림 국물을 떨어뜨리면서 먼 곳을 바라보며 우물우물 먹고 있었다.

먹으면서 문신 목록을 보는 남자도 있었다. 수감자 중에 문신 새기는 사람이 있나 보다.
우적우적 게걸스럽지 않게 오물오물 우물우물 먹고 있었다. 그것은 텅 빈 동굴의 소리였다. 60킬로미터 떨어진 베를린 장벽이 붕괴하든 독일이 통일되든 별로 상관없는 갇힌 자들이 점심을 먹는, 맛이 빠져 버린 소리였다.
나는 으깬 감자를 다시 입에 넣었다. 어떤 다정함이 빠져 버린 시큼한 맛이었다.

식후에 수감자들의 월간지 《우리 신문》의 편집위원과 이야기를 나누기로 했다. 알렉스와 슈뢰더도 함께 있었다.
이동하다가 배드민턴 경기장에서 놀고 있던 수감자의 등에 문신으로 새겨진 자유의 여신상을 넋 놓고 보는데, 갑자기 갈색 머리의 덩치 큰 남자가 내게 돌진해 왔다. '어이쿠, 뜻밖의 공격을 받는 건가?' 하고 생각했는데, 나를 인권 단체 관계자로 착각하고 급히 다가와 호소하려는 것이었다.
그가 몇 달 전에 동료와 술을 마셨다고 교도관 열 명에게 뭇매질을 당해 이가 두 개 부러지고 머리가 찢어졌다며 열변을 토했다.
"동독 때부터 간수였던 놈이 범인이야. 그놈들을 재심사해서 해고해야 돼."
이 갑작스런 호소에 대해 《우리 신문》 편집장인 에르텔에게 물어보았다. 그는 프로레슬러 같은 근육과 지적인 얼굴을 함께 갖춘 호남이었다. 살인으로 징역 15년형을 받았다.

"과도기죠."

에르텔이 한숨을 쉬고 말했다.

통일은 되었지만 표면적으로 제도가 바뀌었을 뿐 내용은 아직 미숙하다, 200명 정도 되는 교도관 중 해고된 사람은 몇 명뿐이다, 그들의 의식은 대체로 동독 시절과 같다, 수감자와 교도관이 여전히 서로 증오하고 있다.

담장 밖에서는 사회주의가 자본주의로 바뀌었다. 담장 안에서는 바깥 변화의 실태를 모르는 수감자와 교도관 대부분이 서로 구악(舊惡)을 헐뜯는 것이다.

자기 범죄를 사회주의 체제 탓으로 돌리는 죄인이 적지 않은 한편, 수감자들의 인권 따위는 눈곱만큼도 신경 쓰지 않는 교도관이 많다고 한다.

통일 직전에 창간된 《우리 신문》은 이런 이유로 교도소 당국과 수감자, 양쪽 모두에게 "좀 더 의식의 해방을!"이라고 호소한다. 수감자의 의견을 대변하면서 교도관과 수감자의 규율 위반을 비판한다고 했다. 검열이 있는지 물었더니, 알렉스가 '있을 리가 없다'고 말했다. 슈뢰더는 은테 안경 안쪽에서 연신 눈을 깜박거리고 있었다.

편집장은 식사에 관한 투서를 소개해 주었다. 담장 안이라도 독일은 독일이라서 주로 문제가 되는 건 감자였다. 너무 익혔다는 둥 잘 부서진다는 둥 알맞게 잘 삶아져서 파삭하고 씹히는 감자가 먹고 싶다는 불평이었다. 나도 동감이다.
3시가 되었다. 나는 등이 굽은 죄수가 갈겨쓴 메모가 신경 쓰여 견딜 수가 없었다. 눈 딱 감고 알렉스에게 41호 감방에 가도 되냐고 물었다. 뜻밖에 괜찮다고 했다.
녹색 제복을 입은 교도관들의 매서운 시선을 받으면서 41호 감방으로 들어갔다. 슈뢰더는 사정을 눈치챘는지 오지 않았다.
두 평쯤 되는 독방에서 남자가 사랑앵무를 어깨에 올려놓은 채 나를 기다리고 있었다.
"쿠쿠라고 불러요. 암놈인데, 하, 항상 같이 밥을 먹어요."
남자는 혀가 꼬일 정도로 흥분했다.
처음에는 침이 마르도록 알렉스를 칭찬했다.
"서쪽에서 파견 나온 좋은 공무원이에요. 민주적인 신사죠."
나는 대충 사태를 짐작했다.
남자는 교도관들에게 '붉은 똥'이라는 욕을 퍼부었다.
"슈뢰더는 사실 동쪽의 비밀 당원이라, 내…… 내가 내년에 석방되기 전에 공산 체제의 잔당한테 살해당할지도 몰라요. 저, 정말이에요. 살해당할 것 같아요."
장기 구속 끝의 과대망상인가? 남자의 목소리에 맞춰 쿠쿠가 삐, 삐, 삐 하고 울었다. 자기 말을 변호사에게 전해 달라는 것이 면회의 취지였다.
남자가 조금 침착해졌다.

비밀스럽게 U·S라고 이름의 첫 글자만 말했다. 동독에서 호네커가 집권하던 1970년대부터 억울하게 살인죄 누명을 쓰고 여기에 있다. 동독 체제에는 언제나 비판적이었다. 그래서 베를린 장벽을 넘어 도망치려던 이력까지 더해지면서 형기가 터무니없이 길어졌다고 주장한다. 예전에는 썩은 감자에 항의해 교도소 안에서 식사 개선을 요구하는 농성을 벌이기도 했다고 한다.

패배한 동독을 헐뜯고 승리한 서독에 찰싹 들러붙는다. 이것도 애처로운 인간의 이치인가!

두서없이 이런저런 이야기를 하다 보니 저녁 식사 시간이 된 모양이다. 문에서 교도관이 손만 내밀어 흑빵, 프레스햄, 청어 초절임을 넣어 주었다.

U·S는 흑빵을 맛없다는 듯이 먹었다. 나도 먹었다. 쿠쿠만 빵 부스러기를 맛있다는 듯 쪼아 댔다.

"호네커도 여기에 수감된 적 있다는 거 알아요?"

남자가 갑자기 내게 물었다.

그랬다. 여기는 나치 시대에 만들어진 교도소다. 호네커 같은 반나치 투사가 투옥되고, 그다음에 동독의 반체제 투사들이 수감되고, 호네커가 또다시 체포되고…….

딱딱한 흑빵을 씹으면서 빙글빙글 도는 역사라고 중얼거렸더니 쿠쿠가 또 삐, 삐, 삐 하고 울었다.

교도소에서 작별 인사를 하고 담장 밖으로 나오니, 남자들에게 미안한 마음이 들 만큼 맛있는 공기가 있었다.

기지개를 쭉 펴고 가슴 가득히 숨을 들이마셨다.

독일

음식과 네오나치

되네르 케밥이라는 음식을 아는가?
값이 싸고 맛있는 데다 영양도 만점이다. 터키 음식인데, 하나만 먹어도 배가 부르다.
양념 뿌린 양고기나 소고기를 쇠꼬챙이에 말아 돌리면서 천천히 불에 쬐어 굽는다. 칼로 자른 뜨거운 고기 조각을 튀긴 빵에 끼우고 양파, 토마토, 양배추 등 채소를 듬뿍 곁들인 다음, 입맛에 맞춰 요구르트, 고추, 케첩 등을 끼얹어 먹는다.
독일에서는 3.5~4마르크니까, 저렴하게 한 끼를 해결할 수 있는 셈이다. 나는 이걸 스무 번이나 먹었다. 속이 쓰리긴 했지만, 나로서는 다른 독일 요리보다 덜 질렸다.

케밥 가게는 독일이 통일된 뒤에 계속 늘어났다.
나는 이 급격한 증가가 기묘하게도 네오나치가 대두한 시기와 겹친다는 것을 알게 되었다. 그래서 케밥 이야기를 하면서 네오나치와 그들에게 위협을 당하고 있는 독일 거주 터키인들에 대해 생각해 보려고 한다.

통일 전에 베를린의 케밥 가게는 포장마차까지 포함할 경우 2000곳이 있었다. 그런데 통일이 되고 채 3년도 지나지 않아 그 두 배인 4000곳 정도로 늘어났다. 대개 터키인이 운영하는 가게다. 맥도널드도 무색할 만한 기세다.
이유가 뭘까? 2만 명이 넘는 터키인이 사는 크로이츠베르크 지구를 돌아다니면서 그 이유를 물어보았다.
그리고 통일 뒤 독일 기업에서 해고된 터키인이 새 가게의 대부분을 열었다는 사실을 알게 되었다.
베를린 터키인 협회의 차크마크오르 회장에 따르면, 베를린의 터키인 실업률이 통일 전에는 12퍼센트였다가 통일 뒤 29퍼센트로 훌쩍 뛰어올랐다. 옛 동독 시민을 우선적으로 고용하고 외국인을 배척한 것이 원인이라고 한다.
그래서 터키인 사회는 타고난 결속력으로 실업자들을 받아들이고 기술과 자금을 지원해 재빨리 케밥 가게의 개업을 도운 것이다.
"통일 뒤 사회현상에서 보이는 또 다른 특징은 네오나치 세력의 외국인 배척 행동이 분명하게 드러났다는 겁니다." 회장이 목소리를 죽이며 말했다.

1992년에 북부의 묄른에서 세 명, 1993년 9월에는 졸링겐에서 다섯 명 등 터키인들이 방화로 불에 타 죽었다. 참고로, 졸링겐에도 케밥 가게가 서른다섯 곳 있다. 터키인을 비롯한 독일 내 외국인의 주택에서 발생하는 방화는 그 뒤로도 계속 일어나고 있다.

독일인의 네오나치가 '행동화'되고, 그와 동시에 터키인의 케밥 가게가 세포분열하듯 증가하는 것이 통일 뒤에 새로 생긴 현상이다.

베를린공과대학의 한 독일인 학생은 '네오나치 청년들은 주로 옛 동독의 빈곤 가정 출신이고 실업자가 많은데, 실업한 터키인과 함께 베를린 장벽 붕괴와 정부의 무대책으로 드러난 독일 사회의 비수익자 계층'이라고 말한다.

네오나치는 고용 기회가 적은 것을 외국인 노동자 탓으로 돌려 방화를 일삼고, 실업자 터키인은 이상한 압박감 속에서 생존의 길을 찾는 것이다. 케밥 가게가 늘어난다. 네오나치는 그 냄새에 반발이라도 하듯 미쳐 날뛴다. 케밥 가게의 증가와 네오나치의 광란은 역시 상관관계가 있다.

내게는 마치 케밥 가게가 돼지고기 찜과 사우어크라우트와 으깬 감자 같은 독일 요리의 대군 속에서 샐비어 잎이나 타임 냄새를 팍팍 풍기면서 맨손으로 주먹질을 하는 듯이 보이기도 한다.

무모하지 않나 하는 생각이 든다. 독일의 맛에 나가떨어지지 않을까?

그런데 끙끙거리면서도 굴하지 않고 싸우고 있다.
케밥 가게가 늘어나는 것이 딱히 터키인의 전업 탓만은 아니다.
식욕에 자리를 내주는 일은 없다. 식욕에 민족의 구별이 있을 리 없다.
게다가 케밥은 맛까지 좋다. 가게가 늘어나는 이유는 맛 때문이기도 하다.
"손님의 3분의 1 이상이 독일 젊은이예요. 나이 많은 독일인은 별로 안 오죠."
크로이츠베르크 지구의 되네르 케밥 가게에서 일하는 스물일곱 살의 터키인 쿡이 말한다.
터키인 손님만 받지는 않는다. 내용물과 값으로 경쟁해서 터키의 맛을 서서히 독일에 스며들게 하고 있다.
그런데 되네르 케밥을 터키 음식의 대표처럼 말하면, 쿡은 물론이고 모든 터키인이 불같이 화를 낸다.
구이 요리인 케밥은 다진 고기로 만드는 아다나 케밥과 쇠꼬챙이에 꽂은 시시 케밥 등 종류가 수십 가지고, 되네르 케밥은 오히려 독일화된 패스트푸드라는 것이다. 양념을 좀 줄여서 독일식 맛을 띠게 만들었다. 되네르도 회전을 뜻하는 터키어지만 이미 독일화된 말이다.
"되네르의 역사가 바로 독일에 적응하려고 애쓴 터키인들의 쓰라린 역사와 같아요."
쿡이 말했다.
케밥이 독일에 본격적으로 상륙한 것은 1961년 노동자 파견 협정 체

결에 따라 터키에서 '가스트아르바이터', 즉 외국인 노동자가 서독으로 대거 들어왔을 때부터다. 이슬람 문화와 '맛'이 함께 상륙한 셈이다. 하지만 그때 동독에까지 파고들지는 못했다. 옛 동독 측이 베트남 노동자에 비해 터키인은 많이 받아들이지 않았기 때문이다.

그러나 베를린 장벽이 무너진 지금, 터키인 혐오가 많다는 옛 동독 쪽에도 케밥 가게가 과감히 진출하고 있다.

하루는 네오나치의 아지트가 있다는 소문을 듣고 동쪽의 리히텐베르크 지구로 가 보았다.

한적한 주택가에 벽이란 벽은 온통 스프레이 낙서투성이였다.

"나치스에 맹세하라!"

하켄크로이츠(갈고리 십자가). 네오나치가 한 것으로 보이는 그 낙서들 위에는 "나치스는 물러가라!", "파시즘과 싸워라. 마을의 전쟁이다!", "제4제국은 성공하지 못한다." 등 다른 낙서도 있다.

반네오나치의 낙서가 압도적으로 많아서 마치 반세기쯤 전의 독일 마을에 있는 듯한 착각에 빠졌다.

네오나치의 아지트는 보이지 않았다. 1992년 말 이후 엄한 단속으로 잠복했다고 한다. 그 대신이라고 말하기는 뭐하지만, 케밥 가게 두 곳이 눈에 띄었다. 독일인 손님도 있었다. 왠지 마음이 놓였다.

일설에 따르면 활동가가 1만 5000명에 동조자가 5만 명이라는 네오나치는 정말 속이 뒤집어질 만큼 음습하고 비열하다. 앞에서 말한 터키인 협회 회장도 우편으로 협박장을 받았다. "죽여 버린다. 다음은 네 차례!" 이렇게 쓰인 익명의 편지들이 터키인 앞으로 보내졌다.

나는 어떻게든 네오나치를 만나고 싶었다.

어느 날, 언론에서 네오나치라는 소리를 듣지만 스스로는 아니라고 주장하는 극우 정당 '독일국가민주당(NPD)'의 활동가들을 베를린 시내에서 만날 수 있었다. 예의는 발랐지만 하나같이 웃음이 없고 표정이 굳어 있었다. 뭔가를 음울하게 골똘히 생각하는 듯한 청년들이었다. 방화, 폭력과 관련 있다는 설은 필사적으로 부인했다.

하지만 현재 독일 인구의 약 8퍼센트, 650만 명 정도 되는 외국인 수를 독일 인구의 5퍼센트 이하로 줄여야 한다고 분명히 말했다. 외국인을 추방하려는 생각이 뚜렷이 드러났다. 나는 암담한 기분이 들었다. 그래서 그들에게 케밥을 좋아하냐고 물어보는 것을 잊어버렸다. 아마 싫어할 것 같다는 생각이 들었다. 불행한 일이다.

어처구니없는 가정일지도 모른다. 하지만 독일에서 나는 거듭 자문해 보았다.

독일처럼 일본에도 외국인이 650만 명 산다고 하자. 게다가 해마다 난민 수십만 명이 몰려온다. 경기는 안 좋고 실업률도 높다. 이런 상황에서 졸링겐의 방화나 살인 사건 같은 범죄가 일어나지 않는다고 장담할 수 있을까? 네오나치와 비슷한 민족 배척주의가 퍼지지 않을까? 그런 일이 일어나면 안 된다고 하는 주관과 일어날 수 있는 객관은 별개다. 나도 그 가능성을 부정할 수 없다.

지금 쓰고 있는 이 글의 주제는 '먹는 것'이다. '먹는 것'만큼 멋진 쾌락이 없지만, 또 이것만큼 쉽게 차별의 실마리가 되는 행위도 없다. 일본에서는 그랬다. 재일 중국인, 한국인, 오키나와 출신자를 '먹는 것'의 차이 때문에 차별한 역사가 있다. 내게는 독일의 터키인 차별에도 왠지 이와 비슷한 것이 보였다.

터키인이 2만 명 넘게 살아 '크라이네 이스탄불', 즉 작은 이스탄불로도 불리는 크로이츠베르크 지구를 나는 몇 날 며칠 동안 걸어서 돌아다녔다.

이곳에는 모스크, 터키식 목욕탕, 돼지고기 없는 정육점, 쿠르드족 과격파의 아지트, 터키 출판물 도서관이 있고 터키 요리점은 셀 수도 없을 만큼 많은 데다 마약 밀매자까지 있다. 중후함, 질서, 청결을 으뜸으로 치는 독일의 몸에서 태어났으며 꽤나 매운맛의 마을이라는 이유로 독일인 보수파에게 미움을 받는 것은 말할 필요도 없다.

이 마을에서 터키인 몇 명의 이야기를 들었다. "길을 가다가 '돼지 놈들, 독일에서 꺼져 버려!' 하는 욕을 들었어요." "건설 현장에서 일했는데, 독일인 화장실에는 들어갈 수 없었어요." "지하철에서 스킨헤드한테 얻어맞았죠." 가슴 아픈 이야기뿐이다.

"넌 냄새가 나.", "양을 죽이는 야만인 놈들." 같은 말로 멸시당했다는 경험담이 마음에 남는다. '냄새가 난다는 것'은 터키 요리를, '야만인'은 쿠르반 바이람(이슬람교의 희생절) 때 양을 조리하는 방법에 빗댄 비칭이다.

터키는 케밥을 비롯해 '하슈라마'라는 찜, 속을 채운 요리인 '돌마' 등 모든 음식에 바질, 후추, 고추, 마늘 등 양념을 넉넉히 쓴다. 그리고 쿠르반 바이람 때는 경동맥을 끊어서 양을 죽인다. 독일 요리와 향이 다를 뿐, 특별히 야만스럽지 않다는 것은 말할 필요도 없다.

각 민족이 선조나 문화의 기억을 맛으로 표현하는 것이 음식이다. 그 때문에 '음식'과 관련된 차별은 마음에 상처를 준다는 게 내 생각이다. 냄새가 나서 야만인이라고 말한 사람이 외국인 주택을 불태워 없애려는 네오나치는 아니다. 하지만 네오나치의 싹이 되기는 쉬울 것 같다는 생각이 들었다.

무슨 일이든 예외는 있다. 독일인 중에도 터키 요리 팬이 많다.

크로이츠베르크의 존넨알레(태양의 거리) 빵 가게에서 일하는 코닐리아(코니)는 터키식 양갈비 숯불 구이인 '피르졸라'를 아주 좋아하는 스물네 살의 독일 여성이다.

키가 크고 갈색 눈을 가진 그녀는 사실 가출한 아가씨다.

2년 전부터 돼지고기를 먹지 않는다. 왜냐하면 빵 가게 지배인으로 일하는 콧수염 있는 잘생긴 남자를 좋아하게 돼 동거를 시작했기 때문이다.

그 남자의 이름은 아프토카딜(아포), 스물여섯 살이고 독일에서 자란 터키인 2세다. 열성적인 이슬람교도는 아니라도 돼지고기는 먹지 않는다.

코니는 상대가 터키인이라는 걸 알고 격노한 부모와 싸우고 집을 나왔다.

"터키 요리는 채소가 많이 들어가고 재료를 살려서 만들기 때문에 건강한 음식이에요."

아포는 '독일인이 되려고 했지만 될 수 없었던' 남자다. 언어는 완벽하게 익혔는데 음식이 문제였다. 같은 양고기라도 전기 충격으로 처리한 것은 맛이 없고, 터키식으로 목을 끊어 피를 모조리 뺀 것이 맛있다고 한다.

그의 아버지 에민도 마찬가지다. 가스트아르바이터로 독일에 온 지 30년쯤 됐지만 독일 음식을 볼 때면 항상 말한다. "끔찍해. 아무 맛도 없어."

미각의 보수성은 독일인에게만 있는 것이 아니다. 오히려 독일에 사는 터키인 쪽이 비타협적일지도 모른다. 아포의 집안뿐만 아니라 내가 아는 터키인 중에 독일 요리를 좋아하는 사람은 유감스럽게도 단 한 사람도 없었다.

아포는 스킨헤드에게 권총으로 위협당한 경험이 있다. 코니와 춤을 추러 갔는데, 그들만 입장을 거부당하기도 했다.

"난 점점 터키인이 돼 가는 것 같아요."

미각뿐만이 아니다. 독일에 녹아드는 것을 격렬하게 거부하는 뭔가가 있다고 한다.

아포는 점점 '터키화'되어 갔고, 그에 따라 코니도 터키어 학습에 애를 쓰고 코란도 공부하기 시작했다고 한다. 헤어지고 싶지 않은 것이다.

"아포를 외국인이라고 생각한 적은 없어요. 그저 사람이죠."
돈도, 액세서리도 필요 없다. 아이는 있으면 좋겠다. 수줍어하거나 허세를 부리지 않고 말한다.

졸링겐 사건이 일어나기 2주 전, 아포와 레스토랑에서 터키 요리를 먹었다.
사츠카부르마라는, 고추와 양파로 양념한 양고기 철판구이가 더없이 맛있었다. 물을 부으면 마술처럼 뿌예지는 터키 술 '라키'를 단숨에 들이켜고 나서 "셰레페(건배), 셰레페!" 하고 소리를 질렀다.
음식이 다 나왔을 때쯤, 아포가 진지한 얼굴로 중얼거렸다.
"진짜 네오나치는요……."
나는 술잔을 놓았다.
"돈이 없는 스킨헤드가 아니라 근사한 양복을 빼입고 가죽 소파에 앉아 있는 상류층 독일 신사의 마음속에도 있지 않을까요?"
자기 입으로 직접 외국인 혐오를 내뱉지 않는 웃음 띤 얼굴의 신사. 하지만 현실에서 배척 사건이 일어나면 마음 한구석에서 쾌재를 부르는 사람들.
"그런 사람들이 훨씬 더 무서워요." 하고 아포는 말을 맺었다.
갑작스럽게 허를 찔렸다. 역사가 금기해야 할 네오나치라는 존재를 스킨헤드 이미지로 생각하고 있었기 때문이다. 외국인 혐오와 폭력을 막지 않고 멀리서 잠자코 바라보기만 하는 마음, 그런 위선적인 모습에 대해 아포가 말했다. 그들도 네오나치라고.

마지막에 터키식 점을 쳐 봤다. 다 비운 커피 잔을 접시로 덮고 소원을 빈 다음 빙글빙글 돌린다. 나는 아포처럼 독일에 사는 터키인들의 평안과 코니의 행복을 빌었다.

찻잔을 뒤집고 기다렸다. 흘러내리는 커피 찌꺼기의 모양으로 길흉을 점치는 것이다.

"이걸로는 알 수가 없는데."

아포가 언짢은 얼굴로 혼잣말을 중얼거렸다. 갈색 커피 몇 줄기가 줄줄 흐르고 있었다.

2주 뒤, 졸링겐 사건이 일어났다.

아포는 아마 완전히 터키인이 되었을 것이다. 코니는 지금쯤 뭘 하고 있을까?

나는 가끔 '마음속 네오나치'를 떠올려 본다.

폴란드

숯검정을 먹다

이렇게 여행하고 있으면 세상에는 참 갖가지 맛있는 음식이 있다는 생각이 든다. 그래도 "세상에, 이렇게 맛있는 음식이!" 하고 방방곡곡 떠들어 댈 만한 음식은 사실 많지 않다.
그런데 그렇게 좀처럼 볼 수 없는 음식을 만날 수 있었다. 입에서 살살 녹는다는 말로도, 둘이 먹다 하나가 죽어도 모른다는 말로도 표현할 수가 없었다. 그 기막힌 맛에 온몸이 떨렸다. 혀가 춤을 추고 위장이 노래를 불렀다. 살아서 음식을 먹는 행복을 절절하게 느낄 수 있었다.

그것은 바로 뜨거운 수프 한 그릇이었다.

그걸 만나기까지는 정말 기나긴 여정이었다. 나는 폴란드 바르샤바의 남쪽으로 300킬로미터 떨어진 탄광 마을 카토비체까지 여행했다.
33만 명인 탄광 노동자를 절반 이하로 줄이는 계획이 지금 이 나라에서 진행되고 있다. 폴란드에서도 석탄 산업이 비용 상승과 수출 경쟁력 저하로 사양길에 접어든 것이다. 매연으로 그을린 이 마을에서 노동자들이 무엇을 생각하고 무엇을 먹는지 보고 싶었다.
이곳에서 대단한 수프를 발견할 수 있을 거라고는 당연히 상상도 못했다.
카토비체 교외의 비에초레크 탄광을 찾아가 보니 노조가 두 개 있었다. 하나는 옛 통일노동자당 계열이고, 다른 하나는 '연대' 노조다.
전자의 조합원은 1500명인데 후자는 900명으로 꽤 적어서 뜻밖이었다. '연대'는 회사에 협력적인 조합으로, 제2조합이라고 할 수 있다.
이들은 임금 인상을 위한 운동보다 석탄을 기본으로 한 신제품 개발 같은 것으로 삶을 이어 갈 길을 찾는 데 적극적이다.
조합은 달라도 먹고사는 일은 같겠거니 하는 생각에 나는 '연대' 활동가의 신세를 졌다.
곧바로 광부에게 특별한 음식이 있는지 물었더니, "글쎄요, 석탄 아닐까요?" 하는 답이 나왔다. 물론 농담이었겠지만, 그럼 나도 한번 석탄을 먹어 보자는 마음에 오전 8시부터 아침 작업조에 들어가 리프트를 타고 수직 갱도를 따라 550미터 아래로 내려갔다.
고래의 뱃속에라도 빨려 들어가는 듯한 기분이 들었다. 동경하던 바랜 감색 작업복을 입고 1795번 입갱 증명서를 받자 노동 의욕이 불끈불끈 솟았지만 서서히 불안해졌다.
그렇게 깊은 땅속 바닥에 쥐가 있었다. 꺼림칙했다.
처음에는 광차로, 그다음에는 걸어서 석탄을 캐는 현장까지 갔다. 고무장화가 무겁다. 헬멧에 달린 조명 기구도 몹시 무겁다. 동맥이나 정맥처럼 얼기설기 뻗어 있는 전깃줄에 발이 걸려 몸이 휘청거리고, 천장의 들보에 머리를 세게 부딪치기도 하면서 걷다 보니 고래한테 잡아먹힌 피노키오가 된 듯한 기분이 들었다.
넘치던 자신감을 후회했다. 걷는 것만으로도 힘이 들었다. 아직 일은 시작도 안 했는데 목이 말라 견딜 수가 없었다. 담배를 피우고 싶었지만 갱내에서는 절대 금지였다. 임시 광부가 된 지 고작 20분이 지났는데 그만 땅 위로 올라가고 싶어졌다.
이 일을 16년 동안 한 프로 광부 쿠하르스키가 불평을 늘어놓기 시작했다.
"우리 집사람이 복권에 미쳐서 50억 즈워티(1즈워티는 300원 정도 된다.—옮긴이)에 당첨되는 게 꿈이야. 딸아이의 사시 수술 때문에 부모님한테 돈을 빌려서……."
불평하는 소리가 갱도에서 메아리쳤다.
"2년쯤 전에 3만 즈워티였던 소고기가 지금은 6만 5000즈워티라고. 우리 집은 엥겔계수가 거의 70퍼센트야……."
그때였다. "펑!" 하고 고막이 찢어질 듯한 파열음이 들렸다. 나도 모르게 뒤로 벌렁 나동그라졌다. 가까이에 있던 목제 들보 하나가 떨어졌다. 쿠하르스키가 덮치듯이 나를 감쌌다. 탄층에 균열이 생겼을 뿐이지 낙반은 아니라고 했는데 너무 무서워서 가슴이 벌렁벌렁 뛰었다.

석탄 채굴 현장에 다다르니 그곳은 아름다운 칠흑의 벽이었다. 좀 전의 공포는 잊고 멍하니 서 있기만 했다.

운모 같았다. 눈이 부실 만큼 반짝반짝 빛이 났다.

검은색이 그렇게 밝은 색인 줄 미처 몰랐다. 이곳의 질 좋은 석탄이 '백합의 찬란함'이라고 불리는 이유를 알았다.

거대한 원형 강철로 된 회전식 채탄기가 활기찬 소리를 내며 탄층의 검은 살갗에 달라붙어 있다. 강철이 닿자 벽이 흔들리면서 또다시 검은색이 신비롭게 빛난다.

나는 고생대 후반의 반짝반짝 빛나는 탄화 물질을 삽으로 퍼서 벨트 컨베이어에 싣는 작업을 했다.

다섯 번, 여섯 번. 땀이 뚝뚝 떨어졌다. 안경이 젖고 검은 가루가 붙어 눈앞이 흐렸다.

여덟 번, 아홉 번. 팔이 저렸다.

열 번, 열한 번. 어깨에 경련이 일었다. 목구멍이 화끈거렸다. 결국 어이없이 주저앉아 버렸다.

근처에서는 수평 갱도를 파는 광부가 석탄인지 인간인지 분간이 안 될 정도로 검게 변한 채 일하고 있었다.

그는 지나가는 광부가 있으면 입으로 보이는 곳을 뻐끔뻐끔 열면서

"슈쳉시치 보세!" 하고 신의 가호를 빈다는 말을 주고받았다. 노조를 따지지 않고 사회주의 시절이나 지금이나 이렇게 인사한다.

그런데 수프는 어떻게 됐냐고?

서두가 길어져서 죄송하다. 정오가 지나 노동이 끝난 다음 광부 클럽의 식당에서 그것을 만났다.

그 전에 나는 한심한 나 자신에게 욕을 퍼부으면서 샤워를 했다. 입에서는 문어처럼 검은 물이 쉴 새 없이 흘러나왔다. 검은 물이 질릴 정도로 엄청 나왔다.

목구멍이 바싹 메말라 있었다. 광부 클럽에서 먼저 맥주를 마셨다.

쿠하르스키가 말했다.

"이게 석탄 먹은 입을 씻어 주지."

몸속에 시원한 물줄기가 생겼다.

그리고 수프를 먹었다. 보기에는 이렇다 할 특색도 없는, 건더기가 듬뿍 들어간 갈색 시골풍 수프 보그라치라는 것이다.

"와, 맛있다!"

나는 소리를 질렀다.

조금 전까지 석탄 가루로 새까맣던 혀에 푹 곤 소뼈와 향기로운 채소의 맛이 기분 좋게 스며들었다. 우시키라는 흰색 새알심 모양 떡도 들어 있었는데 육수 맛이 밴 그 떡을 먹으니 왠지 따스한 일본 시골의 맛이 나서 침이 꼴깍 넘어갔다.

셀러리, 파슬리의 뿌리도 육수 재료로 쓰인 것 같다. 또 고추의 적절한 매운맛이 지친 몸을 기분 좋게 자극했다.

"세계 최고야."

나는 소리치듯 말했다.

"겨울에는 아내가 더 진하고 맵고 고기도 많이 들어간 수프를 만들어 준다고."

쿠하르스키가 중얼거렸다.

"복권은 매번 꽝이라도……."

식사를 마친 뒤 회사 측 간부를 만났는데, 이 탄광의 수명은 앞으로 20여 년이고 조만간 정리해고를 해야 한단다. '연대' 사무소 벽에는 바웬사 대통령의 포스터를 떼어낸 흔적이 있었다. 이제 카리스마는 없다. 경기가 좋다는 말은 전혀 없었다. 오로지 수프만 더할 나위 없이 맛있었다.

그 맛을 잊을 수 없어서 이튿날 다시 보그라치를 먹으러 갔다.

갱에서 올라온 남자들이 입맛을 다시고 있었다.

보그라치는 여전히 맛있었지만 나는 왠지 전날만큼 감동받지는 못했다. 이날은 일을 하지도, 석탄가루를 먹지도, 땀을 흘리지도 않고 수프를 먹었기 때문일 것이다, 분명.

폴란드

패자의 맛

노인이 바르샤바의 특별할 것도 없는 어느 건물 방에서 멈춰 버린 오래된 시계처럼 가만히 나를 기다리고 있었다.
검은 색안경을 낀 그 얼굴을 예전에 베이징에서 직접 본 적이 있다. 활기가 있었다. 자신만만한 모습이었다. 지금 그는 마치 딴 사람처럼 힘이 없다. 뺨이 처져 있고 살갗에 생기가 사라진 것이 나이 탓만은 아닌 듯하다.
닮은꼴이라는 말이 떠올랐다. 누군가를 똑 닮기는 했지만 그 사람에게만 있던 기운이 빠진 듯 그저 겉모습만 닮은 사람. 하지만 이 노인은 실제로 그 사람이다.
야루젤스키 전 폴란드 대통령. 일흔 살. 잊어버린 독자도 있을 것이다.

1981년에 계엄령을 선포해 자주 관리 노동조합인 '연대'를 억압했다. 하지만 결국 '연대'에 패배하고 1990년 말에 대통령직을 사임할 수밖에 없었던 사람이다. 화려하고 으리으리한 대통령 관저에서 살았지만 지금은 노면전차와 자동차의 소음이 마구 쏟아져 들어오는 살풍경한 사무소에 우두커니 앉아 있다.

이런 사람이 뭘 먹는지 물으러 찾아갔다. 조금은 잔혹하지만 '패배의 맛'에 흥미가 있었다.

뭐라고 불러야 할지 망설여졌다. 천성이 군인인 사람이다. 국방장관을 지낸 경험도 있고, 동구권의 군사동맹인 바르샤바조약기구군이 체코슬로바키아를 침공한 1968년에는 폴란드군의 사령관을 맡았을 것이다.

"장군 각하, 안녕하십니까?" 하고 인사를 건네자, 노인이 검은 색안경 너머 안쪽에서 눈을 빛내며 자세를 고쳐 앉더니 위엄을 가다듬었다.

조금 당돌하지만 먹는다는 것에 어떤 신조가 있는지 물었다.

전 대통령은 처진 뺨을 밀어 올리듯이 집게손가락을 얼굴에 갖다 대더니 4, 5초 동안 생각했다. 의외로 음역이 높은 목소리로 대답했다.

"인간은 음식의 하인이 아니다, 음식이 인간을 받들어 섬겨야지. 그렇게 생각하네."

물론 그렇긴 하지만 맛도 없고 멋도 없다. 이러면 이야기를 이어 갈 수가 없다.

노인은 노인대로 연설조의 말투가 쑥스러웠는지 조금 편한 말투를 쓰기 시작했다.
실은 오랜 군인 생활 탓에 '재빨리 밥을 먹는 사람'이 되었다고 한다.
"식사는 맛을 음미하는 것이 아니라 허기를 달래는 게 목적이었지. 그래서 지금도 간단한 식사가 좋아."
예를 들면?
"지금까지 30년 넘게 아침 식사는 코티지치즈에 꿀과 빵 한 장뿐이야. 딱히 채식주의자는 아니지만 고기 없이 살아가고 있네."
전 대통령은 그렇게 살 수 있을지 몰라도 민중은 고기가 없으면 곤란하다. 하지만 1993년 폴란드의 인플레이션율은 39퍼센트로 추정되었다. 이런 궁핍에 대한 해결책이 있는지 물었다.
"이보게, 그걸 알 수만 있다면 당장 노벨상을 받을 수 있네. 나한텐 그런 야망이 없지만 말이야."
노벨 평화상을 수상한 바웬사 현 대통령을 향해 던진 무서운 독설이다. 그 말을 하고 나서부터 갑자기 말이 능숙해졌다. 권력을 잡은 '연대'의 회원들은 이제 내분만 일으키고 있다. 논의만 있을 뿐 실행은 없다. 정치적 다원주의는 괜찮지만 일반적으로 받아들일 수 있는 원칙이 없다면……. 온갖 이야기가 쏟아져 나왔다.
결국 사회주의의 끝에 찾아온 결말 없는 포퓰리즘이 청빈과 검소한 식사를 으뜸으로 치는 이 사람의 미가에 맞지 않을 것이다. 돈도 없으면서 미식을 추구하는 어리석은 민중으로 보일지도 모른다.

전 대통령의 청빈과 청결은 지금 폴란드의 일부에서 재평가되어 높은 점수를 받고 있다. 하지만 그것이 봇물 터진 포퓰리즘과 배금사상의 대홍수 앞에서는 나뭇잎처럼 연약하고 덧없다. 이제 세상은 청빈으로 설욕할 수 있을 만큼 만만하지 않다.

나는 다시 당돌하게 노인이 좋아하는 음식이 무엇인지 물었다.

이런 속된 질문에 익숙하지 않은지, 노인은 살짝 주저하는 듯한 표정을 지었다. 가만히 생각에 빠졌다.

"양배추 수프. 버섯이 들어간 걸로. 아아, 그리고 요구르트와 먹는 감자."

알려지지 않은 큰 죄라도 고백하듯 무척 쑥스러워하면서 말했다. 바웬사 대통령이라면 걸쭉한 고기 요리 한두 가지는 당당히 말했을 거라는 생각이 들었다.

술도 담배도 하지 않는다.

무사이자 화가인 미야모토 무사시(宮本武蔵)가 쓴 '몸은 간소하게 하고, 미식을 즐기지 않는다'는 글처럼 늠름한 사람이다. 하지만 그런 미각이나 품격이 정치에 어떤 영향을 미쳤을까? 남들에게도 지나치게 엄격하지는 않았을까?

대화는 자연스럽게 계엄령 이야기로 넘어갔다. 노인은 국회 조사위원회에서 지금도 심문받고 있으며 경우에 따라서는 법정에 서야 할 처지다.

노인이 중얼거렸다.

"정치가란 전체 활동을 통해서 좋았는지 나빴는지 판단되어야 한다고 생각해. 내 (정치적) 수입과 지출은 좋은 편이라고 생각하지만……."

역사는 종종 패자를 그저 패자로 내버려 두지 않는 법이다. 위압적인 태도로 공격해 온다. 어떻게 할까?

"나 자신을 변호하자면 (계엄령) 당시 반대자들인 '연대' 활동가들의 과오를 지적하지 않을 수 없겠지. 사실 그들의 행동이 계엄령을 불러온 거야."

말투가 날카로워졌다.

국가 전복의 위험과 소련군 개입에 대한 두려움. 그것을 막을 길이 계엄령밖에 없었다. 전 대통령의 지론이다.

현 정권은 당면한 정치적 필요에 떠밀려서 수십 년 전에 일어난 사건을 다시 문제 삼고 있다고도 말했다. 경제 혼란, 정권 내부의 당파 대립에서 국민의 눈길을 돌리기 위해 자신이 '인신 공양'의 희생물이 되었다는 생각도 엿볼 수 있었다.

"이제 정계에 복귀할 생각은 없어."

전 대통령은 괴로운 듯이 말을 맺으며 고르바초프 전 소련 대통령과 편지로 '개인적인 대화'를 주고받는다고 말했다.

한때 권력의 정점에 있었고 성공하지 못한 채 도중에 패배한 사람끼리 도대체 무슨 이야기를 주고받을까?

창밖에서 비스듬히 햇빛이 들어왔다. 얼굴의 오른쪽이 피곤에 지친 평범한 노인의 모습이 되었다.

그늘진 다른 쪽 절반에는 '구국군사평의회의장'이던 계엄령 선포 때의 어둡고 냉엄한 주름이 패어 있었다.

노인도 나도 잠시 침묵했다.

내 쪽에서 무거운 공기를 깨뜨렸다. 권력의 자리에 있었을 때와 지금, 음식 맛이 다른지를 짐짓 밝은 목소리로 물어보았다.

"지금 드시는 음식이 맛있죠?"

야루젤스키는 또 쑥스러운 듯 몸을 비틀었다.

얼마쯤 지나서 "그래, 지금은 맛을 음미할 시간이 있어. 가족과 저녁을 먹는 즐거움도 배우고 있지." 하고 고지식하게 대답했다.

"근데…… 난…… 내 죄……, 아니, 내 약한 부분을 자네한테 털어놓아야 할 것 같군."

굵은 손가락으로 갈색 넥타이를 만지작거리면서 쭈뼛쭈뼛 망설인다. 무슨 말을 하려는 거지? 나는 마음을 단단히 먹었다.

"TV를 보면서 와플인지 뭔지 하는 그 과자를 말이지, 먹게 됐어."

목소리가 기어 들어가는 듯했다.

빛의 양에 따라 명암으로 분열되어 있던 얼굴이 하나가 되었다. 지금, 그는 마치 아이 같은 표정을 하고 있다. 책상 위에는 오랫동안 써서 손잡이에 입힌 은이 벗겨진 볼펜이 굴러가고 있다. '패배의 맛도 그렇게 나쁘지는 않군.' 하고 나는 생각했다.

서커스단의 의미 있는 공복

'폴란드 서커스'가 이름은 거창하지만 공중그네도, 불붙은 고리를 뛰어넘는 사자도 없는 작은 이동 서커스다.
국영이었다가 사회주의 체제가 무너진 뒤 민영화되었다. 곡예사는 고작 열다섯 명. 낙타, 얼룩말, 바다사자와 조금 늘어지기는 했지만 커다란 뱀도 있다.
정찰 요원이 나와서 경합하는 서커스가 없는지 확인한 다음 이 동네에서 저 동네로, 이 마을에서 저 마을로 전국 방방곡곡을 돌아다닌다.
곡예? 음……, 솔직히 칼 던지기와 칼 위에 유리잔 몇 개를 올리는 기술 말고는 대단한 건 없다. 하지만 열심히 한다. 단원들은 저마다 꿈이 있다.

다들 꿈을 위해 '어떤' 시간을 공유하고 있다. 당연한 듯 보이는, 무척이나 매력적이고 신비로운 시간이다.
며칠이나 극단을 따라다니다가 깨달았다. 그들의 '먹지 않는 시간'이 얼마나 멋진지를.

어느 날 바르샤바 교외의 라지민에서 열린 서커스는 최고였다. 딱히 오락이 없는 마을이라, 파란색과 하얀색 줄이 그려진 천막에 몰린 관객 400명으로 터져 버릴 것 같았다. 솜사탕과 풍선도 많이 팔렸다.
칼 던지기를 하는 샤프라네크의 묘기를 본 관객들은 전부 일어서서 박수를 쳐 주었다. 어린이 디스코 담당자는 마치 최면술을 건 듯 관람객 중 아이들을 천막 바깥 느릅나무 밑에까지 데려가서 신나게 춤추게 했다. 훌라후프를 돌리는 갈리나는 드물게 실수가 없는 날이었다. 곡예사 엠마누엘라는 한 번 넘어졌는데, 무대가 울퉁불퉁한 풀밭이라 어쩔 수 없었다.
밤이 되자 다들 기분 좋게 천막을 갠다. 농업용 트랙터가 끄는 트레일러하우스를 타고 다음 마을로 이동한다. 보리밭이 넓게 펼쳐진 외길을 덜컹거리며 가는데, 짐칸에 있는 바다사자가 달을 보며 꺼억 하고 울었다.
한번은 바르샤바에서 북쪽으로 10킬로미터 떨어진 세로츠크 시에서 공연이 있었다.
낮 공연에는 초등학생이 과외수업 삼아 오기로 되었는데, 교원들의 임금 인상 시위로 취소되었다. 객석에는 유치원생과 할머니 들이 드문드문 있다. 맥이 빠진다. 오후 6시부터 시작되는 밤 공연을 기대할 수밖에 없다.

샤프라네크는 낮 공연을 끝내자마자 칼 던지기의 '표적'을 맡고 있는 아내 보제나가 만들어 준 흐워드니크와 폭찹을 먹었다. 흐워드니크는 비트 수프에 요구르트를 섞은 여름철 국물 요리로 소화가 잘 된다.

갈리나는 비트를 기본으로 마늘, 고추도 넣은 우크라이나풍 보르시를 만들어서 피에로인 남편 투카치와 먹었다. 젊은 두 사람은 우크라이나에서 흘러 흘러 이곳으로 왔다. 좁고 긴 트레일러하우스 안에서 요리해야 하는 것도 이제 익숙해졌다.

점심 식사를 마치고 밤 공연까지는 네 시간 반이 남았다. 공연을 마치고 정리가 끝날 때까지 세 시간이 걸린다. 총 일곱 시간 반 동안 곡예사들은 밥을 먹지 않는다. 불문율이다.

"곡예를 시작하기 직전에는 먹으면 안 돼요."

대머리 샤프라네크가 굵은 목소리로 말한다.

벌써 마흔 살이다. 칼을 휙휙 던지면서 살았다. 관객들의 오금을 저리게 하다가 끝에는 언제나 박수갈채를 받는다. 그러나 한순간 손이 빗나가 칼의 궤도가 흔들린 적이 없지는 않다.

"먹으면 신경이 둔해지고, 팔이 느려져서 정신을 집중할 수 없어요."

그렇게 스스로 타이른다.

이 서커스에 들어오기 전에 보스니아의 식당에서 칼 던지기 쇼를 했다. 그때 7미터 떨어져 서 있던 보제나의 몸에 닿을 듯 말 듯 아슬아슬하게 목판을 찔러야 했던 은색 칼이 그만 그녀의 배를 푹 찔러 버렸다. 아내는 부엌에서 넘어져 식칼에 찔렸다고 의사에게 거짓말을 하고 입원해 수술을 받았다.

이 이야기를 하면 항상 아내가 말한다.

"당신 실력 때문이 아냐. 조명이 나빴어. 역광이었거든."

그렇게 남편을 감싸지만, 칼 던지기가 한창일 때는 보제나의 얼굴이 미묘하게 굳어 있다. 연기가 아니다.

남편이 애매하게 대답한다.

"그래…… 그렇지. 조명이 나빴어."

15년 동안 딱 한 번 저지른 실수다. 조명 탓으로 돌리지 않고는, 칼 던지는 사람과 표적의 관계에 그리고 남편과 아내의 관계에 위태로운 오차가 생긴다.

그래도 남편은 중얼거린다.

"공연하기 전에는 배가 고파도 먹으면 안 돼."

아내가 되풀이한다.

"조명이 나빴어."

낮과 밤, 두 번 공연하는 날 오후는 점심 식사 전에 이미 한 번 일을 했기 때문에 사실 무척 배가 고프다. 스물다섯 살인 갈리나도 마찬가지다. 그래도 먹지 않는다. 물도 마시지 않는다.

"먹고 나서 공연하다가 실수로 머리카락을 자른 적이 있어요. 반성하는 마음이에요."
한 번이라도 실수를 줄이고 누군가의 인정을 받아 미국으로 가는 것이 꿈이라고 한다. 남편은 맥주를 마시고 실수한 적이 있다. 지금은 쉬는 날에도 맥주를 마시지 않는다.
밤 공연까지 두 시간이 남았다.
뱀을 조련하는 잘생긴 남자 부이치크가 풀밭에 커다란 뱀을 풀어 놓았다. '큰 서커스'로 가는 것이 꿈이라는 부이치크도 절대 과식하지 않는다. 반면에, 큰 뱀은 1주일 전에 2킬로그램짜리 새끼 돼지를 잡아먹었다. 보랏빛 혀를 날름날름 내밀며 께느른하다는 듯 기어 다닌다.
갈리나는 트레일러하우스 안에서 대야로 몸을 씻고 무대의상인 반짝이는 은색 수영복을 확인하고 있다. 오늘 밤 처음으로 훌라후프에 불을 붙이고 돌려야 한다. 갈색 눈동자에 은색 반짝이가 비친다.
단장인 폴란스키가 트레일러하우스에서 나왔다. 얼굴이 붉고 성격이 과격한 남자다.
"민영화해서 곡예사들을 계약제로 고용했더니 여자 곡예사들의 생리가 줄었어요. 좋은 일이죠. 사회주의였을 때는 한 달에 몇 번이나 생리를 했거든요."
듣기 좋지 않은 농담이다. 곡예사들이 쉬는 날이 줄었다는 말을 하고 싶은 것이다.
"곡예사는 과식을 할지, 곡예를 할지 선택하게 해요. 비만과 실수는 곡예사의 적이니까. 그런 선택이 싫으면 직업을 바꾸면 돼요."

단장은 샤프라네크 부부를 차갑게 보면서 말한다. 남편도 아내도 요새 살이 꽤 붙었다. 중년 비만이라는 것이다.

"꿈? 아아, 코끼리를 갖고 싶어요. 그리고 1000명이 들어가는 천막."

어린이용 서커스로 바꾸고 싶다고도 한다. 그럼 칼 던지기는 어떻게 되지? 걱정스러워서 뒤돌아보니 샤프라네크는 트레일러하우스 앞 의자에서 가만히 기도하고 있었다. 부풀어 오른 배 속에서 이제 음식이 소화가 다 되었을 것이다.

아마 은색 칼의 공중 궤도를 머릿속으로 가늠하고 있을 것이다. 둥그런 얼굴이 날카로워졌다. '표적'이 될 아내는 남편 옆에서 시를 쓰고 있다. 두 사람 다 '5년 뒤 은퇴'가 꿈이다. 그때까지 수천 번은 칼을 던져야, 아니, 수천 번은 아슬아슬하게 몸을 피해 던져야 할 것이다.

공연 시작 20분 전.

아직 햇살이 강하다. 조각구름처럼 솜사탕 몇 개가 천막 주변에서 춤을 춘다. 아이들이 꽤 들어온 것 같다. 풀잎에서 풍기는 열기에 솜사탕의 달콤함이 섞인, 가슴 두근거리게 하는 냄새. 목까지 햇볕에 그을린 농부며 은니가 보이는 할머니가 매표소 앞에 줄을 섰다. 단풍나무 저편에서 나들이옷을 차려입은 손님들이 줄줄이 다가온다. 이 정도면 만원이겠군.

10분 전.

샤프라네크가 대머리에 카우보이모자를 썼다. 칼의 무게를 가늠해 보았다. 그의 아내는 인디언 옷을 입었다. 갈리나는 은색 반짝이 수영복

차림이다. 곡예사 엠마누엘라는 은색 브래지어를 했다. 다들 배고픔에 신경이 곤두서서 보기 좋은 얼굴이다. 눈이 반짝반짝 빛났다.

빵빠라빵~. 겨우 세 명뿐인 악대가 음이 빗나간 팡파르를 울렸다.

크로아티아

보리수 향이 나는 마을

조금 전부터 곱게 차려입은 부인과 몇 번이나 스친 듯하다.
기분이 묘하게 들뜬다. 하지만 아무도 없다.
향기 탓이다. 보리수의 노란 꽃이 너무나 강렬하게 향기를 뿜고 있을 뿐이다.
저 멀리 언덕이 더위에 느릿느릿 녹아 등마루의 녹색이 하늘의 푸른색으로 서서히 번지고 있다. 하얀 뭉게구름도 여기저기 떠 있다. 정신이 아득해질 만큼 한가롭다.
작은 새가 지저귄다. 졸음이 밀려온다. 그때 쿵, 쿵, 포성이 들렸다.
구름이 흔들렸다. 작은 새가 노래를 그쳤다. 보리수 꽃의 향기도 사라졌다.

크로아티아의 카를로바츠 시에서 3킬로미터쯤 떨어진 투라니 마을로 이어지는 하얀 길을 땀을 흘리며 걷고 있다.
1991년 크로아티아 독립을 계기로 유고슬라비아 연방군이 공격한 투라니 마을은 끔찍하게 파괴되었다. 100명 정도 죽었다. 지금도 산발적으로 세르비아 무장 세력이 공격해 온다. 주민 2000명이 모두 대피해 마을은 아예 무인 지대가 되었다.
수도 자그레브에서 이렇게 들었다. 사람이 없는 마을은 어떤 모습일까? 나는 그것을 보러 갔다.

코라나 강의 작은 다리에 다다랐다.
한가운데가 폭격을 당해 커다란 구멍이 뻥 뚫려 있다. 들여다보니 아래에는 보리수 잎처럼 옅은 갈색 강물이 유유히 흐른다.
다리를 끝까지 건너자 검문소가 나왔다. 위장복을 입은 크로아티아 병사가 길을 막았다. 통행금지다. 어제도 박격포로 세 명이 중상을 입었다고 한다. 입씨름을 벌이며 담배를 건네주기도 하면서 겨우 마을에 들어갈 수 있었다.
쭈글쭈글한 가슴을 축 늘어뜨린 늙은 개가 하얗고 뜨거운 길을 터벅터벅 가로지르고 있었다.
소리가 없다. 소리가 죽었다. 식물 냄새가 짙게 감돌 뿐이다.
사람이 없는 뜰에서 솟을 대로 솟아오른 마늘종. 감자나 셀러리 잎이 땀을 흘리고 있다. 풀 냄새가 난다. 사람이 있다면 이렇게 자라지는 않았을 텐데, 양미역취가 뜰도 아니고 길도 아닌 데서 무리 지어 있다.
희고 어렴풋한 건너편 자갈 더미 위에 겨우 뼈대만 검게 남은 집이 있다. 초대형 회오리바람이 쓸고 지나간 흔적 같다.
설마! 내 눈을 의심했다.
옆집도, 그 옆집도, 또 그 옆집도 정말로 하나하나 공들여 파괴되어 있었다.
포격으로 벽에 구멍을 내고, 기관총을 난사하고, 수류탄을 던지고, 마무리로 자동소총과 권총을 마구 쏘아 대며 철저하게 파괴했다. 파괴하는 데 신들렸나 보다. 그렇게 생각할 수밖에 없다. 집 안 거의 모든 곳이 빈틈없을 정도로 총탄 흔적뿐이다.
마을의 시장도 우체국도 카페도 유리창이 산산조각 나 버리고, 벽에는 크고 작은 구멍투성이다. 안쪽 세면대와 변기까지 깨져 있다.
'피닉스'라는 이름의 디스코장은 분홍색이었을 듯한 창틀만 불에 타 뭉그러진 채 남았고, 맥주병과 거울의 무시무시한 파편이 어둠 속에서 빛을 내고 있었다.
마을의 분교로 가 보았다.
벽은 벽돌 세 겹으로 되어 있는데, 그 두꺼운 벽이 포탄 공격을 받아 지름 2미터쯤 되는 구멍이 뚫려 있었다.
구멍에서 교실이 보인다.
전날 밤에 내린 비 때문인지, 마룻바닥이 부풀어 기분 나쁘게 울퉁불퉁 솟아올라 있다.

한쪽은 주인을 잃고 헤매는 개들의 배설물투성이였다.
2층 교실로 올라가니 유엔 평화유지군의 흑인 병사가 책상을 침대 삼아 벌거벗은 채 자고 있었다.
그 옆 교실에는 교과서가 흐트러져 있었다. 이과 과목 교과서일까? 수염이 덥수룩한 원시인부터 잘생긴 현대인에 이르는 진화 과정이 그려진 면이 보인다.
현대인 그림에 '프라비 초베크'라는 크로아티아어 설명이 있다. 뜻은 '진짜 인간'쯤 될까?
아아, 하지만 교실 벽과 칠판에도 끔찍한 총탄 자국이 있다.
진화한 인간이 '진짜 인간'이라지만, 사실 원시인보다 더 야만스럽지 않나? 아이들이 그렇게 배웠을지도 모른다.

다시 하얀색 길을 터벅터벅 걷는다.
그때 포도 덩굴 그림자 속에서 뭔가가 움직인 듯했다. 사람 그림자다.
깜짝 놀랐다. 사람 그림자도 무서워하며 모습을 감췄다.
병사는 아닌 것 같다. 내가 쫓아갔다. 안나 스모야크라는 일흔두 살의 키 큰 할머니였다.
이곳은 무인 마을이 아니었다. 폐허에 사람이 살고 있었다.
안나 할머니보다 아홉 살이 적은 남편 미리보이는 1991년에 집 근처에 폭탄이 떨어졌을 때 충격을 받고 죽었다. 할머니는 그 일이 애통하고 애통해 지금도 집을 떠나지 못하고 있다. 여기서 죽고 싶다고 한다.

안나가 말한다.
맑게 갠 날 갓 짠 우유가 든 깡통을 양손에 들고 걷는데, 갑자기 전차가 나타나 펑펑 대포를 쏘아 댔다. 안나는 기겁해서 우유가 든 깡통을 떨어뜨렸다.
남편은 가슴을 누르면서 쓰러졌다. 양아들도 죽었다. 며칠 만에 안나의 머리칼은 백발로 변했다.
"그때부터 뭘 먹든 아무 맛도 느끼지 못하게 됐지."
할머니는 글러브처럼 커다란 손으로 눈물을 훔쳤다.
뜰에 놓인 가스 오븐과 세탁기에도 벌집 같은 총탄 자국이 났다.
집으로 들어가니 또다시 말향을 닮은 보리수 향기가 풍겼다.
둘러봐도 파리는 없다. 그러고 보니 이 마을에는 파리가 없다. 오로지 벌뿐이다. 사람이 없으니 먹을 것이 없다. 파리도 끓지 않는다.
안나에게 매일 뭘 먹는지 물어보니 카를로바츠로 대피한 큰아들이 준 '아파우린'이라고 한다. 전쟁이 시작된 뒤에 크로아티아에서 잘 팔리는 신경안정제의 이름이다.
68킬로그램이던 안나의 몸무게는 지금 52킬로그램으로 줄었다. 한숨만 쉰다.
"남편 묘소에도 못 가. 언덕 위에 무덤이 있는데, 거기도 위험하니까."
세르비아 병사는 묘소까지 공격해 온다.
열여섯 살짜리 소년을 비롯해 크로아티아인 여러 명이 무덤 근처에서 목숨을 잃은 일이 있다. 모두 이마에 'U' 자가 칼로 깊게 새겨져 있었다고 한다. '우스타샤'의 머리글자인 'U'다. 2차세계대전 중에 크로아티아에서 만들어져 '민족 정화'라는 이름으로 유대인과 세르비아인 들을 없애려고 한 파시스트 조직 우스타샤.
이마에 새겨진 U에는 세르비아인의 역사적 증오가 담겨 있다. 하지만 안나와는 아무 관계도 없다.

"뭐라도 좀 드시는 게 좋아요. 뭔가……."
나는 그런 말밖에 할 수 없었다.
부엌에서 등을 구부리고 차를 홀짝홀짝 마시는 안나는 식욕이 없다고, 이제 죽고 싶다는 말만 되풀이하며 비스킷을 먹기 시작했다.
마을은 1991년부터 정전인 채로 있다. 부엌이 어둡다. 어두우면 소리가 더 뚜렷해진다. 안나의 틀니와 비스킷이 똑, 똑, 쓸쓸한 소리를 낸다.
어두우면 향기도 뚜렷해진다. 보리수 향기가 짙게 감돌고 있다.
"이건 리파(보리수) 잎 차야."
안나가 차를 홀짝거리면서 말해 주었다.
"뭐든 좀 더 드시는 게 좋아요."
내가 다시 권했다. 멀리서 포격 소리가 두 번 났다.
안나는 비틀비틀 일어서서 '레잔체'를 만들기 시작했다. 수프에 넣는 면이다.
며칠 전 찾아온 큰아들이 주었다는 달걀 한 개를 깨어 밀가루에 넣는다. 거기에 소금을 뿌리면서 안나가 말했다.

"이건 3년 묵은 밀가루야."
그녀 집의 밀밭은 전쟁으로 세르비아 측에 점거되고 말았다.
밀가루와 달걀과 소금을 큰 손으로 반죽한다. 둥글게 만들어지면 국수방망이로 널찍하게 편다.
"물은 한 방울도 넣으면 안 돼."
그렇게 혼잣말을 하지만 물은 이미 들어갔다. 눈물이 똑똑 밀가루로 떨어지고 있다.
이 마을에도 세르비아인이 있었는데……, 하고 안나가 밀가루로 하얗게 변한 손가락으로 창밖을 가리키며 말했다.
"우리는 정말 사이가 좋았어. 사슬로 엮어 놓은 것처럼 사이가 좋았지."
그런데 전쟁이 터지자 모두 세르비아 쪽 마을로 가 버렸다고 한다. 안나는 연신 고개를 가로저었다.
"몇 번이나 생각해 봤어. 하지만 어째서 이렇게 끔찍한 일이 생겼는지 나는 도저히 알 수가 없어……."
밀가루가 얇은 원반 모양이 되었다. 식칼로 만두피 크기만큼 잘라 다시 5센티미터 정도 길이로 채를 썬다.
"오늘은 식욕이 없어. 내일 레잔체 수프를 만들 건데 먹으러 올 텐가?"
고개를 숙인 채 안나가 물었다.
"아, 아아." 하고 애매하게 대답한 나는 미지근해진 리파 차를 홀짝거렸다. 초상집에서 마신 차 맛이 떠올랐다.

폭격으로 날아가 버린 안나의 집 2층 창에서 밖을 보았다.

어떻게 인간은 이런 곳에서 사람을 죽일 수 있을까? 뭉게구름이 떠 있는 푸른 하늘 아래로 한없이 눈부시게 펼쳐진 초록색. 민족과 종교와 증오를 초월한, 벨벳같이 고귀하게 빛나는 초록색이다.

토지는 말할 나위 없이 비옥하다. 여기저기에 있는 뭔지 모를 과실나무들. 붉은 열매가 풍경화의 악센트가 된다. 작은 시냇가에는 보리수가 줄지어 서 있다. 포격과는 전혀 어울리지 않는다. 하지만 언덕 위에는 붉은색, 흰색, 푸른색의 세르비아 깃발이 있다.

안나가 다시 묻는다.

"이보게, 내일 다시 와 줄 거지?"

나는 포성에 등이 떠밀려 마을을 떠났다.

안나는 내일 눈물 어린 레잔체를 어두운 부엌에서 혼자 먹겠구나.

다양한 식탁

나다라는 이름을 가진 붉은 머리칼의 크로아티아인은 소녀 시절에 언제나 식당차가 달린 기차를 타고 어디론가 멀리 떠나는 여행을 꿈꾸었다고 한다.
서른두 살이 된 지금 그녀는 식당차가 있는 기차 안에 있다. 게다가 사랑하는 남편 스테판과 아이 셋이 함께 있다.
그런데 화를 낸다.
"기차는 이제 정말 싫어요."
기차 이야기가 나오자 목소리가 날카로워진다. 웬일인지 열차는 전혀 움직이지 않는다. 그녀의 가족이 열차를 탄 1년 7개월 전부터 지금까지 줄곧 '정차'한 채로 움직이지 않고 있기 때문이다.

크로아티아의 수도 자그레브에서 남서쪽으로 55킬로미터를 가면 꿩이 울 법한 아름다운 산골짜기에 클라네츠라는 작은 역이 있다.
구내의 녹슨 선로 위에 칙칙한 녹색과 회색의 오래된 객차 여덟 량이 서 있다.
기관차는 없다. 여덟 량이 다 난민 수용소인 것이다.
지금 나다 씨 일가를 비롯해 20여 세대가 기차에서 생활하고 있다. 이들은 1991년 유고슬라비아 연방군의 공격으로 4000명이 사망한 동쪽 국경 부코바르 시에서 탈출한 사람들이다.
농담이 아니라 정말로 식사는 식당차에서 먹는다.
아침은 치즈와 빵, 점심은 콩 수프에 갖가지 돼지고기 요리, 저녁은 햄과 빵이다.
요리사인 마리치는 음식 맛에 자신만만하지만, 나다는 '짜고 맛이 없다'고 말한다.
말 그대로다. 마리치는 원래 힘들여서 땀을 엄청 흘리는 선로 보수 작업을 하던 사람이라 그런지, 지금도 요리에 소금을 많이 친다.
"전쟁이 날 때까지는 기차에서 나이를 두 살이나 먹을 거라고는 생각도 못 했어요."
철판으로 닫힌 차내에서 나다가 땀을 뻘뻘 흘리며 한탄한다.
"부코바르 여자는 과자를 맛있게 구워요. 그런데 기차 안에서는 그럴 수도 없어요."
가끔 빵을 먹지 않고 모아 두었다가 농민에게 부탁해 우유와 바꾼다.

차량 안에 화장실이 없기 때문에 화장실에 가고 싶으면 매번 '하차'해서 역사 안으로 가야 한다.
욕실도 없다. 옥수수 밭이나 비트 밭 너머로 흐르는 강에서 목욕을 한다. 기차에서 생활하는 남자들은 그 강에서 반찬감으로 쓸 물고기를 낚는다.
나다 씨 가족의 집은 불에 타 버렸다.
"불탄 자리에서 노숙을 해도 좋으니까 집으로 돌아가고 싶어요. …… '나다'는 희망이라는 뜻이니, 아이러니죠."
차창으로 버드나무가 있는 풍경을 바라보면서 나다가 중얼거렸다.
"움직이지 않는 이 기차가 달려가는 꿈을 가끔 꿔요. 멋진 나라로 달려가요……."

나다와 헤어지고 나서 겨우 5분쯤 차를 달렸을까, 길에서 뜻밖에 티토 대통령의 생가를 맞닥뜨렸다. 유고 통일 시대의 상징으로 1980년에 죽은 이 인물의 고향에도, 아이러니라고 말해야 할지, 피로 피를 씻는 민족 분쟁의 피해자들이 밀려들고 있다.
나다 씨 가족이 사는 열차만이 아니다. 티토의 생가에서 그리 멀지 않은 곳에 있는 옛 공산주의자 동맹 간부 학교도 지금은 난민 수용 시설이 됐다.
일찍이 티토가 미국 대통령 닉슨이나 중국 공산당 주석 화궈펑(華國鋒) 등과 회담하던 생가가 내려다보이는 언덕 위 호화 호텔도 난민 숙사로 영락해 버려 아이들이 그곳에서 맨발로 뛰어다니고 있었다.
민족 평등, 자주 관리, 지방 분권이라는 티토주의 실험의 결말이라기에는 너무 허무한 광경이다.
마로니에가 그늘을 드리운 하얀 벽과 갈색 지붕의 티토 생가는 기념관으로 보존되어 있었다. 옆에 세워진 티토의 동상도 무너지지는 않았다.
하지만 유품이나 연보를 아무리 들여다봐도 이 분쟁이 '왜' 일어났는지는 보이지 않았다.
난민들은 이제 '왜'를 묻지 않는다.
친형제가 죽임당한 일을 한결같이 한탄하면서도, 한탄하는 그 입으로 날마다 음식을 먹지 않으면 안 되는 것이다.

자그레브에서는 동물원 앞에 있는 식당 '막시밀'이 난민을 위한 무료 급식소가 되어 있었다.
묘한 광경이다.
동물원에서는 곰이 구경꾼에게 빵을 얻는다. 바로 바깥에서는 어마어마한 수의 인간이 목숨을 이어 가기 위해 음식을 얻으려고 줄에 선다.
내가 찾아갔을 때 메뉴는 독일이 원조한 깡통 수프와 폭찹이었다. 이곳에 이슬람계 난민이 오는 경우는 드물지만, 사라예보에서 탈출했다는 예순여덟 살의 여성 이슬람교도인 니콜라는 얼굴빛도 변하지 않은 채 돼지고기를 씹어 먹고 있다.

식욕이란 정직하다는 생각이 들었다.
애초에 '순수'한 민족이나 종교 따위가 있을 리 없다.
보스니아의 이슬람계 주민들도 원래 10~15세기 발칸 지방에서 성행한 보고밀파 기독교도였지만, 그 뒤 터키의 지배하에서 이슬람으로 개종했다. 돼지고기를 먹는 것이 나쁠 리 없다.
먹고사는 것이 민족이나 종교에 대한 자부심보다 중요하다.
유엔 관계자에 따르면, 사라예보 동물원의 굶주린 곰은 자그레브 동물원으로 이송되는 길에 숨이 끊어졌다고 한다. 어처구니없는 날벼락이다. 하지만 지금은 곰보다 인간이 문제다.
"일본으로 데려가 주시오. 먹을 것만 주면 화장실이든 하수구든 다 청소할 테니까."
예순한 살이라는 난민이 나한테 매달리면서 따라왔다.
보스니아 헤르체고비나의 부고이노에서 탈출했다는, 오른쪽 눈이 부연 남자다. 울먹이는 목소리였다.
"아내를 두고 왔소. 난 이제 사바 강에 빠질 수밖에 없어요."

자그레브 중심부에서 네오고딕 양식 첨탑으로 하늘을 찌르고 있는 성 슈테판 대사원.
이 사원도 유고 출신 가톨릭교 수녀인 마더 테레사의 내방을 기념해, 주로 거지나 저소득층을 대상으로 무료 급식소를 두고 있다.
1991년에 세르비아 측과 전쟁 상태로 들어가기 전에는 하루에 두세 명이 올까 말까 했는데, 지금은 급식 인원인 80명을 넘는 굶주린 사람들이 찾아온다.

수녀에게 취재 요청을 거절당했지만 나는 주린 배를 안고 불안한 발걸음으로 언덕을 오르는 남자들 틈에서 급식소에 들어갔다.

문이 열리고 겨우 5분 만에 사람들로 꽉 찼다. 문이 닫혔다.

먼지, 땀 냄새, 게다가 지독한 썩은 내 때문에 나도 모르게 기침을 마구 해 댔다. 벽에 걸린 마더 테레사와 로마교황 요한 바오로 2세의 사진이 때에 전 남자들을 내려다보고 있다.

크로아티아인만이 아니라 다양한 얼굴들이다. 터키계 얼굴이 보이고, 콧수염을 기른 옛 신사는 세르비아계였을지도 모른다.

어딘가에서 수프 냄새가 난다 했는데, 수녀가 "여러분, 이걸 들어야 식사할 수 있습니다." 하고 운을 떼더니 성서를 낭독하기 시작했다.

식사가 보류되었다. 누군가의 배에서 꼬르륵 소리가 났다.

그다음에는 기립해서 찬송가를 부른다. 숟가락을 꽉 쥔 남자들이 노래를 부른다. 악에 받친 듯 숟가락을 휘두르면서 노래하는 남자도 있다.

아니, 입만 뻥긋거리는 사람이 많다. 다리를 떠는 사람도 있다. 오로지 의식이 끝나기만을 기다린다.

훌륭한 자선이지만 좀 잔혹하다. 바로 음식을 나눠 주면 안 될까?

11세기 기독교회의 동서 분리, 반목, 슬라브족의 분열. 식전 의식이 이런 분쟁의 깊은 뿌리에 얽혀 쓸데없는 기억을 되살리지 않을까? 신앙이 없는 나로서는 조금은 지나친 걱정을 한다 싶은 사이에 찬송가가 끝났다.

아아, 그 뒤에 이어지는 남자들의 식욕은 대단했다.

다양한 민족의 피를 받은 각양각색의 얼굴들이 똑같이 맹렬하게 달라붙었다. 그러니 종파든 뭐든 아무 소용이 없었다.

정직하구나. 왠지 성스럽다는 생각이 들었다.

내게도 빵이 왔다. 받을 수가 없었다. 들어오지 못한 사람들의 손이 창밖에서 뻗쳐 왔기 때문이다.

크로아티아

생선을 먹는 다정한 사내들

바다가 보고 싶어졌다. 갓 잡아 올린 맛있는 생선이 먹고 싶어졌다.
자그레브에서는 만나는 사람마다 유고 분쟁 때의 괴롭고 슬픈 이야기만 한다. 인간의 마음에 생긴 고질병을 보는 듯했다.
왠지 기분이 울적했는데, 세상일과 특별한 관계가 없지만 살짝 솔깃해지는 이야기가 귀에 들어왔다.
"아드리아 해 연안에서는 일본 사람처럼 생선 구이를 항상 먹어."
도미인지 참치인지, 생선의 종류는 알 수 없다. 알 방법도, 근거도 있을 리 없다.
그래도 '생선 구이'라는 말 한마디에 무작정 자그레브에서 차를 달려 남쪽으로 300킬로미터쯤 떨어진 항구도시 자다르로 향했다. 물론 조금 오래되긴 했지만 작은 간장병을 가방 안에 숨기고.
혹시 생선회라도 먹을 수 있지 않을까? 기대는 부풀어 오르기만 했다.
역시 여느 여행과는 달랐다. 몇 번이나 검문을 받았다.
세르비아 측은 내가 출발하기 사흘 전에도 자다르 부근을 폭격했다.
1991년 이후 자다르에서 죽거나 다친 사람은 천 몇 백 명이나 된다고 한다.
세르비아 측이 점령한 곳 근처에서는 길을 빙 둘러 갔다. 어두워지면 공격할 가능성이 있다고 해서 차를 있는 힘껏 달렸다. 다리가 파괴되었다고 해서 페리를 이용했다.
겨우 도착했더니 맑고 자연 풍경이 아름다운 마을이 윙윙 하는 소리로 유난히 시끄럽다. 일부 발전 시설이 공격받아 강제로 절전해야 하는 바람에 가게마다 자가발전기를 돌려서 난 소리다.
9세기의 귀중한 유적인 성 도나트 성당 부근에도 탄흔이 있고, 시내의 중요한 곳곳에 흙을 담은 부대가 쌓여 있다. 아파트 옥상이나 베란다도 박격포에 맞아 커다란 구멍이 몇 개씩 뚫려 있다.
호텔로 가 보니 난민들이 넘쳐서 "생선 구이를 어디서 먹을 수 있습니까?"같이 얼빠진 질문은 도저히 할 수 없는 분위기다.
다음 날, 험악해질 기미가 보이는 아드리아 해로 나가서 흔들리는 페리를 타고 자다르에서 바다 건너 6킬로미터쯤에 있는 우글랸 섬으로 가 보았다.
협죽도 꽃이 섬 곳곳에 흐드러지게 피어 있었다.

다홍색 꽃, 벽돌색 집들, 맑은 청록색 바다. 선명한 배색에 전쟁을 잊었다.
파도가 치는 해변을 따라 20분이나 걸었을까? 하얀 고깃배가 열 척쯤 있는 초라한 항구가 나왔다.
칼리 마을이다. 인적은 없고, 갈매기만 왠지 조심스러운 듯 울고 있었다. 모두 집에서 한창 낮잠을 자고 있을 것 같다.
깨어 있는 사람을 찾아 돌 언덕을 오른다. 올리브 잎의 짙은 녹색이 눈을 편안하게 한다. 언덕을 오르다가 어느 집 베란다에 있는 백발노인을 봤다.
"정말 무례하지만 부탁드릴 일이 있습니다." 하고 아래쪽에서 외쳤더니, 놀랍게도 노인이 친척이라도 마중하듯 나를 맞아들였다.
레오폴드 콜레가, 여든 살, 전직 어부.
러닝셔츠에 반바지 차림이었지만, 어딘지 프랑스 배우 장 가뱅을 닮았다. 대대로 뱃사람이고, 조부가 1904년에 일본까지 항해한 적이 있다고 한다. 단지 그것뿐, 딱히 인연이랄 것도 없는데 "어서 오게, 어서." 하며 문을 열어 주었다.
재혼했다는 스무 살이나 젊은 아내 마리차도 나와서 무화과와 집에서 만든 포도주를 대접해 주었다.
베고니아의 붉은 꽃으로 테두리를 장식한 석조 베란다. 거기서 오후 햇살에 빛나는 아드리아 해와 먼 건너편 자다르의 해안을 바라본다. 눈이 부셨고, 나는 이미 꿈을 꾸는 듯했다.

“이 섬도 평화롭지는 않아요.”

마리차가 뜻밖의 말을 했다.

1992년 여름, 자다르 건너편에 있는 세르비아 측 진지에서 발사된 포탄이 섬을 직격해서 주민 30명이 중상을 입었다. 섬의 경찰과 우체국도 공격당했다. 1993년에도 폭격으로 베란다 바로 맞은편 바다에 물기둥이 몇 개나 치솟았다고 한다.

레오폴드는 2차세계대전 때 섬을 점령한 이탈리아군에게 형제 세 명이 죽임을 당했다고 한다.

“그때는 자다르에서 파르티잔이 섬을 폭격했어. 이제 평화로워졌다고 생각했는데 이번엔 세르비아군이 폭격해 왔지.”

걸걸한 목소리로 노인이 말했다. 화를 내거나 탄식하는 게 아니라 사람 사는 세상이 어차피 그런 것이라는 투였다.

밤에 자다르를 공격하는 포화를 베란다에서 보면 마치 ‘불꽃’을 터뜨리는 듯하다고 한다. 위태위태하고 두려운 광경이다.

‘아아, 생선 구이 타령을 할 때가 아니구나.’ 하지만 큰맘 먹고 부탁해 보았다.

“싱싱한 생선 구이를 먹고 싶은데요…….”

노인은 이유를 묻지도 않고 가볍게 음 하고 고개를 끄덕이더니 무슨 가곡 이름을 말하듯이 구성지고 우아하게 발음했다.

“그거라면 사르델라야. 사르델라라면 간단하지.”

사르델라.

뭔지 물어보니 정어리라고 한다. 아드리아 해의 정어리. 좋군. 대중적이고 좋아.
고깃배에 함께 타서 갓 잡아 올린 정어리를 먹어 보고 싶다. 안 된다는 것을 알면서도 한번 청하니 "그럼 아는 사람 배에 태워 주지." 하고 노인이 흔쾌히 승낙해 주었다.
전쟁이 벌어지고 있는 지금도 그럭저럭 고기잡이는 하는 모양이다. 하지만 오늘은 육지에서 불어오는 '불라'라는 강한 바람 때문에 출어하지 않는다고 한다. 불라가 부는 날은 정어리가 안 잡힌다는 것이다.
"내일은 잠잠해질 테니 다시 나와 보게."
갈매기가 날아다니는 하늘을 올려다보며 레오폴드가 말했다. 열다섯 살 때부터 고깃배를 탔다는 이 노인은 아드리아 해에서 부는 바람에 대해서는 박사였다.
그가 집에 있는 창고로 나를 안내해 주었다.
커다란 항아리가 있었다. 노인이 뚜껑을 열었다.
소금에 절인 멸치가 꽉꽉 채워져 있었다. 깜짝 놀랐다. 일본의 멸치 절임과 똑같지 않은가! 아드리아 해의 멸치 절임이다.
"3월부터 10월까지 절여. 1년 내내 먹을 수 있어."
레오폴드가 눈을 가느다랗게 뜨고 항아리 속 정어리를 들여다보았다.
"고기는 거의 먹지 않아. 생선이 좋아. 정어리 숯불구이, 정어리 튀김이나 올리브유 조림. 몸에 아주 좋지." 노인이 그렇게 말했다.
나이 차가 꽤 나는 부인을 생각한 내가 농을 걸듯 끼어들었다. "그래서 이렇게 건강하시군요."

"음, 그래. 생선이 최고야."

적갈색 얼굴이 빙긋이 웃었다.

1층에는 문어를 막대기에 꽁꽁 동여매어 그늘에서 말리고 있었다. 이것도 오랫동안 보존해서 먹는 방법이다.

소라 껍데기도 있었다. 소라를 구워 먹었다고 한다. 왠지 기뻤다. 늘 먹던 것과 '비슷한 음식'을 이국땅에서 발견하는 기쁨이 이렇게 클 줄은 미처 몰랐다.

정어리 고깃배에 태워 주겠다는 약속을 받고 자다르로 돌아갔다.

그날은 좋은 일이 두 가지나 있었다. 하나는 포격이 없었다는 것이고, 다른 하나는 자다르의 해변 식당에서 먹은 요리다. 맛이 일품이었다.

메뉴에는 '검은 리소토'라고 쓰여 있었다. 밥이 먹고 싶어서 주문한 것이다.

커다란 금속제 접시에 담겨 나온 음식은 검은색으로 번들번들 반짝이는 오징어 먹물 리소토였다. 참 싱싱한 오징어 먹물이었다. 해산물 수프와 백포도주에 알맞은 굳기로 지어진 밥. 오징어 먹물과 밥의 절묘한 조합. 오키나와에서 몇 년 전에 먹은 오징어 먹물 이후로 처음 경험하는, 혀와 목구멍이 녹아내릴 만한 맛이었다.

다음 날은 정어리 낚시다. '보나차', 즉 바람이 멎은 잔잔한 바다가 되기를 기도하고 잠자리에 들었다.

난민 여러 명이 호텔에 있다. 한 아기가 울기 시작하자 번지듯이 둘,

셋 울음소리가 더해진다.
슬프구나. 끔찍하다. 중얼중얼하는 사이 잠에 빠져들었다.

이튿날 나는 또 페리를 타고 석양에 온몸을 새빨갛게 물들이며 우글란 섬에 도착했다.
레오폴드는 굳이 며느리를 불러서 난생처음 보는 나를 위해 '팔라친키'라는, 호두 잼을 넣은 크레이프를 만들게 했다. 배를 타기 전에 든든하게 배를 채우라고 했다. 어안이 벙벙해질 만큼 자상한 노인이다.
오후 8시의 감색 바다를 보면서 따끈한 크레이프를 한입 가득 베어 문다. 바다 내음이 호두의 단맛을 끌어 올렸다.
노인이 배까지 바래다주었다. 백발과 하얘진 가슴 털이 바람에 살랑살랑 나부낀다.
"트라몬타나니까 배가 나갈 수 있겠어."
노인이 중얼거렸다.
잔잔한 파도가 칠 정도의 바람이니까 괜찮다는 말이다.
오후 9시 20분에 출항. 포베드니크(승리자)라는 이름의 51톤짜리 그물배다.
그 시간에도 저녁놀이 은색 구름과 파도를 연한 분홍색으로 물들이고 있다.
둑에 서 있는 레오폴드 노인이 하얀 점이 되었다가 마침내 사라졌다.
갈매기 두 마리가 따라왔다.

하지만 아무래도 이상했다. 섬에서 더 남쪽 바다로 갈 거라고 생각했는데 자다르 쪽으로 가는 것이 아닌가!

"자다르 바다는 좋은 정어리가 잡히는 고기잡이 장소야."

말이 없는 선장, 보조가 말했다.

하지만 자다르에 가까이 가면 언덕 건너편의 세르비아군에게 폭격을 당하지 않을까?

"그럼 남쪽 코르나티 섬 그늘에 숨으면 되지."

어떻게 할지 계획은 다 정해져 있었다. 나로서는 포격이 없기를 바랄 뿐이었다.

출항한 지 20분이 지났다. 갑판 확성기가 삑삑 울렸다. '어이쿠, 세르비아군의 함정인가?' 하고 생각했는데, 탐지기가 고기 떼를 잡았다는 신호였다. 느긋하게 담배를 물고 있던 선원들이 갑자기 용수철이 튀어 오르듯 움직이기 시작했다.

뱃전의 집어등에 불이 켜지며 오렌지색으로 빛을 냈다.

그러자 파랗던 해수면이 짙은 녹차 색으로 변했다. 투명한 녹색.

끌고 온 배 두 척을 떼어 놓는다. 두 척 모두 집어등을 싣고 있어서 해수면에 빛이 세 개 생겼다. 빛의 점을 잇는 삼각형 안쪽으로 물고기를 유인한다.

비단을 펼친 듯 바다가 반짝반짝 빛난다.

본선 엔진이 멈췄다. 닻이 내려졌다. 눈 깜짝할 사이에 작업이 끝났다.

남자들이 묵묵히 선창으로 들어갔다. 3시까지 눈을 붙인다고 한다.

갑판에 젊은 남자 두 명이 남았다.

목수인데 일이 없어서 배를 탄다는 스물두 살의 미르코, 왼쪽 귀에 금색 귀걸이를 하고 있다. 또 한 명은 붉은 셔츠를 입은 네벤. 그는 열네 살 때부터 9년 동안이나 어부 일을 하고 있다.

두 사람이 뱃전에 기대어 바다를 바라본다. 나도 옆에 서서 내려다보니 굉장하다. 무수한 물고기의 그림자가 물결치듯 넘실거리고 있다. 물은 투명하다. 물고기는 뼈까지 푸르게 비쳐 보일 만큼 아름다웠다. 아드리아 해의 사르델라다. 투명하고 푸른 고기 떼가 물속에서 춤을 춘다. 정어리라기보다는 사르델라의 우아한 수중 댄스다.

미르코가 조용히 말했다.

"얼마 전까지 한 달이나 자다르 근처 전선에 있었어. 150미터 앞에서 적이 총을 쐈어……. 바로 코앞에서. 무서웠지."

네벤이 대답했다.

"안 무섭다면 이상한 거지. 머리가 이상한 거야."

네벤은 반년이나 전선에 있었다고 한다.

"나도 무서웠어. 그게 아무렇지도 않다면 이미 머리가 이상해진 거야."

미르코가 고개를 저으면서 중얼거린다.

"난 '우스타샤'가 무슨 뜻인지도 몰랐어."

우스타샤는 2차세계대전 중에 독일의 끄나풀이 된 크로아티아의 파시스트 조직이다. 세르비아 측은 '배신자, 학살자'라는 의미가 담긴 이 말을 크로아티아에게 퍼부었고, 크로아티아 측은 대세르비아주의 왕당파 조직 이름을 들먹이며 세르비아 병사를 '체트니크(2차세계대전 중 세르비아 세력이 나치에 맞서기 위해 만든 군사 조직이지만, 나중에는 독일과 손잡고 공산 세력에 대항했다.—옮긴이)'라는 증오 섞인 말로 불렀다. 과거의 말이 사라지지 않고 부활했다.

미르코는 그런 것도 모르고 전선에 섰다고 한다. 전쟁이란 그런 것일지도 모른다. 미르코 같은 남자들이 아니라, 정치가 '적'과 '아군'을 만들어 낸다. 네벤이 말하는 '이상'이라는 말이 끝없이 퍼져 간다.

적은 죽여라, 그렇게 말이다.

이 배는 잡은 물고기의 일부를 공출한다고 한다. 아드리아 해도 전쟁 깊숙이 말려들고 있는 것이다.

구름이 걷히더니 상현달이 모습을 드러냈다. 길조인지, 흉조인지 별똥별을 봤다.

무서울 정도로 비린내가 나는 선창의 침대로 들어가 잠들었다. 귓전에 파도 소리가 들렸다. 불침번을 서는 네벤이 갑판에서 민요 같은 것을 낭랑하게 부른다.

새벽 3시 10분. 발소리에 잠이 깼다. 남자들이 벌써 깨어나 일하고 있었다.

검은 하늘에는 새하얀 종이를 오려 만든 세공품 같은 갈매기 두 마리가 날고 있었다.

닻을 올리고 배를 빙글빙글 돌리면서 오렌지색 그물을 펼친다. 파도가 높아졌다. 머리 위에서 별이 흔들흔들 움직였다.
샛별이 보이자 윈치가 윙윙 소리를 내면서 그물을 끌어 올리기 시작한다.
네벤은 그물이 엉키지 않도록 가슴에 끌어안듯 하면서 차곡차곡 갠다. 미르코는 정어리가 더러워지지 않게 갑판을 밀걸레로 닦는다. 두려움에 떨면서 총을 쥐었던 손이 본래 사람이 하던 일을 맡으니 기뻐서 신바람을 내며 일한다.
자다르의 언덕 위가 그림물감을 솔로 닦아 낸 듯 연분홍색으로 물들었다.
아침 햇빛에 비친 정어리가 펄떡펄떡 튀어 올랐다.
끌어 올린 그물에서 정어리가 빗물처럼 떨어졌다. 푸른색, 은색, 흰색으로 색을 바꾸며 떨어지면서 힘차게 춤을 추었다. 갑판은 은색을 입힌 듯 온통 눈부시게 빛났다. 이미 정어리 들판이었다.
고등어도 섞여 있었다. 손바닥만 한 오징어와 문어도. 물고기를 분류하던 남자가 오징어를 통째로 후루룩 먹어 버렸다.
나는 간장을 찾아 호주머니를 뒤적였다. 12, 13센티미터는 되는 정어리 두 마리를 슬쩍 집었다.
잠이 덜 깬 눈을 비비고 칼로 머리를 떼어 낸 뒤 배를 갈랐다. 잔뼈를 발라내기도 감질나서 간장을 끼얹고 한입에 꿀꺽 삼켰다. 정신없이 먹는 바람에 맛을 확인하지 못했다.
두 마리까지는 잘 씹어 먹었다. 전혀 비리지 않았다. 살이 단단하지 않았다. 뒷맛이 은은하게 달콤했다. 아드리아 해에서 갓 잡은 생정어리의 풍미다.
어획량은 800킬로그램. 아주 적은 양이다. 많이 잡을 때는 배에 다 싣지도 못할 정도라고 한다.
"세금도 내야 해."
선장이 투덜거렸다.
그래도 모두 갑판으로 가스풍로를 가지고 나와 올리브유와 굵은 소금을 뿌린 정어리와 고등어를 산더미만큼 구워 냈다. 구수한 연기가 피어오르고 갈매기가 와글거렸다.
이름이 요소라는 중년 선원이 집에서 만든 포도주의 뚜껑을 땄다.
요소는 구운 정어리 세 마리를 빵에 끼워 먹고 나서 중간 크기의 고등어에 올리브유를 주르륵 붓더니, 믿을지 모르겠지만, 일곱 마리를 모조리 먹어 치웠다. 나한테도 "이거 먹어 봐, 그것 좀 마셔." 하고 권했다. 미르코도 네벤도 내장도 빼지 않은 정어리를 뼈째 마구 먹어 댔다.
생선이 주식이고 빵이 반찬인 것 같았다.
덩치 큰 백인들이 이렇게 기뻐하며 생선 구이를 먹는 모습에, 민족의 차이 따위는 대수롭지 않다는 생각이 들었다.
맛? 물론 맛있었다. 하지만 너무 엄청난 양의 생선 구이에 질려 버렸다. 또 올리브유 냄새에 숨이 턱턱 막혔다. 무즙이 간절히 먹고 싶었다.

세르비아

성스러운 빵과 권총

수도원을 체험하러 들어가게 해 달라고 베오그라드의 세르비아정교회에 부탁했더니, "하루 이틀 사이에 뭔가를 얻을 수 있다고 생각하십니까?" 하고 사제가 나무랐다.

틀린 말이 아니지만, 끈질기게 부탁해서 간신히 허가를 받았다. 깨달음을 얻고 싶은 것이 아니다. 발칸에서 전쟁이 끊이지 않는 지금, 수도사들은 무엇을 생각하고 무엇을 먹는지 알고 싶었다.

이 전쟁은 종교전쟁의 냄새도 난다.

세르비아정교, 가톨릭, 이슬람교의 원한이 얽힌 전쟁이 아니라고 할 수 없다. 그런데 원한의 근원이 뭘까?

이렇게 말하는 나는 정교에 관한 지식이 전혀 없다. 신에 대한 모독이라고 나무란다면 사과할 수밖에 없겠지만, 질문 하나는 하고 싶다.
이렇게 결심하고 베오그라드를 떠났다. 소개받아 간 곳은 세르비아공화국 코소보 주(2008년에는 독립을 선언하고 프리슈티나를 수도로 삼았다. —옮긴이)의 산골짜기에 있는 데차니 수도원이다.
참으로 놀라움과 배고픔을 맛본 이틀이었다.

코소보의 주도인 프리슈티나를 거쳐 차로 하루의 절반이 걸려 데차니 마을에 도착해 보니 분위기가 묘했다.
무척 가난해 보였지만, 시냇물과 작은 새들이 지저귀는 소리가 평화롭게 들리는 산기슭의 마을 여기저기서 경찰들이 자동차며 통행인을 가리지 않고 검문하고 있었다. 매우 위압적이라서 마을 사람들이 두려움에 떨고 있었다.
마을 주민에게 데차니 수도원으로 가는 길을 물으니, 마치 약속이라도 한 듯 들은 체 만 체 하거나 알 게 뭐냐는 듯 자못 독살스러운 표정으로 쏘아보기만 했다.
어찌어찌해서 찾은 데차니 수도원은 요새같이 견고하게 돌담이 둘러쳐져서, 마치 다가오지 말라고 말하는 듯했다.
푸른색의 둥근 지붕 꼭대기에 십자가가 달린, 멋들어진 대리석으로 지어진 교회가 자리한 중앙 정원 옆으로 무너질 듯한 목조 3층의 수도사 숙사가 길게 줄지어 있다.
이런 곳에 묵게 되는구나, 하고 쓸쓸한 마음으로 올려다보는데 갑자기 온 세상에 닿게 하려는 듯 감히 이슬람의 기도 소리가 크게 귀를 압박해 오는 게 아닌가! 나는 깜짝 놀랐다.

그곳에 전직 영어 교사라는 스물일곱 살의 수도사, 사바가 옷깃이 선 검은색 옷자락을 끌면서 다가왔다.

자못 한탄하는 모습으로 하는 말이, 알바니아 국경까지 거리가 겨우 13킬로미터인 데차니 지역에는 알바니아인이 6만 명 살고 있으며 그 중 대부분이 이슬람교도라고 한다. 세르비아인은 600명밖에 없다. 이슬람의 기도 소리는 근처에 있는 모스크의 확성기에서 흘러나온 것이라고 한다.

"세르비아인 경찰이 없으면 수도원도 위험해서 있을 수가 없어요."

사바의 갸름한 얼굴에 그늘이 졌다.

근처 마을에서는 그저께도 폭발물 때문에 경관 세 명이 중상을 입었다. 범인은 세르비아에서 코소보의 독립을 요구하는 알바니아인 과격파인 듯하다. 데차니 마을에서 삼엄하게 검문한 이유를 알게 되었다.

알바니아인 주민들은 극소수의 세르비아인이 코소보를 지배하는 데 반발해 세르비아인의 정신적 지주인 정교 수도원까지 적대시한다. 그래서 내가 길을 물어도 가르쳐 주지 않은 것이다.

오후 7시에 저녁 식사를 알리는 종이 울렸다. 사바의 수염투성이 얼굴에 웃음이 돌아오고 내게 식사에 대한 마음가짐을 가르쳐 주었다.

첫째, 음식은 신이 내려 주신 것이니 감사히 먹을 것.

둘째, 과식과 쾌락을 위한 식사에서 죄가 생겨나기 쉬우니 주의할 것.

'두 번째 마음가짐은 이제 와서 주의하기에는 너무 늦어버렸군.' 하고 생각했지만 잠자코 고개를 끄덕였다.

벽에 성화 몇 점이 걸린 식당에서 식사라기보다는 엄숙한 의식에 가까운 것이 벌어졌다.

식당 정면의 벽을 등지고 앉은 데오도시우스 수도원장이 금속 컵을 숟가락으로 쨍 하고 두드린다. '잘 먹겠습니다'나 '아멘'이 아니다. 쨍 소리가 식사 시작을 허락한다.

이와 동시에 원장과 마주 보는 자세로 식당 중앙에 프로레슬러처럼 서 있는 거대한 몸집의 수도사가 실내에 울려 퍼지는 굵직한 목소리로 성서를 낭독하기 시작한다.

그것을 들으면서 수도사 열여섯 명, 자원봉사하는 신도 여섯 명과 죄 많은 체험 입문자인 내가 시종일관 묵묵히 식사한다.

식탁에는 파스리라는 흰콩 스튜와 토마토가 1인당 하나씩, 빵은 두 조각씩 있다. 그리고 수도원 뒤쪽 샘에서 길어 온 성수가 정물화의 소재처럼 놓여 있다.

이것으로는 쾌락을 위한 식사를 하고 싶어도 할 수가 없다.

파스리에는 보통 베이컨이 들어가지만, 생선 말고는 고기가 금지되어 있기 때문에 콩과 피망과 고추를 식물성 기름으로 익히기만 했다.

양초 냄새가 음식의 향을 누른다. 수도사의 성서 낭독이 머리 위를 지나간다. 속삭임도, 웃음소리도 없다. 꾸지람을 들으면서 먹는 것 같다. 콩도 목구멍으로 넘어가지 않고, 맛이 나지 않았다. 입이 보이지 않을 정도로 수염을 기른 수도사들은 하나같이 성미가 까다로워 보이는 얼굴로 우물우물 먹는다. 파스리나 빵이 음식이라기보다는 마술에 쓰이는 소도구처럼 수염 속으로 쏙쏙 빨려 들어간다.
희한한 광경이다. 식당인데도 식사를 즐기는 것이 목적이 아니다. 신 앞으로 가까이 가기 위해 식사의 쾌락화, 즉 죄를 멀리한다. 하지만 생존을 위해 먹지 않을 수 없다는 것일까?
아무리 생각해도 이해되지 않는다. 그나마 성수로 마음을 깨끗이 하려는 생각에 컵에 담긴 물을 한 모금 마셨는데, 내게는 영험이 거의 없이 유황 냄새만 났다.
제대로 먹지도 못했는데 20분쯤 지나니, 원장이 다시 숟가락으로 컵을 두드렸다. 쨍. 식사 종료.
식사도 하지 않고 혼자 성서를 낭독하던 당번 수도사가 재빨리 일어서서 그릇을 정리하는 사람들 틈을 비집고 원장에게 다가갔다.
원장이 받쳐 들고 있는 빵에 공손하게 무릎을 꿇고 입을 맞추더니 낭독으로 꽤나 허기졌던지 마구 먹기 시작했다. 무척 많이 먹는다는 생각이 들었지만 죄를 짓는다는 느낌은 전혀 없고 오히려 기분이 유쾌해질 정도였다.
식사가 끝나고 사바가 말해 주었다.
"수도원에서는 공동생활을 통해 타인을 사랑하는 법을 배웁니다."
돈도 재산도 없이 기도 속에서 한결같이 자신을 신의 종으로 만들어간다. 초심자는 식욕 때문에 괴로울 때 먹고 싶은 만큼 먹어도 된다.

정교는 관용이기 때문에. 사바가 부드럽게 말했다.

나는 아침부터 제대로 된 식사를 못 했다. 배가 고팠지만, 사바의 말을 고분고분 듣고 싶지 않았다.

"타인을 사랑한다면……."

내가 반론했다.

"유고슬라비아의 이 전쟁은 도대체 뭔가요? 증오밖에 없지 않습니까?"

이 전쟁에서 종교는 큰 책임이 있지 않은가? 음식이나 성(性)에서 죄가 생겨난다는 가르침보다 더 중요한 것이 있지 않은가?

"왜 죽이지 말라고 외치면서 나아가지 않는 겁니까?"

썩 나가 버리라는 호통이 떨어질 것을 각오하고 내가 말했다. 허기진 배가 한 짓인지도 모르겠다.

사바의 하얀 얼굴이 홍조를 띠었다. 갈색 턱수염이 떨리고 검은 테 안경이 코끝으로 미끄러져 내려왔다. 첫날부터 '파문'을 당하지는 않을까 하고 생각했지만, 사바는 잠자코 내 이야기를 들었다.

나는 그때까지 본 전쟁터의 마을이나 난민에 대한 가슴 아픈 이야기를 했다. 사바는 눈가를 발갛게 물들이면서 어찌된 일인지 나를 향해 십자를 그었다.

한마디, 한마디, 혀로 확인하듯이 그가 말했다.

"지금 종교가 전쟁을 멈추게 할 수 있는 힘이 되지 못한다는 것에 대해 저 개인은 반성하고 있습니다."

흘러내린 안경을 밀어 올리면서 "하지만……." 하고 말을 이었다.

"종교는 전쟁의 원인이 아닙니다. 극단적인 민족주의자들이 악용하는 겁니다. 증오를 일으키려고요."

사바는 세르비아 밀로셰비치 대통령의 이름을 들며 비판했다. 이어, 크로아티아의 투지만 대통령도 비난했다.

세르비아정교도와 가톨릭 신자들이 각각 국민의 다수를 차지하는 두 나라의 지도자가 모두 옳지 않다는 것이다. 1054년 기독교의 동서 분열에까지 이야기가 이어졌다. 가톨릭에 대한 비판이 시작되었다.

가톨릭이 말하는 '연옥', 즉 죽은 자가 천국으로 들어가기 전에 불로써 죄를 정화하는 곳 따위는 없다. 가톨릭은 신의 벌을 두려워하지만 정교는 신에게서 멀어지는 것을 두려워한다. 낙원도 없다.

나는 배고픔을 참으면서 들었다.

가톨릭에서 말하는 의미는 아니지만 연옥이 현실에 존재한다고 생각했다. 보스니아 헤르체코비나에 말이다. 그리고 전체 인구 약 200만 명의 10퍼센트도 안 되는 세르비아인이 90퍼센트의 알바니아인을 강권 지배하는 코소보도 다음번 연옥이 되기 쉽다.

그런데 사바는 "코소보는 역시 세르비아령이어야 합니다." 하고 말한다. 코소보는 세르비아 왕국의 두샨 대제가 14세기에 정교 총주교좌를 둔 곳으로 세르비아인의 성지이기 때문이라고 했다.

"우리에게 코소보는 유대인의 예루살렘과 같습니다. 이 산에는 많은 순교자들의 피가 흐르고 있어요. 이곳을 (알바니아인에게) 빼앗기면 세르비아인은 뿌리를 잃어버리는 겁니다."
사바의 목소리가 조금 커졌다.

밤이 깊어졌다.
아이 울음소리와 닮은 바람 소리가 들렸다. 16세기에 세워졌다는 수도사 숙사의 남자 체취가 밴 침대에 몸을 웅크리고 누웠다. '이 바람도 이 밤도 새까만 암흑의 과거를 향해 흐르고 있다.' 이런 생각을 하면서 한숨도 못 자고 뜬눈으로 아침을 기다렸다.
나무 복도가 가끔 삐걱삐걱 울렸다. 벽의 성모상이 나를 본다. 허기진 배가 몇 번이나 경망스럽게 꼬르륵 소리를 냈다.
오전 4시 반.
우르르, 발소리가 났다. 허둥지둥 일어나 복도로 나가 보니 다들 기도실로 급히 가고 있었다. 포도주와 빵을 든 남자도 있었다.
찬 공기에 코가 빨개진 사바가 알려 주었다.
"빵은 그리스도의 살이고, 포도주는 피입니다. 빵도, 포도주도 성체입니다. 기도가 끝나면 먹습니다. 말하자면, 주님의 피와 살을 나눠 받는 거죠."
이날 아침 빵은 사바가 구웠다고 한다. 그는 그것이 행복의 절정인 듯한 표정을 지으며 털어놓았다.
성체로 쓰이는 빵에 효모균을 넣을지 말지도 기독교가 동서로 갈라지는 교리상의 문제가 되었다고 한다. 졸린 눈을 비비고 보니, 가톨릭의 것과 다르다는 빵에 효모균이 들었는지 따끈따끈하고 먹음직스럽게 구워져 있었다.

나는 배가 고팠다. 교리야 어찌됐든 당장이라도 빵을 먹고 싶었다. 그런데 먹지도 마시지도 않는 기도가 끝없이 이어졌다. 음식을 둘러싼 절차는 참으로 다양하다고밖에 할 수 없다.

기도실에서는 동쪽의 작은 창에서 비쳐 들어오는 희미한 햇살 속에 사제복을 입은 사람들이 그림자극에 나오는 무리처럼 서 있었다.

그들은 계속 기도하며 십자를 그었다.

성화가 그려진 나무 칸막이 건너편에서 사제의 목소리가 들리자 수도사들이 그에 맞춰 따라 말했다.

사제는 신에게 죄를 용서하고 영혼을 구해 달라고 기도하는 듯하다.

남자들은 사제의 기도 한 구절 한 구절마다 "주여, 은혜를." 하고 땅 밑에서 솟구치는 듯한 목소리로 제창하고 십자를 그으며 머리가 무릎에 닿을 정도로 몸을 숙이면서 기도했다.

성가에는 반주가 없었는데 빈말로도 아름답다고 할 수 없는 남자들의 굵직한 목소리가 이른 아침의 공기를 흔들었다.

나는 맨 마지막 줄에서 이 의식을 보고 있었다.

귀의할 것이든 뭐든 아무것도 없는 나 자신의 정신이 나약하다고 생각하면서도, 여전히 아아, 고기가 먹고 싶다고 생각하며 나는 그저 우두커니 서 있었다.

참 괴로운 의식이다.

계속 선 채로 세 시간 반. 게다가 쉴 새 없이 몸을 구부리며 기도해야 한다.

의식의 마지막 단계에 모두가 잘게 썬 빵을 삼가 받들어 먹었다. 나는 받지 못했다. 전날 밤에 의논하면서 내게는 신앙의 뜻이 없다고 판단했는지도 모른다. 연한 갈색 빵 조각이 보물처럼 보여서 견딜 수가 없었다.

오전 8시 반. 이제 슬슬 식사 시간이겠구나 생각했는데, 아침 식사는 없다고 한다. 왠지 화가 치밀었다. 이곳에서는 오전 10시에 점심, 오후 7시에 저녁 등 식사가 두 번밖에 없다. 두 끼를 먹는 시간 외에는 날마다 기도나 묵상을 하고, 성화를 제작하고, 농사를 짓고, 양봉을 하고, 소젖을 짜는 작업을 한다고 한다.

그런데 드디어 맞이한 점심 식사가 한창일 때 나는 어처구니없는 광경을 보고 말았다.

저녁 식사 때와 마찬가지로 성서 낭독을 들으면서 묵묵히 토마토 수프와 채소 스튜를 먹고 있는데, 앞줄에 있던 수염이 덥수룩한 매부리코 수도사의 사제복 호주머니에서 희미하게 빛나는 뭔가가 보였다.

왠지 불길해 보이는 것이 손잡이 부분에 있었다.

설마 하면서도 목을 빼고 뚫어지게 쳐다보니, 그 매부리코 수도사는 그게 걸리적거리는 바람에 제대로 앉아 있기가 힘들었는지 호주머니에서 쓱 빼더니 아무렇지도 않은 듯 식탁에 툭 올려놓는 게 아닌가!

검게 빛나는 권총이었다.

옆에 앉은 수도사는 곁눈으로 보고도 놀라지 않고 채소 스튜를 볼이 미어지도록 먹는다. 식사가 끝난 뒤 사바에게 그 일에 대해 물어 보니, 울음을 터뜨릴 듯한 표정으로 당황해 십자를 그으며 말했다.

"사실 일부 수도사는 무장하고 있어요."

데차니 수도원은 아니지만, 코소보의 수도원 중에는 알바니아인 이슬람교도의 습격이 두려워서 권총을 소지하는 사람이 있다. 매부리코 수도사는 손님이라서…… 하고 사바가 고백했다.

"그 사람이 공격을 받아도 사람을 쏘지는 않겠지요. 아마 허공에……."

사바는 묻지도 않았는데 변명을 한다.

그렇게 하면서까지 종교를 지키지 않으면 안 되는 이유를 나는 알 수 없었다. 성스러운 빵과 권총의 관계를 이해할 수가 없다고 말하니, 사바가 고개를 숙이고 생각에 잠겼다가 용기를 내어 맞서듯이 얼굴을 들고 알바니아인의 여러 '악업'을 설명하려고 했다.

결국 나와 결말이 나지 않는 논쟁을 벌이는 셈이다. 당신처럼 젊은 성직자는 정말 훌륭한 사람이지만, 결국 종교와 성지를 지키기 위해 무장을 부정하지 않는다. 아니, 할 수 없을 것이다. 종교인으로서 무장의 '정당성'을 의심하면서도 감연히 부정할 힘이 없다……. 내가 이렇게 말했다.

그러니까 당신과 당신의 종교는 유고 분쟁을 끝낼 힘도, 그 무엇도 갖지 못한 것이 아니냐고까지 밀어붙이려고 했지만 그만두었다.

아마도 공복의 연속과 형편없는 식사 탓에 짜증이 나서 지나치게 섣부른 결론을 내리는 듯했기 때문이다.
그래서 살짝 자포자기하는 마음으로 물어보았다. 이보게, 그래도 가끔은 스테이크처럼 맛있는 음식이나 여자 생각이 나지 않나?
사바의 얼굴이 순식간에 벌게졌다.
사회주의에 절망하고 민족의 뿌리를 찾기 위해 수도사의 길을 선택했다고 빙빙 둘러말하면서 서두를 떼더니, 갑자기 어디서나 볼 수 있을 법한 젊은이의 표정으로 그다지 자신 없다는 듯 중얼거렸다.
"여기 온 지 벌써 4년이에요. 가진 게 없다는 데는 꽤 익숙해졌어요."
헤어질 때가 되자 사바 수도사는 번역서를 읽고 하이쿠 시인 고바야시 잇사(小林一茶)가 좋아졌다며, 마치 고해라도 하듯 고백했다.
어떤 구절을 좋아하는지 묻지도 못하고 수도원을 뒤로한 채 데차니 마을로 이어지는 언덕을 내려갔다. 나는 나대로 내가 좋아하는 구절이 뜬금없이 떠올랐다. 종교나 전쟁과는 관계없는 구절.

이슬의 세상은 이슬의 세상이지만,
그렇기는 하지만

사바 청년이 앞으로 수도원에서 오래 견딜 수 있을지 걱정됐지만 나는 쉬지 않고 언덕길을 내려갔다.

오스트리아

대관람차 안의 식사

나는 관람차를 좋아한다. 그런데 왜 좋아하는지는 모르겠다.
느릿느릿 아무것도 하지 않고 하늘 한복판에서 놀다가 다시 땅으로 돌아가기만 반복하는, 아무 보람도 없다는 것이 좋아서가 아닐까 하는 생각이 든다. 한없이 이어지는 원형 궤도. 윤회랄까, 그것을 넘어서려는 인간의 끝없는 업이 느껴지는 듯해 안타깝다.
아이 몇 명, 어른 몇 명을 태울 수 있는 관람차에 곤돌라가 50대쯤 매달렸나? 누구 못지않은 '관람차 평론가'라고 자부했는데, 알 수 없는 것과 마주쳤다.
관람차를 타고, 다시 말해, 하늘 위에서 빙빙 돌면서 먹고 마시는 사람들이 있는 것이다.

그런 사람들을 위해 식당 칸을 매단 관람차가 세상에 있다.
그래서 뭐가 어떻다는 말이냐고 묻는다면 할 말이 없지만, 일단 들어 보시라. '인간사 참 재미있구나.' 나는 이렇게 생각한다.

빈 프라터 유원지의 대관람차. 1896년에 완성되어 현존하는 최고(最古)의 동력식 관람차라는 사실이 아니라도, 영화 〈제3의 사나이〉에서 조지프 코튼과 오손 웰즈가 타는 장면 때문에 유명해졌다.
중세 이탈리아의 전쟁에서는 다빈치와 르네상스가 생겼지만 스위스의 500년 평화 속에서 생긴 건 뻐꾸기시계뿐이지 않은가……. 이런 대사를 웰즈가 관람차를 등지고 말한다. 나는 이런 감상에 빠져 한 바퀴에 어른 요금이 30실링(1실링은 약 90원이다.—옮긴이)인 관람차를 며칠 동안 잇따라 타 보았다.
그러다 발견한 것이 있다. 30번 관람 칸의 모습이 다른 칸과 조금 다르다. 카펫, 대리석 탁자, 의자에 꽃무늬 커튼까지 있다.
어느 날 밤, 관람차 한 칸이 한껏 꾸민 사람들로 꽉 차더니 샴페인 병마개를 뻥뻥 따고 고기 요리처럼 보이는 음식을 먹는 것이 보였다. 결혼 피로연인가? 관람차는 시속 27킬로미터로 조용히 돌아가고 있었다. 원형 궤도에 몸을 맡긴 채 즐기는 식사. 먹고, 돌고, 먹고, 돌고…….
우아하다. 익살스럽기도 하다. 언제, 누가 이런 걸 생각해 냈을까?
"1987년에 프라터 관람차 탄생 90주년을 기념해 30번 칸을 특별 식당

차로 만든 거예요."

빈 역사박물관에 갔더니 우르술라 슈트라는 장난기가 있어 보이는 여성 연구원이 말해 주었다. 누구의 착상이었는지는 모른다고 했다.

나 못지않게 관람차를 좋아하는 아가씨다. 연구실 벽이 관람차의 사진과 포스터로 가득했다.

그녀의 말에 따르면, 1898년에 실업 중이던 어느 젊은 여성이 밧줄을 입에 물고 관람차 밖에 매달려 세상을 깜짝 놀라게 했다고 한다. 당국에 생활고를 호소하려고 '공중 곡예 시위'를 한 것이다.

1차세계대전이 일어났을 때, 즉 1914년에 오스트리아가 세르비아에 선전포고를 했을 때는 높이가 64.75미터인 이 관람차가 적의 동태를 살피는 망루로 군에 징수되기도 했다고 한다.

"이번에는 공중 식당이에요. 인간은 참 여러 가지 일을 하죠?"

우르술라 양이 장난스럽게 웃음 짓는다.

이 대단할 것 없는 고전적 회전 놀이 기구가 나중에 등장한 제트코스터같이 긴장감 넘치는 고속 놀이 기구와 어깨를 나란히 하면서 세기말까지 살아남은 데다 유원지의 제왕으로서 위엄을 잃지 않았다는 것에 나는 진작부터 흥미가 있었다.

17세기에 불가리아인이 만든 인력 회전 그네가 관람차의 기원이라고 하지만, 동력식 관람차의 시초는 에펠탑에 대항해 1893년 시카고 만국박람회에 출품된 페리스식 대관람차라고 한다. (다른 설도 있다.)

그럼 1993년은 동력식 관람차가 탄생한 지 100년이 되는 해다.

인류의 문화 속에서 100년이 지나도 변하지 않고 지구 곳곳으로 퍼져 21세기를 향해 회전하는 것은 관람차 정도가 아닐까 하는 내 생각을 피력하자 우르술라 양이 아주 감격하며 말했다.

"어때요? 그걸 기념해 관람차에서 식사하시겠어요? 저도 함께 탈게요."

이야기가 엉뚱한 방향으로 흘러가더니 결국 관람차 전속 주문 요리 식당 사장인 마이링거 씨를 만나게 되었다. 일본인이 요리를 신청하기는 처음이라며 앞으로 돈 많은 일본인이 계속 와 줄지도 모른다고 벗어진 머리를 번쩍이며 무척 기뻐했다. 가격도 깎아 주었다. 30번 칸을 한 시간 동안 빌리기로 계약했다. 남은 일은 쾌청한 날씨를 기원하는 것뿐이다.

오후 3시. 날씨는 관람차를 타기에 안성맞춤이다.

철제 바퀴를 지탱하는 바큇살 120개가 은빛으로 반짝거리고, 빨간색 관람 칸이 푸른 하늘에서 선명히 빛나고 있다.

30번 칸에서 흰색 제복을 입은 웨이터가 기다리고 있었다. 우르술라 양과 나, 그리고 각자의 친구가 올라타자 관람차가 쇳소리를 내며 천천히 돌기 시작했다.

백포도주로 건배했다. 싱켄킵펠이라는 긴 이름의 햄과 치즈가 들어간 와플을 입에 넣었을 때, 창문 너머로 푸르스름한 도나우 강줄기가 보였다.

포도주를 세 모금 마셨더니 저 너머 빈의 숲이 유리잔에 비쳐 흔들렸다. 숲을 스치고 불어왔는지, 바람이 나무 향기를 아련히 전해 주며 뺨을 간질인다. 아득히 멀리 슈테판대성당의 종루가 눈높이로 떠올랐다가 이윽고 사라졌다.

풍경이 세 번 떠올랐다가 가라앉을 때쯤 가볍게 술기운이 돌았다. 뱃멀미, 비행기 멀미와 다르게 졸리면서 얼근하게 술이 취한다.

이번에 여행하면서 본 수많은 관람차들이 순식간에 떠오른다.

판자로 만든 다카의 인력 관람차. 가난해서 그것도 못 타는 아이들이 손가락을 입에 물고 서 있었다.

베오그라드의 동물원 앞 작은 관람차. 전쟁과 경제 제재에 따른 인플레이션으로 표 한 장 값이 20만 디나르(한화로 약 200만 원이다.—옮긴이)나 했다.

자그레브의 관람차는 해체되어 있었다.

동력식 관람차가 탄생한 지 100년이 되었다. 20세기는 무엇이었을까? 인간이 돌고 돌며 똑같은 잘못을 몇 번이나 되풀이하고 있지 않나?

멍하니 생각에 잠겨 있는데, 우르술라 양이 말했다.

"이 관람차도 2차세계대전 때 폭격으로 불탔어요."

관람 칸 30대가 다 탔지만, 신기하게도 둥근 철골은 남아서 그 앞에 끝없이 펼쳐진 파편들 속에 우뚝 서 있다.

역사를 내내 지켜본 이 관람차가 1997년 6월에 100살을 맞는다. 성대한 축하 행사가 예정되어 있다고 한다.

네 바퀴째. 생크림이 들어간 커피 아인슈페너와 자허토르테라는 초콜릿 케이크가 나왔다.
재미있다. 관람차 안에 있으니 사람이 먹고 마시는 동작이 회전속도에 맞춰 마치 물속에 있는 것처럼 느릿느릿해진다. 몸도 마음도 창밖을 향하고 있어서 그런지 맛이 제대로 느껴지지 않는다. 너무 단 자허토르테가 혀에 녹아든다.
다만 초속 75센티미터로 움직이는 이 완만한 원형 궤도의 진행이 왠지 모르게 사람을 반성하게 만든다. 사실 식사보다는 묵상하기에 좋을 것 같다.
하늘을 다섯 번 돌고 나서 내려왔을 때, 웰즈처럼 나도 뭔가를 읊조리고 싶어졌다.
인간사 100년의 걸작이 있다면 관람차 정도가 아닐까…….

3장

뜨거운 아프리카의 맛

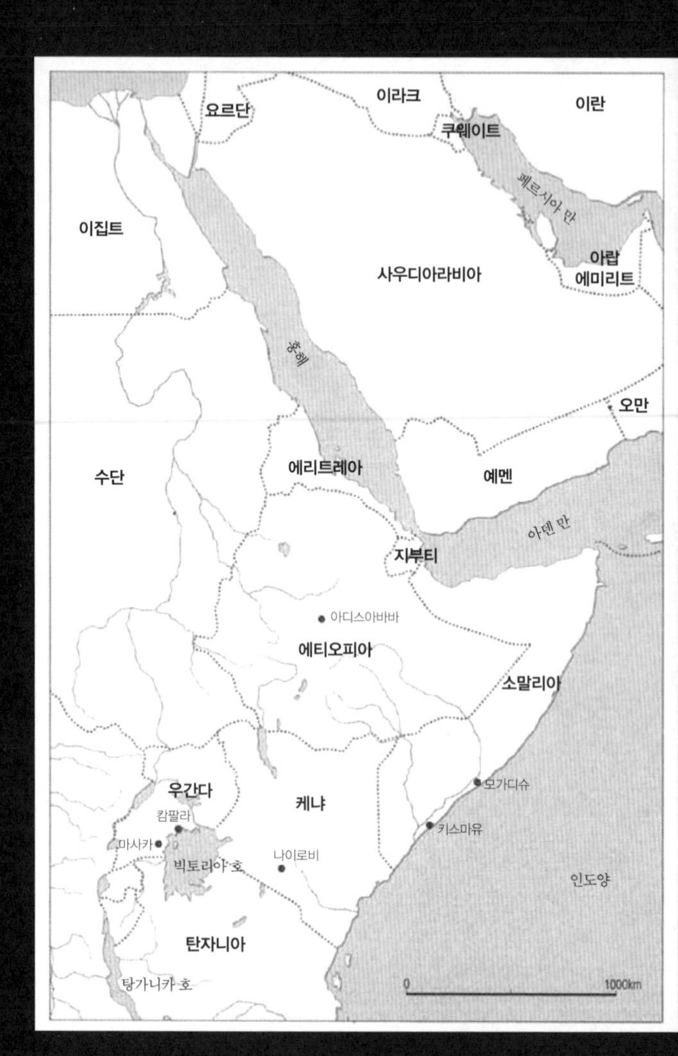

요르단
이라크
이란
쿠웨이트
페르시아 만
이집트
사우디아라비아
아랍
에미리트
홍해
오만
수단
에리트레아
예멘
아덴 만
지부티
아디스아바바
에티오피아
소말리아
모가디슈
우간다
케냐
캄팔라
키스마유
마사카
나이로비
빅토리아 호
인도양
탄자니아
탕가니카 호
0
1000km

소말리아

모가디슈의 불볕더위 일지

1993년 8월, 유럽에서 아프리카로 날아갔다. 소말리아를 보기 위해서였다. 이번 여행에서 갈 곳을 미리 정하지 않았지만 소말리아만큼은 꼭 가겠다고 처음부터 마음먹었다. '먹는 인간'을 소말리아 없이 이야기할 수는 없다고 생각했기 때문이다.

나이로비에서 유엔 헬기를 타고 소말리아의 수도 모가디슈로 들어갔다. 사람도, 거리도 찌는 듯한 열기에 축 늘어져 있었다. 그냥 미쳐 버릴 것만 같은 광경이 햇빛에 드러나 있었다.
7일 동안 나는 끊임없이 보았다.
기아와 내전과 무시무시한 수의 죽은 자로 가득 메워진 이 나라의 역사를 생각해 보면, 특별히 무참한 1주일은 아니었다고 지금은 쓸 수 있다. 하지만 그때 나는 몇 번이나 어지럼을 느끼고 갈팡질팡 갈피를 잡지 못했다.

그것을 정리하고 무리하게 의미를 부여한다면 또 하나의 이야기가 될지도 모른다.

하지만 그럴 수 있을 것 같지 않다. 닿으면 델 것만 같은 풍경이기 때문이다.

뜨겁게 펄펄 끓는 광경이 내 눈을 세차게 쏘아 대면서 싸구려 의미 부여를 거부한다. 눈이 풍경에 찔려 버렸다고 말해도 될까? 나로서는 7일간의 기억과 나를 향한 물음을 일지에라도 기록해 보여 줄밖에 다른 방법이 없다.

다만 지금 보여 줄 일지의 발췌에는 '먹는 인간'에 관한 이야기가 그다지 눈에 띄지 않는다. 이곳에서는 먹는 풍경이 뭔가에 납작하게 눌려 부서졌기 때문이다.

1

첫날 오전. 맑음. 기온 36도.

모가디슈 공항에 내리자 기시감이 들었다.

유엔 표시만 없다면 해방 전 베트남 다낭의 미군 기지 같다.

전차, 장갑차가 셀 수도 없이 많다. 새까만 미군 헬리콥터가 모래바람을 일으키며 쉴 새 없이 이착륙하고 있다. 몇몇 곳에 흙을 담은 부대가 쌓여 있고 위장복을 입은 병사가 기관총 자리에 앉아 눈을 반짝인다. 대전장의 모습이다.

두 시간쯤 전에 미군 병사 네 명이 공항 근처 메디나에서 살해되었다고 한다. 호텔에서 체크인을 끝낸 다음 곧바로 현장에 갔다.

키가 큰 소말리아 청년 요셉을 그 자리에서 바로 안내원으로 채용했다. 무표정한 그가 어떤 이력을 가졌는지 알아볼 틈도 없었다. 요셉의 처남인 아하메드는 자동소총을 들고 호위했다.

지프를 타고 달리자 돌로 지어진 건물과 건물 사이에 연한 푸른색으로 빛나는 인도양이 보였다.

현장은 주택가를 지나는 도로에 서 있는 커다란 나무 밑이었다. 푸릇푸릇한 나뭇잎이 울창한 나무둥치가 쓰러져 길을 덮고 있었다.

순찰을 하는 미군 병사들이 오는 시간에 맞춰 원격조작으로 지뢰를 터트린 것 같다. 미군 네 명의 몸은 산산조각이 나서 사방으로 흩어졌을 것이다.

하얀 길 가득히 검은 얼굴의 남자들이 소란을 피우고 있었다.

검은 무리 안쪽에서 장갑차가 보였다. 미군 병사가 기관총으로 군중을 겨누고 있었다. 분명히 병사는 극도의 긴장으로 끊임없이 덜덜 떨고 있을 것이다. 당장이라도 총을 쏠 것 같다. 건물을 지나가는 미군 헬기 코브라가 다다다다 소리를 내며 낮게 비행한다. 코브라의 기관포가 사람들의 머리 위에서 번쩍거린다.

남자들 몇 명은 짙은 녹색 식물 줄기를 입에 물고 있었다.

작은 잎을 먹고 나서 이로 줄기의 껍질을 벗겨 연녹색 심을 씹어 으깬다. 그러면서 뭐라고 크게 소리 지른다. 코브라를 향해 고함을 치고 장갑차를 보고 시끄럽게 떠든다.

"미군은 돌아가라!" 하고 말하는 것 같다. 씹고 핥을수록 소리는 점점 더 커진다. 이 나라에서 처음으로 본 먹는 모습인데, 도대체 무슨 줄기일까?

군중이 내 주위로 모여들었다.

나를 손가락으로 가리키는 사람도 있었다. 그리 오래되지 않은 일, 사진기자 몇 명이 군중에게 맞아 죽어 가던 모습이 떠올랐다.

"위험해요. 돌아가요." 요셉이 말했다. 무서워서 억지로 웃음을 띤 채 "네, 네." 하고 무리를 향해 손을 흔들며 도망쳤다.

같은 날 오후. 기온 37도. 호텔 앞.

2차 유엔 소말리아 활동(UNOSOM2, 이하 유엔 활동단) 본부의 기자회견에서 돌아오는데, 턱수염이 난 남자의 목소리에 멈춰 섰다. 그는 흰색 비닐 봉투를 들고 있었다.

"이것을 보라!"

그가 쉰 목소리로 말하면서 봉투 속 물건을 길바닥에 내동댕이쳤다.

불타 버린 제복의 천 조각. 베이지색 땅 위의 갈색 위장복. 미군 것이다. 피가 들러붙어 있다.

턱수염 남자가 구두코로 그걸 마구 뒤집는다. 죽은 쥐라도 뒤집듯이 말이다.

사람의 살갗이 훌렁 드러났다.

아직 젊고 탱탱한 백인의 살갗. 어깨부터 팔 윗부분인가? 부서진 뼈도 하얗게 빛나고 있다. 아침의 지뢰 희생자 같다.

“알겠나? 거만한 미군은 이렇게 된다.”

턱수염 남자가 소리쳤다.

“이건 내전이 아니다. 미군과 우리의 전쟁이다.”

눈에 핏발이 서 있다. 검붉은 입가에 거품을 물고 있다.

그러다 갑자기 남자가 바지 주머니에서 권총을 꺼내더니 구경꾼 속에 있던 젊은 남자의 이마에 총구를 들이대며 위협했다.

“너, 방금 남의 지갑을 훔치려고 했지?”

바쁜 남자다. 연설을 하나 했는데 소매치기를 감시하고 있다.

내려다보니, 땅바닥에 놓인 살갗의 솜털에 파리가 열 마리나 꾀어 있었다. 살 끝부분이 햇볕에 타 쪼글쪼글 줄어들어 있었다.

군중 속에도 역시 그 묘한 줄기를 씹는 남자가 여럿 있었다. 쩍쩍 씹고 나면 점점 흥분한다.

“카트라고 해요. 케냐에서 수입하는 건데, 씹어 볼래요?

요셉이 속삭였다. 살점을 본 뒤로 이 남자는 계속 입가에 옅은 웃음이 있다.

카트는 알카로이드가 들어 있는 마약성 식물인 듯하다.

턱수염 남자는 살덩이와 군복 조각을 봉투에 다시 담더니 무리 속으로 사라졌다.
죽은 자의 살점이 눈 안쪽에 들러붙은 듯, 좀처럼 시야에서 사라지지 않는다.

같은 날 저녁. 기온 30도.
공과대학 건물로 가 보니 키스마요에서 온 피난민으로 꽉 차 있었다.
현관에서 대변을 보는 아이도 있어서 숨이 막혀 버릴 만큼 불결하다.
슬픈 이야기만으로 공책이 채워진다. 3층 교실에서 웅크리고 있던 소녀의 모습이 유난히 애달프게 내 마음을 끌었다.
파르히아 아하메드 유스프. 열네 살이지만 서른 살도 넘어 보였다.
내가 이 일지를 기사로 정리할 무렵, 파르히아는 아마 이 세상에 없을지도 모른다.
영양실조. 결핵. 더는 먹을 수가 없다. 일어설 수도 없다. 목소리도, 눈물도 나지 않는다. 오로지 기침뿐이다. 마른 나뭇가지 같은 소녀다.
얼어붙은 그림자처럼 꼼짝도 하지 않는다.
이따금 그녀는 집고양이가 볼일을 보는 곳처럼 흙을 넣어 둔 용기에 소리도 없이 배설한다. 배설물과 함께 살고 있다.
관자놀이에 바늘 같은 손가락을 대고 이 세상의 온갖 괴로움을 타인의 몫까지 전부 자기 몸에 짊어진 듯한 눈으로 14년 된 생명이 홀쩍 사라지기를 기다린다.

미안하다. 미안하다.
그렇게 말할 수밖에 없었다. 간절히 빌 수밖에 없었다.
유엔의 평화유지활동도, 아이디드파의 정치도, 그에 맞선 모하메드 잠정 대통령의 정치도 파르히아를 구하지 못한다. 파르히아뿐만이 아니다. 마른 나뭇가지 같은 수많은 소년, 소녀 들이 그저 코브라의 시끄러운 비행 소리와 총성만 들어야 한다.

같은 날 저녁. 기온 22도. 호텔 앞.
소총과 기관총의 발사음이 이어지고 있다. 아이디드파의 치고 빠지는 작전에 파키스탄군이 맞서 싸우는 모양이다.
섬광이 어둠을 찢는다. 조명탄이 밤을 낮으로 만든다. 박쥐가 난다. 코브라가 깜깜한 밤하늘을 미끄러져 간다. 탕, 탕, 쿵, 쿵. 밤이 갈가리 찢긴다.
하지만 호텔 근처 야외극장에서는 라이브 음악 쇼가 이어지고 있다. 춤을 추는 손님도 있다. 바로 코앞의 하늘을 탄환이 스쳐 가는데 아무렇지도 않다. 익숙해졌나?
명랑한 케냐 노래를 개사한 노래가 들렸다.
"안녕하세요. 소말리아는 좋은 나라니까 놀러 와요. 문제없으니까 오세요……."
총소리가 노래와 섞인다.
무슨 일인가! 세상이 아예 이상해졌군. 나는 몸을 숙이고 머리 위의 탄환을 피하면서 혼잣말로 중얼거렸다.
죽은 미군 병사의 살갗. 마른 나뭇가지 같은 소녀 파르히아. 그들이 눈앞에 어른거린다. 문득 남자들이 줄기를 씹는 이유를 깨달았다. 슬픔을 느끼고 싶지 않은 것이다. 나도 씹고 싶어졌다.

2

소말리아는 여러 외국에서 받는 식량으로 일단 기아에서 탈출했다고 한다.
200만 명이 아사 직전까지 몰렸던 1992년의 지옥 같던 광경을 본 사람은 몰라볼 정도로 사태가 호전되었다고 입을 모은다. 하지만 그저 생명 유지만 말하는 것이 아닐까? 먹는 즐거움과는 꽤나 동떨어져 있다. 수도 모가디슈의 사람들이 일반적으로 먹는 음식은, 오해를 무릅쓰고 말하지만, 서방의 선진 7개국 G7의 싸구려 개밥보다도 질이 떨어진다고 본다.

이튿날 아침. 맑음. 기온 34도.
트럭 30대가 모가디슈 항을 떠났다.
짐칸에는 북모가디슈의 각 지역민과 피난민에게 배급될 밀이 가득 실려 있다. 아이디드파 무장 세력의 습격에 대비해 유엔 활동단의 이탈리아군 100명이 호위하고 있다. 장갑차를 선두에 세워 어마어마한 기세로 출발했다.
차량을 따라 해안선 옆으로 가니, 고대 그리스의 유적 같은 돌기둥이 몇 개나 보였다.
곧 무너져 내릴 듯한 흰색 기둥 사이로 연녹색 인도양이 보였다.
아름답다. 하지만 이것은 유적이 아니다. 2년간 이어진 내전으로 모조리 파괴된 알우루바 호텔의 흔적이다. 세기말인 현재의 유적이다.
지진 때문에 상한 길에서 흔들리며 달리는 트럭이 밀을 흩뿌리고 있었다.
사람들이 순식간에 개미처럼 새까맣게 몰려든다. 초콜릿색 가녀린 팔이 몇 개나 뻗쳐 와 얼마 되지도 않는 밀을 주우려고 한다. 그 모습을 보면서 이탈리아 병사들이 하품을 한다.
모래언덕이 나왔다. 바닷바람을 타고 사각사각 하는 소리가 들렸다.
마침내 사람이 보였다.
넘실대는 모래 위 여기저기 사람들이 줄지어 웅크리고 있었다. 검은 피부를 울긋불긋한 천으로 감싸고 모래땅에서 태어난 듯한 많은 사람들. 새벽부터 몇 시간이나 기다렸다고 한다.
마치 종교화를 보는 듯하다. 이 그림 속의 '현대'는 이탈리아 병사와 총뿐. 나머지는 밀이라는 '신'의 도래를 기다리는 기원전의 백성을 떠올리게 하는, 말라서 쓰러질 듯한 중생뿐.
한 번에 일어서면 안 된다. 앞을 다투느라 폭동이 일어나기 쉽기 때문이다.

앞줄부터 차례대로 한 사람당 2킬로그램씩 밀을 받는다. 새치기를 하면 총 끝에 몰려 쫓겨나고, 정리를 맡은 여자에게 나뭇가지로 호되게 맞는다.
눈이 먼 어머니가 아들 손에 이끌려 보이지 않는 밀을 한 손으로 쥐며 감촉을 확인한다.
산처럼 쌓인 밀을 향해 무릎과 팔꿈치로 땅바닥을 기어 오는 남자. 손발을 쓰지 못하는 것이다. 검붉은 입이 뭐라, 뭐라 말하고 있다. 살고 싶다. 살고 싶다. 그렇게 들렸다.

사흘째 밤. 기온 20도.
호텔 옥상에서 은하수를 보았다.
바로 근처에 있는 야외극장에서는 영화가 상영되고 있다. 이 옥상에서도 자동차 경주 장면이 보인다.
9시 14분. 은하수에서 한참 아래쪽 밤하늘이 반짝하며 둘로 갈라졌다.
탕, 탕, 펑, 펑.
아이디드파의 공격이 동시다발적으로 시작되었다. 박격포가 별이 총총한 하늘에 조각조각 붉은색 활을 그렸다. 피같이 붉은 선. 벤 상처들처럼 하늘 한가운데를 달렸다.
탄도 두세 발이 다가오더니 머리 위를 통과했다. 서양 기자들과 엎치듯이 계단에 엎드렸다. 무서웠다.

정신을 차리고 보니, 낮에 요셉에게 받은 카트를 내 입이 쉬지 않고 씹고 있었다. 영글지 않은 사과 같은 맛이 났고, 입안이 저려 왔다.
포격이 한풀 꺾이기를 기다렸다가 옥상으로 돌아가니, 야외극장에서 총성이 들렸다. 영화 속 총소리다. 그 소리가 바깥의 진짜 총소리와 겹쳐진다.
관객은 스크린의 총소리에 흥분하고 있다. 허와 실이 완전히 뒤바뀌었다.

나흘째 낮. 기온 36도. 남모가디슈의 난민 캠프.
악취가 풍기는 폐수지에서 아이들이 헤엄치고 있었다. 검은색 물가를 쥐들이 달려간다.
사발을 엎어 놓은 듯한 모양의 오두막에서 여자가 이마에 땀을 흘리면서 어떤 음식을 만들고 있었다. 오른쪽 다리가 나무 기둥처럼 부었다. 여자는 안제라를 굽고 있었다.
에티오피아나 케냐의 인제라를 소말리아에서는 안제라라고 부른다. 보통은 알이 작은 수수 같은 곡물로 만드는데 그 여자는 미국이 원조한 밀로 조리하고 있었다. 그것밖에 없으니 어쩔 수 없다.
절굿공이로 밀을 찧는 것부터 시작해 가루로 빻고 발효한 다음 철판에서 크레이프처럼 얇게 굽는다. 양고기나 닭고기 등과 싸서 먹는 것이 기본이지만 "양의 내장도 살 수 없어요." 하고 여자가 탄식했다. 그러니까 여자는 얇게 구운 빵만 먹는 것이다.

다섯 명 가운데 네 명이 굶어 죽었다며 울지도 않고 말한다.
"전에는 독재자 대통령 바레가 적이었는데, 이젠 미군이 적이에요."
미국에서 받은 밀로 만든 안제라를 입에 물면서 목소리에 힘을 싣는다. "아이디드가 나라를 평화롭게 해 줘요. 훌륭한 사람이에요." 하고 염불처럼 되풀이했다.
나도 안제라 조각을 먹었다. 썩었나 싶을 만큼 쓴맛이 나서 오두막을 나와 뱉어 버렸다.

같은 날 저녁. 기온 30도. 유엔 활동단 본부의 기자회견장.
뭐가 즐거울까? 대변인인 스톡웰 미 육군 소령은 세상이 온통 장밋빛이라는 듯 연신 웃고 있다. 항상 남성용 향수 냄새를 연하게 풍기는 남자다.
어젯밤 미군의 공격 헬리콥터가 출동해 아이디드파 민병 일곱 명을 기관포로 사살했다. 아이디드파가 박격포로 공격하는 사이에 소말리아 남자아이가 한쪽 발을 잃었다는 소식을 여전히 웃는 얼굴로 발표했다.
사살당한 사람이 정말로 민병이었다는 증거는 없다. 일반인일 가능성도 크다. 안내원 요셉이 "발표가 제멋대로야." 하고 분통을 터뜨린다.

닷새째 날 낮. 맑음. 기온 35도. 모가디슈 항 유엔 활동단의 각 군 합동 식당.

독일, 이탈리아, 미국 등 나라별로 음식이 차려져 있다.

이탈리아군 쪽으로 가 보니, 병사들이 샐러드 · 바지락 리소토 · 쇠고기 적포도주 찜 · 사과로 점심 식사를 하고 있다. 종이 팩에 든 백포도주도 있었다. 내게도 마시라고 권하는데 마치 파티에 온 것 같다.

그 옆 독일군 쪽에서는 옛 동독 출신 병사가 소시지와 콩을 먹고 있다. 이탈리아 병사가 그 모습을 손가락으로 가리키며 말했다. "저건 쓰레기야."

'그게 쓰레기라면 소말리아 사람들의 식사는 도대체 뭐란 말인가?' 하고 나는 생각했다.

미군의 휴대식은 비프스튜부터 햄 오믈렛까지 수십 가지라서 마음껏 골라 먹을 수 있다. 커피, 타바스코 소스, 초콜릿 케이크도 있다.

프랑스군의 식사에는 손이 많이 가는 음식인 테린이나 포타주까지 나온다.

당연하다면 당연하다. 하지만 소말리아를 '도우러 오는' 사람의 음식과 '도움받는' 소말리아 사람의 음식 사이에 보이는 정신이 아득해질 만한 차이가 내게는 이해될 듯하면서도 이해되지 않는다.

같은 날 오후. 기온 36도. 난민 시설이 된 공과대학 강의실.

영양실조와 결핵으로 죽기만을 기다리는 소녀 파르히아를 문병했다. 오른쪽 손등을 뺨에 댄 채로 웅크리고 움직이지 않는다. 이마에 파리 두 마리. 세상의 모든 것을 거부하는 듯 멍한 눈. 파르히아는 살아 있는 불상이 되어 있었다.

3

아무래도 이해할 수가 없다.

1993년도 소말리아 부흥과 인도적 문제 해결을 위한 원조 금액이 1억 6600만 달러인데, 그에 따르는 유엔의 군사 활동에 15억 달러가 넘게 든다고 한다. 식량 1달러당 군사비가 10달러. 이상하다.

겉보기에도 그렇다.

유엔 활동단에 참가한 각 군의 장갑차나 헬리콥터의 소음이 모가디슈를 내리누르고, 주민들은 굶주린 배를 안고 웅크린 채로 있다.

아이디드 장군파의 파멸에 사활을 건 미국이 주도하는 군사행동이 유엔 평화유지활동의 이름을 빌려 최우선이 되어 있다. 이곳에 평온한 식사는 없다.

닷새째 오후. 맑음. 기온 37도. 메디나 병원 근처의 난민 캠프.

눈이 충혈된 병든 여자가 주워 온 나뭇가지로 얼마 되지 않는 스파게티를 삶고 있다. 아이에게 구걸을 시켜서 다발이 아니라 낱가락으로 파는 것을 사 왔다고 한다. 여자는 그걸 '바스타'라고 불렀다.

소말리아에서도 파스타를 먹는다.

이탈리아인 다음으로 제대로 삶는다고 한다. 19세기 후반부터 1960

년까지 이어진 이탈리아 보호령 시대의 잔재다. 식민지 지배가 파스타만 남겼다고 한다면, 이탈리아인들이 화를 낼까?
마르코 폴로가 가져왔다는 설도 있지만, 중국에서 이탈리아로 국수가 전해진 것은 13세기다. 그것이 19세기에 소말리아로 건너왔고 이제 다시 유엔 활동단의 이탈리아군이 스파게티를 대량으로 들여온 것이다.
하지만 이 여성이 만드는 스파게티는 미트소스도 봉골레도 아니다. 건더기가 될 재료를 살 수가 없다. 면뿐인 스파게티를 검은 오른손으로 집어서 입으로 가져가 후루룩후루룩 먹는다. 다섯 살 난 아이는 먹지 않고 콜록콜록 기침만 한다. 정찰 헬리콥터의 폭음이 후루룩후루룩, 콜록콜록 소리를 삼킨다.

같은 날 저녁. 기온 30도.
베나디르 병원 옆 빈터에서 소란이 일어났다. 남자 난민들이 경비를 서는 미군 병사에게 다가가고 있었다.
며칠 전 코브라의 폭격으로 병원의 오른쪽 담벼락이 30미터쯤 날아가 버렸다. 빈터에서는 미군의 트랙터 셔블이 폐가를 무너뜨리고 있었다. 아이디드파 민병이 게릴라 공격에 사용했다는 것이 이유다.
"우리가 살고 있는데 왜 부수는 거요?"
남자들이 소리를 지르면서 흑인 병사를 쿡쿡 찌른다.
미군 병사는 소총을 가슴에 안고 있다. 그가 수적으로는 당해 낼 수 없다고 여겼는지, 남자들과 눈을 마주치지 않으려고 하면서 입을 굳게

다물고 있다. 그 병사에게 힘들겠다고 말을 걸었다.

"다음 달에 콜로라도 주로 돌아가요. 돌아가서 칠면조로 저녁을 먹고 다 잊어버릴 거예요."

'돌아갈 수 있으면 좋겠지, 칠면조를 먹을 수 있으면 좋겠지.' 하고 나는 생각한다.

갑자기 꽤 가까운 곳에서 탕, 탕 하고 소총 쏘는 소리가 났다. 남자들은 거미 새끼가 흩어지듯 사방으로 도망쳤다. 나는 엎드렸다. 이것이 이곳의 일상이다.

얼마 전 미군 네 명이 지뢰로 죽은 사건 이후 유엔 활동단의 군사행동이 무제한으로 확대되는 듯했다. 민간 활주로 폐쇄. 무기 사냥이라는 이름으로 민가나 병원의 문을 부순다. 하고 싶은 것은 다 하겠다는 것인가!

엿새째 오전. 맑음. 기온 34도. '7월 1일' 광장.

아이디드파 집회. 약 2000명. 코브라가 로켓탄으로 모스크를 파괴하고 주민을 살상하는 끔찍한 그림을 비롯해 간판이 여러 개 서 있다. '미국 UNOSOM2는 학살자'라는 설명이 붙었다.

처음에는 랩을 크게 합창하는 듯한 집회였다. 어쨌든 리듬이 좋다.

단상에 선 남자가 "하우(Jonathan Howe : 유엔 소말리아 특별 대사)를 때려 눕혀라!" 하고 선창하자, 2000명이 검은색 주먹을 치켜들고 "와!" 하고 소리 지르며 "때려 눕혀라!"를 제창한다. "알라 아쿠바르,

아이디드!" 하고 말하면, 일제히 "아이디드는 훌륭하다!" 하고 답한다. 아이디드 장군은 신처럼 여겨졌다. 사태를 이해한다고 볼 수 없는 아이들까지 작은 주먹을 치켜든다.

정작 연단에 아이디드는 없다. 그는 어딘가에서 잠복 중일 것이다.

이해하기 어렵지만 그를 닮은 대역이 뻐기듯 가슴을 펴고 서 있다. 진짜 아이디드보다 얼굴이 조금 크지만 쏙 빼닮은 사람. 군중은 그걸 아는지 모르는지, 가짜 아이디드를 향해 환호성을 올리고 있다.

그곳에 갑자기 미군 트럭이 지나갔다. 돌 던지기가 시작되었다. 트럭 짐칸의 미군 병사가 안색을 바꾸고 허공에 위협사격을 했다.

그러자 곧바로 집회에 참가하고 있던 남자가 미군을 노리며 총을 연달아 발사했다. 나는 허둥지둥 몸을 숙였다. 탄환 통이 머리 가까이에 떨어졌다.

쭈뼛쭈뼛하며 쳐다보니 집회 쪽에서 총을 쏜 남자는 취재 중인 백인 기자를 호위하는 소말리아인이다. 나를 호위하는 아하메드도 차 위에 장승처럼 떡 버티고 서서 사라져 가는 미군 트럭을 향해 총구를 겨누고 뭔가를 격렬하게 외치고 있었다.

어렴풋이 느끼고 있었는데, 유엔 활동단에서 무기 휴대 허가증을 받은 외국인 기자들을 호위하는 사람들은 사실 대개 반미(反美) 아이디드 지지자다.

미군 정찰 헬리콥터가 날아왔다. 그러자 모두 신고 있던 고무 슬리퍼를 벗더니 하늘을 나는 쇳덩어리를 향해 던졌다.

푸른 하늘에 무수한 고무 슬리퍼가 뿔뿔이 흩어지며 날아간다.
미국식 정의의 억압을 향한 고무 슬리퍼의 반격.
그게 아니면 뭔가? 씨족사회의 체계를 삶의 기본으로 여기는 사람들의 근대를 향한 반발일까? 아니, 몸속 더 깊숙한 곳, 예컨대 위장 부근에 머물고 있는 증오일까? 어마어마한 기아의 기억이 있는 사람들이 배가 터지도록 먹을 수 있는 사람들을 향해 내뿜는 분노일까?
헬리콥터는 아무렇지도 않은 듯 날아다니고, 고무 슬리퍼는 그것을 던진 사람들의 머리를 맞히며 툭툭 떨어졌다.

이레째 낮. 맑음. 기온 35도.
식당에서 낙타 고기를 먹었다.
카트 밀매꾼처럼 눈매가 날카로운 손님뿐, 가족과 함께 온 사람은 물론 없다. '힐게리'로 불리는, 뼈에 붙은 이 고기는 섬유질에 기름기가 많지만 맛이 소고기와 비슷해 나쁘지 않다.
다만 이슬람식으로 베이지색 콧등을 메카 쪽으로 한 채 죽어 해체되었을 낙타의 몸통을 떠올리니 목이 메어 먹을 수가 없었다. 낙타 젖으로 고기 맛을 씻어 내려고 했지만, 썩은 고기가 아닌데도 쓴맛이 많이 났다.
내가 남긴 고기와 젖을 요셉이 깨끗이 먹었다. 그걸 보니, 굶어 죽는 이가 끊이지 않던 무렵에 아이들이 낙타 껍질까지 먹었다는 이야기가 떠올랐다.

식당에서 돌아오는 길에 방글라데시 군대와 마주쳤다. 녹색 위장복. 늠름하다. 950명이 유엔 활동단에 참가했다고 한다. 묘하게 마음이 울렸다. 이 여행을 방글라데시에서 시작했다. 굶주린 사람들을 많이 보았다.

굶주림을 안은 그 나라의 군대가 지금 소말리아를 '도우러' 왔다. 성실한 국제 공헌이라고 이해해야 할까? 또는 자신부터 도우라고 말해야 할까?

저녁에 유엔 활동단의 터키군 사령부 앞을 지나는데 게시판에 붙은 아인슈타인 사진이 눈에 띈다. 그의 말이 무심한 듯 쓰여 있다.

"힘으로는 평화를 지킬 수 없다."

미국을 향한 엄한 비판이다.

같은 날 늦은 밤. 기온 19도.

허가를 얻어 미군 정찰 헬리콥터에 올라탔다. 암시(暗視) 고글로 모가디슈를 내려다보았다.

어둠이 온통 녹색으로 변하며 움직이는 것과 움직이지 않는 것이 다 또렷하게 윤곽을 드러냈다. 포탄으로 파헤쳐진 거리는 짙고 옅은 녹색만으로 그려진 구멍투성이의 이상한 그림이 되었다. 인류에게 뭔가를 묵시하는 그림이다.

깨져 버린 창 안쪽의 어둠까지 보인다. 미군 병사는 '적'을 찾고, 나는 이 거리에서 첫날 만난 소녀를 찾는다.

결핵과 영양실조로 죽기만 기다리는 파르히아. 마른 나뭇가지 같은 소녀. 내 시선 아래 어디쯤 웅크리고 있을 것이다. 보이지 않는다. 생명이 다했을까?

에티오피아

아름다운 커피 로드

시작은 나이로비에서 본 여자의 얼굴 사진 한 장이었다.
여자가 아래쪽 입, 정확히 말하면 아랫입술에 얼굴만큼 커다란 접시를 떡하니 끼우고 있었다.
접시를 끼운 입을 거대하고 둥근 혀처럼 내밀고 "당신네 상식이 이상한 거야." 하고 말하려는 듯 다부진 눈매로 서 있었다.
에티오피아 남서부의 신비로운 곳에 사는 아프리카 원주민 수리족 여성의 묘한 관습이다.
'반세계'적인 그 모습에 나는 한 대 맞은 느낌이 들었다. 어떻게든 만나고 싶어졌다.
입이란 먹고, 말하고, 상대방과 입을 맞추는 데 중요한 구실을 하는 기관이 아닌가!

그것을 왜 접시로 가려야 할까? 그런 모습으로 도대체 먹고 마실 수 있을까?

한마디라도 좋으니 접시와 음식의 관계에 대해 그녀들의 이야기를 들어 볼 수 없을까? 이렇게 가벼운 마음으로 길을 떠났다. 힘들지만 좋은 여행이었다.

만날 수 있었냐고?

만날 수 있었다. 접시를 끼운 입도 봤다. 감동했다. 하지만 마음이 아팠다. 애처로웠다. 어쨌든 이야기부터 들어 보시길.

1

나이로비에서 아디스아바바로 날아갔다. 거기서 남서쪽으로 700킬로미터쯤 떨어진 수단 국경과 아주 가까운 곳에 있는 수리족 거주지를 향해 지프를 타고 출발한 날은 우연히도 도모비키(友引)의 날(일본인들이 믿는 음양도에서 어떤 일이든 승패가 나지 않는다고 하는 날이다.―옮긴이)이었다.

간단히 말해, 징조가 나쁘지는 않다. 운전사는 가부키에 등장하는 지라이야같이 크고 험상궂은 생김새지만 성격은 상냥한 사람으로 이름은 타파리다. 감정을 얼굴에 거의 드러내지 않는 에티오피아 정보부 직원 슈안게종(슈안)도 통역으로 동행했다. 두 사람 다 수리족을 직접 본 적이 없고 특별한 관심도 없었다.

7번 국도를 타고 유칼립투스 숲을 보면서 고원을 잠시 달리니 끝없이 펼쳐진 '호수'가 나왔다. 물새가 놀고 있었다. 지도에 없어서 슈안에게 이름을 물어보았다.

"호수가 아닙니다. 밭이에요. 비가 계속 내려서 홍수가 났어요."

해발 2000미터의 홍수. 이 상태로는 테프 농사가 엉망이 된다. 아프리카에서는 바깥세상에 알려지지 않은 재해가 자주 일어난다.

기베 강을 건너 카파 주로 들어간다. 갈색 격류가 소용돌이치고 있다. 이제 포장도로는 없다. 몇 겹이나 이어지는 푸른 산맥에 불그스름한 갈색 길 한 줄기가 지렁이처럼 구불구불 갈지자로 한없이 이어져, 마치 천상으로 가는 것만 같다.

하늘은 또 얼마나 격정적인가! 세차게 두드리듯 쨍쨍 내리쬐는가 하면 변덕 부리듯 흐려지고 갑자기 눈물을 흘리기 시작하면서 굵은 비를 내린다.

커다란 코뿔새를 봤다. 부리가 늠름하다.

암컷이 알을 품는 동안 수컷은 암컷의 부리만 바깥으로 내놓게 하고 둥지 입구를 진흙으로 막아 버린다고 한다. 그리고 암컷의 부리로 먹이를 나른다.

입은 중요하다. 수리족 여성은 왜 거기에 접시를 끼울까?

망토개코원숭이 무리가 길을 가로질러 간다.

30마리나 되는 따오기가 줄지어 하늘을 날고 있다. 하늘이 담홍색으로 물든다. 질리지 않는 여행이다.
길가에서 아이들이 덫을 놓고 막 잡아 죽인 짐승을 팔고 있었다.
누런 바탕에 검은 반점이 있고 몸길이는 1미터가 넘는다. 몸집이 작은 표범 같은데, 아이들은 '카레이사'라고 불렀다. 150비르(9000원 정도 된다.—옮긴이)라고 한다.
분하다는 듯 어금니를 드러낸 그 짐승을 지나쳐서 한동안 달리니 부모 자식 사이로 보이는 거지 세 명이 해발 2200미터 산길에서 불쑥 나타났다.
그들도 지나쳐서 달리니 다시 망토개코원숭이가 보였다. 앞서 본 세 사람이 사람이었을까, 원숭이였을까? 왠지 기억이 흐려지는 여행이다.

산소나 아르곤이 유난히 진해서일까? 목구멍이 씻기는 듯 공기가 맛있다.
하지만 조금 전부터 거기에 어떤 향기가 은은하게 녹아들고 있다.
그립고 머나먼 추억을 나르는 향기. 그것이 달리는 차 안에까지 감돌고 있다. 이게 뭐지?
"분나……."
앞을 주시한 채 타파리가 중얼거렸다. 분나, 커피 로드다.
"마시고 싶어요?"
슈안이 내게 물었다.
마시고 싶다고 대답은 했지만, 주위에는 옥수수 밭에 짚으로 이은 지붕과 흙벽이 있는 농가가 드문드문 보일 뿐이다. 찻집 같은 건 당연히 없다.

타파리가 차를 세웠다. 슈안이 농가의 어둠 속으로 사라졌다. 허둥지둥 따라갔다.

전기도, 수도도 없다. 어둠 속으로 녹아들 듯이 온 가족이 흙바닥에서 삶은 옥수수를 먹고 있었다. 다 맨발이었다. 슈안이 염치없이 커피를 마시고 싶다고 했다. 가장인 듯한 할아버지가 며느리에게 눈짓을 보내자, 예상치도 못한 모습이 어둠 속에서 펼쳐지기 시작했다.

여기저기 찢어진 원피스를 입은 며느리가 껍질을 벗기지 않은 커피콩을 어디에서 꺼내 오더니 검은 손으로 부순다. 굵기가 고르지 않은 콩을 체로 거른다. 옥수숫대로 땅바닥에 불을 피운다.

그러는 동안 열세 살 난 손자가 흙으로 탁해진 강물을 깡통에 퍼 담아 왔다. 그걸로 손을 씻으라고 했다.

또 삶은 옥수수를 가져와서 내게 대접했다. 진흙 손자국이 옥수수에 묻어 있었다.

며느리는 절반쯤 떨어져 나간 질그릇에 커피콩을 볶았다.

연기가 나기 시작할 즈음, 손자가 뜨거운 콩을 내 코앞에 가져왔다. 손님에게 그 냄새를 맡게 하는 것이 예의인가 보다. 향이 얼마나 구수한지!

며느리가 볶은 콩을 나무절구에 넣고 공이로 찧었다. 가루가 된 것을 울퉁불퉁 찌그러진 주전자에 넣었다.

타다 만 것은 빈 깡통에 담아 나무껍질 향을 피웠다. 마치 어떤 의식 같다.

며느리가 갑자기 신비하고 묘한 표정을 짓더니 주전자 속 커피를 이가 빠진 찻잔에 천천히 따랐다.

할아버지의 피부색과 같은 그것을 머뭇머뭇 한 모금 마신 나는 깜짝 놀랐다. 아무것도 섞이지 않은 부드럽고 순수한 모카의 맛이다.

촌스러움이 오히려 커피 자체의 맛을 돋보이게 한다.

설탕과 우유를 넣지 않은 갈색 뜨거운 액체가 목구멍과 위로 기분 좋게 스며들었다. 흙이 섞인 강물로 끓인 걸작 커피다. 마치 마법 같다.

두 잔을 더 마셨다.

할아버지가 커피 점을 쳐 주었다. 이마에 손을 얹고 내가 마신 찻잔에 남은 찌꺼기의 모양을 뚫어지게 쳐다보았다. 내가 궁금한 것은 '찾는 사람'이었다. 물론 수리족 여성이다.

"반드시 찾을 걸세."

할아버지가 엄숙하게 답했다.

그때 흙바닥에서 뒹굴던 아기가 뿡 하고 가볍게 방귀를 뀌었다. 모두 웃었다. 하얀 치아가 어둠 속에서 나란히 떠올랐다. 모카 향이 한층 더 진해졌다.

여행은 계속되었다.

어느 마을에서나 커피 향이 감돌고 있었다. 카파 주 사람들은 아침, 점심, 저녁에 세 잔씩 하루 아홉 잔을 마신다고 한다.

카파 주가 커피의 발상지라고 한다. 이곳 지명이 나중에 네덜란드어와 영어에서 커피를 뜻하는 말이 되었다. 즉 내가 향기로운 커피 로드를 여행하고 있는 것이다.
길을 가다가 수리족에 대해 물어보았다. 모두 모른다며 고개를 가로저었다.
딱 한 사람, 본 적이 있다는 여자가 있었다. 그런데 그녀는 "그 사람들, 괴물 같아요." 하고 말했다.
"괴물이 아니다. 대단한 사람이다." 이렇게 혼잣말을 하면서 커피 로드를 쉬지 않고 달렸다.

2

커피라면 사족을 못 쓰는 나는 종종 도중에 딴전을 피웠다. 거기서 보고 마신 모든 것이 커피에 대한 내 고정관념을 하나하나 모조리 뒤집어 버렸다.
지프로 종일 고원을 달려 카파 주의 주도, 지마에서 하룻밤을 묵었다.
이튿날 아침 다시 산길을 따라 남서쪽으로 달리니 언덕 위에 선 시장이 보였다. 옷이 대나무에 매달리고, 식품은 땅바닥에 놓이고, 당나귀와 양은 줄에 매여 사 줄 사람을 기다리고 있었다. 조용한 고원에서 이곳만이 사람 소리와 당나귀 소리로 웅성대고 있었다.
갓 따 껍질도 안 벗겨진 커피 열매를 아이들이 팔고 있었다. 익은 열매는 붉을 텐데, 녹색도 꽤 많이 섞였다.

집에서 커피를 끓이기 전에는 열매를 햇볕에 말리고 껍질을 벗기는 번거로운 작업이 있다.

시장 풍경을 보고 있으니 모카 향이 바람을 타고 왔다.

향기를 더듬어 걸어가니 작은 흙벽 오두막에 닿았다. 전등도, 램프도 없는 이곳은 시장에 오는 손님이 들르는 찻집이었다.

어두침침한 곳에서 묘령의 여성이 맨발의 남자들에게 차를 나르고 있었다.

그들이 마시는 것은, 놀라지 마시라, 소금이 들어간 커피였다.

"이 근처에서는 다들 분나에 소금을 넣어 마셔요."

흙벽이 말을 거나 싶었는데, 얼굴빛이 벽과 똑같은 남자였다.

시험 삼아 한번 마셔 봐도 좋겠다. 커피에 소금 맛이 잘 어울린다. 뒷맛이 참 깔끔하다. 커피 자체의 향을 없애는 설탕과는 다르다.

오두막 밖에서 팔려고 내놓은 당나귀가 갑자기 힝힝 소리를 내며 매우 소란스럽게 교미를 시작했다. 오두막으로 닭이 들어왔다.

소금 커피를 두 잔째 홀짝거리면서 일하는 여성에게 수리족 여성을 아는지 물었다.

"몰라요."

쌀쌀맞다.

입에 접시를 끼우기도 하는데요, 하고 끈질기게 물었다.

"입에 접시를요?"

되묻는 그녀의 눈이 비웃었다. 나도 애매한 표정으로 웃었다.

여행은 다시 계속되었다.
이집트 거위를 보았다. 뺨에 흰 털이 난 콜럼버스원숭이를 보았다. 망토개코원숭이는 어디에나 있었다.
짙은 푸른색 잎에 빨간 꼬마전구 같은 열매. 커피나무 숲이다.
'저건 무슨 나무일까?' 지름이 10센티미터쯤 되는 진홍색 꽃이 불붙은 것처럼 흐드러지게 피어 있다. 봉오리를 갈라 보니 물이 뚝뚝 떨어진다. 다 핀 꽃은 불꽃처럼 떨어진다.
찌는 듯한 날씨 아래, 꽃의 불꽃.
마을 사람들은 나와 눈이 마주치면 허리를 깊이 숙이며 인사한다. 예의 바른 사람들이다.
이럭저럭하는 사이에 미잔이라는 마을에 다다랐다.
마을 한복판에 '콘돔을 쓰자'고 적힌 커다란 간판이 있고 그 옆에는 매트리스 같은 것이 보여서 뭔가 했더니, 거대한 피임 기구 견본이었다.
그곳을 지나자 지도에 없는 아망이라는 마을이 있는 한적한 산기슭에 이르렀다.
바로 근처에는 아프리카에서도 보기 드물게 넓이가 6530헥타르나 되는 바바카 커피 농장이 있다. 내가 커피 로드의 중심에 있다는 말이다.
수리족이 사는 비경으로 들어가는 일은 다음 날로 미루고 아망 마을에 있는 단 하나의 호텔(하룻밤 묵는 데 5비르. 화장실과 샤워실이 없고 정전이 되면 초를 무료로 준다.)에 체크인을 하고 가까운 식당 '무스라크'로 들어가 본고장의 커피를 주문해 보았다.

그런데 말이다. 가게와 이름이 같은 아주 젊고 아름다운 주인이 알전구 밑에서 고개를 까딱 숙이고 나서 커피가 만들어질 때까지 장장 한 시간하고도 3분이나 걸렸다.

무스라크는 결코 주문을 잊어버리지 않았다.

그녀는 먼저 뒤뜰에서 붉은색과 노란색의 꽃을 따다 다기를 올려놓은 목판 안에 깔더니 꽃잎 사이로 향을 꽂아 침향 냄새 같은 것을 토방 가득 피웠다.

자신은 금색 자수가 놓인 자줏빛 천을 머리에 쓰고 옷을 갖춰 입은 다음, 목판 앞에 앉아 심호흡을 한다. 숯불에 철판을 얹고 커피콩에 물을 조금 부어서 볶기 시작한다.

그을린 콩을 그릇에 담아 내 눈앞으로 가져와서는 "괜찮으세요?" 하고 눈으로 묻는다.

내가 손바닥을 저으면서 향을 맡아 보고 '괜찮다'는 뜻으로 고개를 끄덕이자, 그녀가 절구와 공이로 콩을 빻는다. 때때로 '칼라파'라는 허브를 더하면서 온 신경을 집중한다.

빻은 가루를 입구가 좁은 항아리에 넣고 끓인 다음 손을 씻고 몇 방울을 찻잔에 따라 맛을 본다. 고개를 가로젓더니 커피를 좀 더 넣고 다시 맛본다.

드디어 만족한 듯 얼굴을 들고 내게 묻는다.

"버터로 할까요? 소금으로 할까요?"

그 순간 삿포로 라면이 떠올랐다. 소금 커피는 이미 맛보았으니 용기를 내어 "버, 버터로……." 하고 부탁했는데, 후회해도 이미 늦었다.

버터 커피는 힘의 원천이 된다며 최고의 손님에게 대접한다는 무스라크의 달콤한 설명을 들으면서 들여다보니 기름이 물보다 가벼워서 커피의 위아래로 녹은 버터와 커피가 완벽하게 두 층을 이루고 있다.

당연히 버터를 먼저 마시지 않으면 커피에는 영원히 다다를 수 없다.

꿀꺽 마셨다. 물론 처음에는 버터 맛이, 그다음에는 모카 맛이 났다.

둘이 맞닿은 부분은 아무래도 맛이 좋지 않았다. 생선회에 얹은 버터 같다고나 할까, 무척 복잡한 맛이었다.

무스라크가 진지한 눈길로 "어떠세요?" 하고 물었다.

미각의 차이는 어쩔 수 없지만 그녀의 역작 커피다. 맛이 없다고 말할 수는 없다.

무척 재미있는 맛이라고 대답했더니 잔이 넘칠 만큼 찰랑찰랑 두 잔째 커피를 따라 주었다.

무스라크는 이 커피 의식을 어머니에게 배웠다고 한다. 여성의 중요한 교양이다.

어쨌든 커피 로드를 여행하면서 나는 알았다.

에티오피아에서 커피를 끓이는 일은 일본의 다도처럼 다의성을 지닌다. 맛만 좋다고 되는 것이 아니다. 하루하루의 명상이며 예의다.

나중에 바바카 커피 농장의 총지배인에게 들은 말로는, 카파 주 사람들은 16세기 무렵부터 커피라는 걸 마시고 있었다고 한다.
유럽에서 포크가 보급된 시기를 16, 17세기로 본다. 그 무렵 카파 주에서는 이미 아름다운 커피 문화가 싹텄는지도 모른다.
커피에 열중하느라 중요한 수리족을 잊고 있었다.
무스라크에게 그들을 본 적이 있는지 물었다.
그녀는 아무렇지도 않다는 듯, 그래도 왠지 걱정된다는 듯이 말했다.
"그 사람들이라면 여기에도 있어요. 하지만…… 만나지 않는 편이 좋을 거예요."
나는 깜짝 놀랐다. 당장에라도 만나고 싶었다. 그런데 호텔로 돌아오자마자 이 여행 중 가장 심하게 토하고 설사를 했다. 죽는 줄 알았다.
버터 커피 탓일까?
수리족을 만나고 싶다. 끙끙대면서 온 방바닥을 뒹굴었다.

3

다음 날 저녁, 나는 다시 무스라크의 식당으로 갔다.
연인 사이로 보이는 손님이 인제라를 먹고 있었다. 테프라는 작은 곡물을 반죽하고 발효해서 스펀지 모양으로 얇게 구운 에티오피아의 주식이다. 신맛이 강하다. 곁들여 먹는 음식으로 와트라는 것이 나오는데, 가게 안의 남녀는 가장 소박한 걸쭉하게 갠 고추 와트를 싸서 먹고 있다.

오른손으로 뜯은 인제라를 서로 상대방 입에 넣어 주는 것이 행복해 보였다. 넋을 빼고 보고 있는데, 무스라크가 "봐요, 저기……." 하고 가게 밖 풀밭을 가리켰다.

새빨간 노을이었다.

사람이 오묘한 그림자로 보였다.

누더기를 걸친 칠흑 같은 남자와 검은 유방을 드러낸 반라의 여자가 진흙투성이 발로 걷고 있었다.

여자는 입술에 접시를 끼우고 있지 않았다. 하지만 나는 숨을 삼켰다. 아랫입술의 밑부분이 입술 선을 따라 가로로 찢어져 있었다.

다시 말해, 아랫입술이 양 끝만 남긴 채 입에서 분리된 데다 축 늘어진 고무처럼 U자형으로 턱 아래까지 처져 있었다.

남자는 2미터 가까운 키로, 똑바로 앞을 보며 저벅저벅 걸었다.

남자의 귓불에 큰 구멍이 뚫려 있어 그 사이로도 저녁놀이 보였다. 여자는 아랫입술을 덜렁거리면서 주변을 날카로운 눈빛으로 살핀다.

틀림없이 수리족이다. 접시를 빼서 아랫입술이 늘어졌을 것이다.

두 사람을 둘러싼 마을 아이들이 "스루마! 스루마!" 하고 시끄럽게 떠든다.

남자와 여자는 이름이나 정식 종족명이 아니라 희귀한 동물처럼 '스루마'라고 함부로 불리고 있었다.

아디스아바바를 떠난 지 사흘째 되는 날 드디어 수리족을 만난 나는 감동했다.

왜일까? 저녁놀을 받으며 걷는 두 사람이 이 세상에 전하는 슬픈 고고(孤高)함을 봤기 때문이다.

입술이 흔들리는 여자와 내 눈이 마주쳤다. 여자가 남자의 손을 끌고 가까이 다가왔다. 내 앞에서 가볍게 웃었다.

인사도 잊은 채 멍하니 여자의 검고 작은 얼굴을 보는데, 그녀가 늘어진 아랫입술과 턱 사이로 검붉은 혀를 갑자기 날름 내밀어 보이더니 목 안쪽에서 킥킥 소리를 내며 웃었다.

나는 기가 죽었다. 그래도 접시를 보고 싶었다.

"접시를 입술에 끼울 수 있나요?"

내가 몸짓으로 부탁했다. 그러면서도 왠지 금기에 닿는 듯한 느낌이 들었다.

여자는 배를 덮고 있는 누더기 속에서 둥근 접시를 꺼내더니 늘어진 아랫입술을 더 잡아당겨 그 둘레에 퍼티처럼 끼워 붙였다.

그러자 거대한 혀를 덜렁 내놓은 듯한 얼굴이 되었다. 사진을 찍었다. 이번에는 어찌할 수 없는 죄를 저지른 듯한 기분이었다.

무스라크는 얼굴을 찡그리고, 손님은 껄껄 웃고, 마을 아이들은 무리 지어 "스루마! 스루마!" 하고 떠들어 댔다.

사진을 다 찍고 나니 여자가 돈을 달라며 손을 내밀었다. 마치 당연하다는 듯 몸에 익은 행동이었다. 내가 동전을 건넸는데, 여자가 입술에 끼운 접시를 위아래로 움직이며 화를 냈다.

"이걸로는 부족해요."

그렇게 말하는 것 같았다. 같이 있는 남자도 쿵쿵 발을 구르면서 화를 냈다.

"스루마, 이제 그만해!"

무스라크가 매섭게 소리쳤다. 소동이 벌어질 듯했다. 운전사 타파리가 힘으로 수리족 남녀를 내리눌러 버릴 것만 같았다. 결국 내가 돈을 또 주었다.

두 사람은 저녁놀이 비치는 풀밭으로 돌아가 다시 그림자가 되어 사라졌다.

수리족은 에티오피아의 지배 민족인 암하라족이 아라비아반도에서 이주해 온 기원전 10세기 무렵 전부터 남서부에 살았다. 그들은 독자적인 목축문화를 이어 온 자신감이 넘치는 민족으로 인구가 약 5000명이라고 한다. 그래서 나는 아망에서 만난 남녀의 행동에 놀랐다.

"결국 수리족 여성의 입술에만 관심이 있었어요."

아망의 호텔에서 알게 된 유엔 난민고등판무관사무소의 에티오피아 여성 메스핀이 말했다.

'외부 세계는'이라는 주어가 생략되었겠지만, 마치 '당신은'이라는 말을 들은 것 같아 움찔했다.

최근에 이탈리아를 비롯한 외국의 여행사가 '비경 여행'이라는 이름으로 수리족 거주지에 관광객을 보내고 있다. TV 방송국이나 사진가도 들어왔다. 입에 접시를 끼운 여성의 사진을 찍고 돈을 지불해, 대부분의 수리족이 그런 걸 당연하게 생각하게 되었다고 한다.

"문화 파괴예요."

이렇게 말하는 그녀도 2비르를 주고 찍었다면서 유난히 큰 접시를 입술에 끼운 수리족 여성의 사진을 의기양양하게 보여 주었다.

이튿날 수리족이 소와 생활한다는 수단 국경 부근으로 차를 달렸다. 그러나 아코보 강의 지류에 물이 불어나는 바람에 어쩔 수 없이 아망으로 돌아왔다. 비경으로 들어가는 것은 실패했다.

할 수 없이, 거주 구역에서 벗어나 아망의 집에서 마을 사람들과 관계를 맺지 않고 살아가는 수리족을 찾아가 보았다.

다섯 가족 스물세 명이 어깨를 나란히 하고 토방에 앉아서 표주박 그릇에 담긴 검은 즙을 마시고 있었다. 옥수수 심이 몇 개나 굴러다닌다. 그곳에서 아이를 낳았는지 흙투성이 갓난아기들도 있다.

며칠 전에 만난 키 큰 남자는 양 귓불 구멍에 긴 쇠사슬을 끼워 어깨 위로 늘어뜨리고 있기 때문인지 꽤 용감하게 보였다. 몸짓을 해 보이며 내게 사진을 찍으라고 요구했다.

여자들은 전부 입술에서 접시를 뺀 채 먹고 마시고 있었는데, 나를 보자마자 허둥지둥 그걸 끼워 보여 주었다. 외국인→입술 접시→사진→돈이라는 연상이 머릿속에 배어 버린 듯해 아쉬웠다.

두 사람을 사이에 두고 수리족 언어, 암하라어, 영어 순서로 통역을 청했다.

입술에 접시를 왜 끼우냐고 내가 물었다.

여자들은 슬픈 눈을 하고 접시를 넣은 입을 우물우물 움직였다.
"그게 아름답다고 생각해요, 이 사람들은요."
통역은 수리족 여성들의 이야기를 제대로 듣지도 않고 말했다.
마을의 생활은 어떤지 물으니, 아우즈라는 여성이 접시를 빼고 대답했다.
"이제 돌아가고 싶어요."
본래 있던 거주지에서 나와 과일이나 금을 팔러 온 사람, 다른 종족에 맞서 싸워 쫓겨 온 수리족. 이들 모두가 마을에서는 '이상한 사람'으로 여겨진다.

아망을 떠나기 전날, 무스라크의 가게에서 나는 생강을 넣은 홍차를 마시고 있었다.
갑자기 가게 앞에 수리족 여섯 명이 나타났다. 내가 돈을 준 남자와 여자도 있었다.
그들이 내 얼굴을 보자마자 줄줄이 박수를 치면서 큰 소리로 합창을 시작했다.
"당신이 준 돈으로 술을 사서 마시고 취해서 온 거예요."
무스라크가 따졌다.
가사를 알 수 없다. 가락도 들어 본 적이 없다. 한 마디씩 음정 끝이 올라가기도 하고 갑자기 내려가기도 하면서 왠지 마음을 흔들어 대는 노래다. 모두 내 눈을 가만히 쳐다본다.

접시를 끼운 채 콧노래를 부르는 여자도 있다. 확실히 술 냄새가 났다. 하지만 멋진 목소리가 파도처럼 풀밭을 넘실거렸다.
소를 찬양하는 노래일지도 모른다. 어쩌면 나를 위한 송별 노래일지도 모른다. 아주 조금이지만 겨우 마지막에 그들의 마음에 닿았다는 생각이 들었다.
이번에는 커피 향이 쌉쌀하다고 느끼면서 아디스아바바로 돌아갔다.

* 아프리카 원주민족 연구로 세계적 명성이 있는 교토대학 후쿠이 가쓰요시(福井勝義) 교수에 따르면, 입술에 접시를 끼우는 풍습은 아주 오래되었으며 수리족의 소 신앙과 관련 있을지도 모르는데 아직 해명되지는 않았다. 접시에만 집중하는 내게 후쿠이 교수는 수리족의 풍부한 창조성과 시, 노래의 훌륭함을 강조했다. 나는 입이 먹기 위한 문일 뿐만 아니라 마음의 문이기도 하다는 것을 알게 되었다.

바나나 밭에 별이 쏟아지다

우간다의 수도 캄팔라에서 빅토리아 호수를 따라 트랜스 아프리카 로드를 달리면서 언덕을 몇 개나 오르락내리락하고 붉은색 길을 지나 남위 0.5도쯤에 이르면 마사카라는 마을이 나온다.
해발 1300미터로, 그 주변은 그다지 크지 않은 상점가를 빼면 매끈하게 갈고닦아 바니시를 칠한 듯한 푸른 하늘 아래 바나나 밭이 황록색으로 일렁이는 풍경이 특별할 것 없는 농촌 지대다.
인구가 83만 명이라는 이 지역에서 먹는 인간들을 보았다. 할 말을 잃었다.
어제도, 오늘도 마을 사람들이 에이즈로 차례차례 쓰러지고 있으며 12만 명의 아이들이 부모 중 한 명이나 모두를 이 병으로 잃었다.

조금은 수수께끼 같은 일이다. 하지만 먼 나라의 일이라는 생각이 들지 않는다. 자홍색 피부에 두런두런 모여 음식을 아껴 가며 먹는 고아나 감염자 들이 모두 어디에선가 본 듯한, 나와 무척 가까운 사람들처럼 느껴졌다.

싸구려 담요, 막대형 비누, 비닐 봉투에 든 설탕을 일곱 세트 샀다. 에이즈 고아나 그 아이들을 맡고 있는 가족에게 나눠 주면서 바나나 밭을 헤치고 걸었다.
내 생각은 아니다. 기독교계 국제구호단체 '월드비전'에서 일하는 우간다 청년 프레드의 조언을 따랐다.
"놀라거나 슬퍼하는 건 누구나 할 수 있어요."
프레드가 한 이 말에 울컥해서 평소에 하지 않던 일을 했다.
그들은 마치 하느님을 대하듯 내게 고마워했다.
미리 연락받은 것 같았다. 에이즈 고아가 많은 학교에서는 학부모회까지 동원해 가며 햇볕이 쨍쨍 내리쬐는 한낮의 열기가 솟아오르는 땅바닥에 아이들을 줄줄이 세워 놓고 몇 시간이나 내가 오기를 기다렸다.
쑥스러움을 억누르고 '방문 기념식수' 행사까지 마쳤다. 가짜 하느님이 되었다.
"다들 와 있어요. 용기를 내야 해요."
프레드가 머뭇거리는 나를 나무랐다. "위선을 괴로워할 여유 같은 건 없어요." 하고 말하는 듯한 눈초리였다.

마사카 마을 남쪽 교외의 킨드 마을에 있는 학교에서는 100명쯤 되는 아이들이 노래와 춤으로 환영해 주었다.

나무 밑에서 큰 북소리에 맞춰 합창하고 허리를 흔들며 춤을 춘다. 맑은 북소리에 아직 변성기를 지나지 않은 높은 음역의 목소리가 리듬을 탄다. 허리를 자유롭게 움직이는 몸짓만큼은 어른스럽고 요염해 보였다. 무슨 곡인가 했는데 '교회를 찬양하는 노래'였다.

그런데 두 번째 곡이 흐를 때 적갈색 나무껍질로 싼 기다란 꾸러미가 실려 와 갑자기 땅바닥에 놓이자 공기가 싹 변했다.

검은 피부색이 두려움에 떨며 긴장하고, 여러 눈이 꾸러미에 박혔다.

아이들은 그 꾸러미를 가리키며 말을 걸듯 노래하고 춤추었다. 기묘한 장면이었다. 울면서 춤추는 아이도 있었다. 교장 선생에게 무슨 일이냐고 물었다.

"저 꾸러미는 사체를 상징합니다. 에이즈로 죽은 사람의 사체죠. 우는 아이들은 에이즈 고아예요."

노래 제목은 '경고를 듣지 않은 자'라고 한다.

무서운 병이라고 그렇게 주의를 주었는데도 당신은 들으려고 하지 않았다. 술을 마시고, 자제심을 잃고, 아내에게까지 옮기고, 소중한 아이를 고아로 만들어 버렸다……. 정곡을 찌르는 살아 있는 가사였다.

"에이즈 교육의 일환입니다."

교장이 가슴을 폈다.

586명의 아이들 중 289명이 부모 중 한 쪽이나 모두를 에이즈로 잃었다고 한다. 북소리가 마음에서 메아리쳤다.

바나나 밭이 역광을 받으니 나란히 줄지어 선 사람들처럼 보였다. 바람이 부니 잎들이 서로 스쳐, 사각사각 이야기하는 듯한 소리가 한없이 퍼져 간다. 나는 담요, 비누, 설탕을 짊어지고 사람 울타리를 헤집고 지나가듯 바나나 밭을 계속 걸어갔다.
내가 프레드에게 '왜'냐고 물었다.
캄팔라 정부 에이즈위원회는 현재 에이즈로 추정되는 감염자 수가 우간다 총인구 1700만 명의 9퍼센트라고 했다. 구호 관계자에 따르면 최대 감염 지역은 마사카와 그 남쪽 라카이 일대로 주민의 20퍼센트 이상이 감염자로 추정된다고 한다. 어떤 마을은 '성행위 활발 연령' 인구의 대부분이 감염되었다고도 한다.
하지만 "왜 그렇게 많은 사람들이?"라는 의문은 없어지지 않았다.
"정신 차렸을 때는 이미 손을 쓸 수 없는 상태가 되어 있었어요."
프레드가 한숨을 내쉬었다.
긴 내전 탓에, 정부가 에이즈의 확산을 알리고 대책을 강구하기 시작한 것은 무세베니 정권이 들어선 1986년 이후다. 그래도 에이즈에 관한 올바른 지식은 각 마을로 그다지 퍼져 나가지 않았다.
신이 벌을 내렸다고 믿는 사람도 많았다. 지금도 악마가 가져온 병이라고 생각하는 사람들이 적지 않다고 한다.

남편과 사별한 여성을 남편의 형이나 동생이 아내로 맞이하는 풍습이 있었다. 죽기 전 남편 때문에 에이즈에 감염된 여성도 줄줄이 이어졌다. 일부다처제가 여전히 남아 있다. 아이들은 노동력이 되기 때문에 많으면 좋다는 생각에서 콘돔을 안 쓰는 농민이 많다. 지식 부족 탓에 모유를 먹여 수직감염된 경우도 있다. 감염권이 확대되는 지역은 얼마든지 있다고 한다.

마침내 바나나 밭의 끝이 드러나자, 눈이 번쩍 뜨일 만큼 붉은 송이 모양의 꽃을 피운 키 큰 나무가 보였다.

꽃그늘에 집이 있다.

집 안의 어두컴컴한 곳에 이름이 나카부코라는 마흔다섯 살 먹은 여성이 있었다. 그녀도 발병했다. 남편은 1988년에 에이즈로 죽었다. 담요와 비누와 설탕을 주자, 눈물을 흘리면서 기뻐했다.

당황스러울 만큼 쾌활한 큰딸이 있었다. 서른 살이다. 나카부코가 열다섯 살에 낳은 딸이다. 이름은 나차자라고 한다. 임신 중이던 1992년에 남편이 세상을 떠났다.

프레드가 작은 목소리로 말했다.

"그녀도 감염됐을 가능성이 아주 높아요."

나차자는 벽에 걸린 로마교황 사진 밑에서 코코아색 가슴을 드러낸 채 아기에게 물리고 있었다.

눈을 감은 아기는 가늘게 눈을 뜬 엄마와 새하얀 젖줄기로 이어져 있다.

이제 바나나 잎의 웅성거림도 없다. 고요하다.
이 갈색 아기도 하루하루 끼니를 이어 가는 우리 중 한 명이다. 일손이 없다. 안전한 우유를 살 수 없다. 위험한 모유를 먹여서라도 지금 당장 살릴 수밖에 없다.
세상에는 이렇게 먹는 순간도 있다. 참 고요하다.
나만 떨고 있었다.
울타리만 있고 지붕이 없는 집 밖 부엌을 보여 주었다.
아이가 땅바닥에 돌을 나란히 놓고 뭔가를 데치고 있었다. 카사바다. 등대꽃과의 열대 관목이다. 고구마처럼 생긴 덩이뿌리가 달려 있다. 중남미가 원산지인데, 동남아시아나 아프리카 사람들이 지금도 이것으로 근근이 끼니를 잇고 있다.
"에이즈 환자한테는 바나나보다 카사바가 좋대요. 싸고 영양가가 있어서요."
화들짝 놀랄 만큼 밝은 목소리가 등 뒤에서 들렸다. 수유를 마친 나차자였다. 에이즈에 걸린 엄마가 먹는 음식이라고 말하고 싶은 것이다.
"아프리카의 에이즈 환자는 유럽 에이즈 환자보다 두 배나 빨리 죽어요. 기초 체력이 없어요. 가난해서 영양을 섭취할 수 없거든요."
프레드가 중얼거렸다.
사람이 죽으면 사체를 나무껍질로 싸서 바나나 밭이나 카사바 밭의 빈자리에 묻는다고 한다. 흙으로 돌아가 바나나나 카사바의 비료가 되는 것이다.

해가 떨어졌다.

바나나 밭을 터벅터벅 걸어 돌아왔다. 한층 더 높은 언덕에서 바람이 미끄러지듯 내려와 또다시 사각사각 잎을 흔들었다. 수만 명이 속삭이는 듯한 소리처럼 들려 신경이 쓰였다.

아득히 먼 곳의 어둠을 오렌지색 들불이 은은하게 태우고 있다. 걸어가는 동안 별들이 맑게 빛나더니 지금은 바나나 밭으로 내려오는 듯하다.

묘한 느낌에 사로잡힌 나는 몽롱해졌고 마음속으로는 뭔가에 떨고 있었다.

고요함이 두려웠다. 여기는 수정처럼 빛나는 하늘 아래에 바나나 밭이 한없이 이어지는 아름다운 고원지대다. 어마어마하게 많은 에이즈 환자가 병든 초목처럼 울지도 못하고 이곳에 있다.

지금 가진 것을 먹고, 소리치거나 소란을 부리지도 않고, 날이 밝으면 야위어 가고, 해가 지면 스러져 가는 사람들이 살고 있다. 그들 눈동자색의 깊은 고요함이 너무 불가사의했다.

이틀째 되는 날은 마사카 마을의 서쪽 브라사나 마을로 갔다.

현지에서 에이즈 고아 구제로 바쁜 우간다 청년 고드프레이가 안내를 해 주었다. 마치 권투 선수같이 검고 반들반들한 근육이 있고 무척 쾌활한 남자였다.

앨리스라는 열세 살짜리 마을 소녀도 최근 4년 동안 부모를 다 에이즈로 잃어버렸다.
그 소녀에게 초콜릿이라도 가져다주었다면 좋았을 텐데 신경을 못 써서 미안하다고 했더니, "그런 건 먹어 본 적이 없어요." 하고 말했다.
"아이스크림은?" 하고 물으니, "한 번도 안 먹어 봤어요."라고 했다.
이렇게 오랫동안 여행하고 있는데도 나는 여전히 일본에서 벗어나지 못하고 있었다.
아이와 초콜릿, 아이스크림을 함께 떠올리는 일이 상식이 아닌 세상이 얼마든지 있다. 앨리스는 그런 것보다 '언젠간 또 고기를 먹고 싶다'고 말한다. 지난 부활절에 이웃에게 얻어먹었다고 하니, 벌써 반년이나 지난 것이다.
지금은 없는 아버지와 어머니 중에 아버지를 더 좋아했다고 털어놓는다. 가끔씩 닭고기나 옷을 사 주었기 때문이라고 한다.
죽은 아버지에 대한 추억이 닭고기 맛과 겹쳐 있다. 바나나, 토란, 카사바뿐인 나날에 고기는 꿈이나 환상 같은 것이다.
앨리스 아버지의 무덤은 짚과 흙벽으로 된 집 뒤의 바나나 밭에 있다.
머릿속에서 사라져 가던 말이 되살아났다. 봉분. 그것은 붉은 흙을 쌓아 올린 봉분이었다. 흙무덤 여섯 기가 또렷이 보였다. 앞에 있는 것이 앨리스 아버지의 무덤이었다. 나머지 무덤의 주인은 누구냐고 물으니, "친척……."이라고 앨리스가 말했다. 고드프레이가 묵직한 목소리로 "전부 그녀 아버지와 같은 병이었어요." 하고 중얼거렸다.

앨리스와 그녀의 남동생인 세니엔드와 세보마. 이렇게 셋이 무덤 앞에 선다. 앨리스는 울고 있다.

바람이 불어왔다. 어제는 사람들의 속삭임처럼 들리던 바나나 밭의 나뭇잎 소리가 오늘은 쏴, 쏴 밀려오는 파도 소리 같다.

"세보마도…… 감염됐을지 몰라요."

고드프레이가 내게 속삭였다. 나뭇잎 소리에 밀려 목소리가 조각조각 끊어진다.

담요와 비누와 설탕을 주자, 앨리스는 뜨겁게 마른 붉은 흙 위에 무릎을 꿇고 내 손을 꼭 붙든 채 두 손으로 비비며 고맙다고 했다. 나는 사이비 종교의 교주처럼 멍하니 넋이 빠져 손이 잡힌 채로 있었다.

바나나 잎에 얼굴을 맞으면서 분나 마을로 갔다. 마을 인구가 300명인데 최근 25명이 에이즈로 죽었다.

플로렌스라는 20세 여성을 만났다.

전기도 램프도 없는 흙벽 집에서 자고 있던 그녀는 내가 왔다는 말에 일어나, 그러지 말라는데도 자세를 바로잡고 앉았다. 바람이 멎은 저녁 바다처럼 잔잔하고 쓸쓸한 눈을 하고 있었다.

벌써 발병한 상태였다.

"매일 카사바를 먹어요. 식욕이 없어서 죽을 쑬 쌀이 있으면 좋겠어요."

이 말만 하고 그녀는 다시 어둠 속으로 몸을 눕혔다.

플로렌스는 결혼하지 않았지만 아이가 있었다. 아이 아버지는 1년 전에 에이즈로 죽었다고 한다. 이미 지나간 가뭄이나 홍수에 대해 이야기하듯 체념한 말투였다.

나는 이웃 마을을 향해 바나나 밭을 걸어가며 이 나라 정부가 발행하는 일간지 《뉴 비전(*New Vision*)》의 기사를 떠올렸다. 며칠 전에 읽을 때는 웃음이 픽 나왔지만 지금은 웃을 수가 없다. 기사의 의도를 알았기 때문이다.

제목은 '마을 사람들, 처녀에 놀라다'였다.

3년 전 캄팔라 남쪽 루웨로 지역에 있는 학교에서 어느 저명한 여성 정치가가, 결혼할 때까지 순결을 지키는 신부에게 송아지를 선물로 주겠다고 약속했다. 3년이 지난 지금 마침내 그런 훌륭한 신부가 나타났다. 열아홉 살이었다. 남편과 친척이 검사해 보고 신부가 정말 처녀라고 증언하자, 정치가는 그녀의 '위업'을 칭찬하면서 약속대로 송아지를 선물했다.

장난으로 쓴 기사가 아니다. 그만큼 순결을 유지하기가 어렵다. 행실이 문란하다는 말이 아니다. 고드프레이의 말에 따르면 '심각한 남존여비'가 문제다. 이것도 감염을 확산시키는 원인이다. 기사의 숨은 주제는 바로 에이즈였다.

키보가 마을에 도착했다. 에이즈 고아를 돌보는 중년 여성 나스부카의 집을 찾아갔다.

마토케를 먹고 가라고 한다. 잎으로 싼 플랜틴 바나나를 쪄서 으깬 다음, 소스에 찍어 손으로 먹는 일상 요리다. 바나나 잎에서 나온 즙이 열매에 맛을 낸다.

고드프레이가 근처에 감염자가 있다고 해서, 내가 별 생각 없이 그 사람도 불러서 마토케를 같이 먹으면 어떻겠냐고 제안했다.

그 사람이 아이들의 부축을 받으면서 비틀비틀 걸어왔다. 나사카라는 스물두 살의 여성이었다.

머리에서부터 천을 쓰고 있었다. 너무 마른 탓에 몸이 비틀거려 머리의 천이 흘러내리자 머리카락이 빠지고 부스럼투성이인 머리가 드러났다. 병이 꽤 진행되었다.

나는 같이 먹자고 제안한 것이 무척 후회스러웠다. 움직이면 안 되는 사람이었다.

모기가 우는 듯한 목소리로 나사카가 말했다.

"돈이 없어서 병원에 갈 수 없어요. 어머니가 몇 번이나 '마법사' 집에 가서 약초를 얻어 왔지만, 별 효과가 없는 것 같아요."

이 주변에는 '마법사'를 의사처럼 여기고 뭔지 모르는 약을 얻는 사람이 꽤 많다.

어찌된 일인지 한참 기다려도 마토케가 나오지 않는다. 찐 고구마 같은 마토케 냄새만 감돌고 있다. 조금 있으니 집주인 나스부카가 마토케 대신 물을 탄 우유와 빵을 가져오더니 나사카에게는 눈길도 주지 않고 곧장 부엌으로 들어갔다.

"나사카는 우유와 빵도 살 수 없어요."

고드프레이가 말했다.

묽은 우유가 바싹 마른 골판지에 빨려 들어가듯 나사카의 입으로 들어갔다. 힘없이 기침을 했다.

나사카는 내가 흘린 빵 부스러기까지 손으로 주워 가며 먹는 자리를 깨끗이 한 뒤에 일어섰다. 살날이 많지 않아 보이는 그녀가 예의를 잊지 않았다.

나는 바나나 밭까지 데려다주었다. 비틀거리는 그녀의 팔이 종잇장처럼 가벼웠다.

나사카가 돌아가자 나스부카는 웃는 얼굴이 되었다. 마토케를 드디어 내왔다. 긴톤(콩과 고구마를 삶아 으깬 뒤 밤 같은 것을 섞어 달게 만드는 일본 음식이다.—옮긴이)처럼 생긴 그 음식을 다 같이 오른손으로 집어 입으로 가져갔다.

나사카가 있을 때는 왜 마토케를 내오지 않았는지 궁금했다. 병이 옮을 것으로 오해했을까? 그게 슬퍼서 입안에 든 마토케가 씁쓸했다.

집을 나오니 흠칫 놀랄 만큼 많은 별들이 자색을 띤 푸른 하늘 가득 빛나고 있었다.

별이 몸에서 빛을 내는 곤충처럼 바나나 잎에 머물러 있는 것같이 보였다. 저 멀리 별 하나가 또다시 비스듬히 선을 그으며 바나나 밭으로 떨어졌다.

나사카도 언젠가 흙으로 돌아가면 바나나가 되어 별을 보겠지, 하고 생각했다.

왕의 식사

나는 부겐빌레아 꽃이 군데군데 피어 있는 왕궁 정원에서 왕을 만나고 있다.

부간다 왕국의 36대 국왕 무웬다 무테비 2세. 서른일곱 살, 당당한 '현역 왕'이다.

그런데 회견 중에 정원으로 닭이 들어오더니 "꼬끼오!" 하고 버릇없이 울어 대고, 빈객 면회용이라는 코로로 궁은 대리석 탑이라도 있나 하던 생각과 달리 3층짜리 건물로 회사 내 양호 시설처럼 보이는 평범한 집이 아닌가!

내 옆에 앉은 왕도 금관 같은 것을 쓰고 있지 않았다. 갈색 웃옷에 감색 바지를 입고 녹색 양말을 신은, 결코 세련되었다고 할 수 없는 차림에 꽤 닳은 구두를 신었다.
말라리아로 힘들어하는 늙은 시종에게 약을 보내겠다고 약속하기도 하고, 식사에 초대하는 등 꽤 애를 써서 일본인 기자로는 처음으로 겨우겨우 알현을 허락받았다. 확실히 맥이 빠졌다는 것을 부인할 수는 없다.
하지만 대화는 유쾌했다. 만물이 한없이 변한다는 것을 몸소 체험하는 왕이다. 이런 사람은 인생이든 음식이든 '진짜 맛'을 안다.

왕실에 익숙해졌는지를 물어보았다.
"익숙해졌소. 바쁘지만 재미도 있어요. 왕실 생활이라는 것도."
마치 샐러리맨이 왕이 되었다는 식의 말투다.
실은 1993년 여름, 우간다 수도 캄팔라 교외에서 즉위식이 거행된 지 얼마 되지 않았다. 이제 막 즉위한 왕이다.
그 전에는 뭘 했을까? 사회주의 노선을 지향하는 오보테 정권의 군대가 왕궁을 공격하고 우간다에서 연방 형태로 이어 오던 부간다 왕제를 폐지한 1966년에 그는 국왕이자 대통령이던 부군 무테사 2세와 영국으로 망명해서 살았다.
지금은 어떤 음식을 먹는지 물어보니, 마토케와 인제라 같은 우간다 전통 요리와 이탈리아나 중국 음식 등을 든다.
"간단히 말해, 정말로 질색하는 달팽이만 아니면 뭐든 먹어요."
왕은 거의 4반세기나 런던에서 살다가 1993년에 캄팔라로 돌아왔다.

무세베니 현 대통령이 갑자기 국왕제 부활을 인정했기 때문이다. 다만 정치 활동은 금지하고, 씨족사회를 통합하는 상징으로서 부족 간 분쟁을 조정하고 전통문화를 진흥하는 구실로 한정한다는 조건이 붙었다.

어쨌든 모국보다 영국에서 지낸 기간이 훨씬 길다. 런던의 맛이 그립지는 않은지 물으니, "그거야 그렇소." 하고 왕이 고개를 끄덕이며 껄껄 웃는다. 잠깐 뜸을 들이더니 내게 윙크를 하며 말한다.

"그거야, 그거. 피시 앤 칩스(영국을 대표하는 음식으로, 흰 살 생선 튀김과 감자튀김을 곁들인다.)! 잊을 수 없지. 요리사한테 만들어 달라고 해서 지금도 먹고 있어요."

그때 나는 『미식 예찬』의 살짝 비꼬는 듯한 금언이 떠올랐다.

"어떤 음식을 먹고 있는지 말해 보라. 당신이 어떤 사람인지 알아맞혀 보겠다."

피시 앤 칩스라고 대답하는 사람에게 "당신이 왕입니까?"라고 하는 사람은 없을 것이다.

일본 황태자도 유학 중에 시식했을지도 모르지만, 항상 먹지는 않았을 것이다. 그런데 무테비 국왕은 그런 맛에 꽤 친숙한 듯하다. 이유를 물으니, 이렇게 말한다.

"음, 지금은 그걸 신문지에 싸지 않고 멋진 접시에 담아서 먹죠."

또다시 혼자 큰 소리로 웃는다.

피시 앤 칩스를 제대로 즐기려면 인텔리들이 보는 고급 신문이 아니라 『더 선(*The Sun*)』 같은 대중 일간지로 싸서 먹는 편이 좋다. 먹을 때마다 영국 왕실의 뒷담화같이 재미있는 기사를 읽을 수 있기 때문이라는 이야기를 들은 적이 있다. 이 왕은 왠지 예전에 런던의 안개와 찬바람 속에서 피시 앤 칩스를 먹은 경험이 많을 것 같다.

앞서 말한 금언에 반발하면서 계속 물었다.

"런던에서는 힘든 일도 많았죠?"

"물론이오. 아버지가 본국 지지자들한테 받는 돈이 끊겼으니까. 여러 일을 했어요. 그런데 어차피 다 아는 것 아니오?"

서글서글한 눈이 살짝 불안해지면서 내 얼굴을 살핀다. 왕이 된 지금은 체면도 있으니 자세히 말하고 싶지 않아 보인다.

사실 왕과 관련된 자료를 읽어서 조금은 알고 있었다.

한때 권세를 휘두르던 부왕은 런던 남부의 노동자 거주 구역인 버몬지의 싸구려 아파트에서 가난하게 살다 객사했다. 무테비는 유리창 영업이나 육체노동 등 왕자라는 신분과 어울리지 않는 일을 전전하며 생활비를 벌었다.

나로서는 그 무렵 일을 좀 더 자세히 듣고 싶었지만 왕은 "(아프리카의) 신문사 통신원이라든가…… 이런저런 일을 했소." 하고 말끝을 흐리면서 "잘 알잖나? 그냥 이 정도로 하지." 하고 말하는 듯한 눈길로 호소했다. '그래 이것으로 됐어, 피시 앤 칩스가 절절히 말해 주잖아,' 하고 나도 이해했다.

"영국 시절에 겪은 고생 덕에 민중의 기분을 잘 알 수 있게 됐죠."

순수 영국식 발음이 아닌 서민 발음으로 왕이 말했다.

열강의 식민주의와 그 뒤의 사회주의도 아프리카에서는 효과가 없었다는 지론을 펼쳤다. 옛날부터 이어진 씨족사회의 장점을 재평가해야 한다고도 했다.

부간다 왕국은 식민지 시대 전까지 동아프리카에서 가장 큰 중앙집권 국가였지만 이제 영토가 없다. 50계열의 씨족으로 약 400만 명에 이르는 국민이 있으면서도 모든 실권을 박탈당한, 우간다공화국 속 '환상의 왕국'이다.

일찍이 '반신(半神)'으로 불리는 절대 권력자였던 국왕에게 이제는 과세권도 없다. 새 부간다 국왕은 17세기부터 이어지는 왕실의 전통 행사를 유지하고 장로들과 씨족의 융화에 대한 의견만 나누는 '마음의 왕'이라고 할 수 있다.

"그것으로 충분해요." 하고 왕은 욕심을 보이지 않는다. 오보테나 아민 정권이 파괴한 씨족제를 되살리고 상부상조하는 촌락 사회의 적극적인 면을 살려서, 약 100만 명으로 알려진 에이즈 고아를 구제하는 데 힘쓰고 싶다고 한다. 런던에서 밑바닥 삶을 제대로 겪고 피시 앤 칩스에서 서민의 맛을 충분히 본 왕의 내공을 보여 줄 때다.

"식사할 때 많은 여자에게 시중들게 하는 왕실의 옛 전통은 따르지 않을 거요."

의연히 말한다. 측실을 두는 것도 금지한다. 여섯 명이나 되던 왕실 요리사도 예산 문제를 고려해 두 명으로 줄였다. 씨족제를 말할 때는 복

고주의자지만 생활은 개혁파인 셈이다.
독신이라는 말에 약혼자가 있는지 물어보니, "뭐, 조만간 알게 될 거요." 한다.
앞에서 말한 말라리아에 걸린 시종에게 들은 바로는, 장로들이 간곡하게 왕비로 추천한 귀족 여성을 거절하고 왕실 밖 서민을 사랑하는 모양이다. 가끔 왕궁에서 두 사람이 사이좋게 피시 앤 칩스를 먹고 있을지도 모를 일이다.
세간에서는 1994년 대통령 직접선거를 공약으로 내세운 무세베니 대통령이 부간다 왕국 지지자의 표를 얻으려고 국왕제를 부활시켰을 뿐이라는 견해가 지배적이다. 구실을 다하면 다시 폐지될 거라는 설도 있다.
그런데 이 왕은 그러면 그런가 보다 하고 껄껄 웃으며 다시 런던으로 피시 앤 칩스를 먹으러 갈 것만 같다.

4장

얼음과 불이 빚은 혼돈의 맛

0
500km
핀란드
에스토니아
러시아
라트비아
리투
아니아
모스크바
벨라루스
프리파티 강
체르노빌
키예프
우크라이나
몰도바
흑해
카스피 해
러시아
이투루프 섬
블라디보스토크

러시아

병사는 왜 죽었나

아프리카에서 혹한의 러시아로 날아갔다. 줄곧 마음에 걸렸던 수수께끼 하나를 풀어 보고 싶어서였다.

1993년에 러시아 태평양 함대에서 이상한 사건이 일어났다. 나는 꽤 시간이 흐르고 나서야 외국 통신사나 일본의 잡지를 통해 이 사건에 대해 알았다.

함대의 훈련 기지에서 신병 수십 명이 영양실조로 입원하고 그중 네 명이 사망한 사건이다. 그 원인으로 함대의 재정 악화, 식량의 부정 유출 가능성을 암시하는 보도가 있었다.

이상하다.

쇠약해졌다고는 해도, 핵을 보유하고 있고 페르시아 만 초계에도 참가하는 대함대다. 식량이 조금 부족하다면 몰라도 어떻게 신병이 죽을 만큼 영양실조가 일어날까?
'재정 악화, 식량 부정 유출'이라고 해도 '죽음'을 설명할 수는 없다.
기괴하다.
현지에 가서 조사해 볼 수밖에 없다는 생각을 했으면서도 여러 사정으로 오늘까지 미루고 말았다. 하지만 와서 보니 다행이었다. 일부 보도 내용과 사실은 크게 달랐다. 그것은 일종의 '살인'이었다.

1

군함 기지인 블라디보스토크를 며칠 동안 헤매며 돌아다녔다.
언덕이 많은 거리다. 비탈길이 얼어붙어 있다. 엎어지고 넘어지면서 이리저리 물어보며 걸었다. 무작위로 사람을 만나서 그 사건을 아는지, 왜 죽었는지를 물었다. 모르는 사람은 한 명도 없었다.
문제는 '왜'였다. 열 사람이면 열 가지 답을 들려주었다.
노후한 군함과 여객선이 나란히 정박한 항구 바로 근처에 스베틀란스카야 거리가 있다. '도호쿠전력' 또는 '간에쓰 자동차 도로 유지 작업차' 같은 일본어가 그대로 남은 중고차가 지나다니고, 덩치 큰 백인 남자가 '야오다쓰' 소형 밴을 운전하고 있다.
거리에서 불꽃놀이 화약을 달랑 두 개만 들고 파는 아주머니에게 물어보았다. 직업이 간호사라고 한다.

"옐친이 대통령이 되니까 군도 사회도 썩었어요. 고기 통조림도 불법으로 유출됐지요. 고기가 없는 생활이었어요. 그래서 신병이 영양실조에 걸린 거예요, 가엾게."

그러고는 그만 묻고 화약이나 사라고 한다. 급료만으로는 도저히 살아갈 수 없다고 조르는 통에 하나를 샀다.

언덕 위 공원에 고장 난 대관람차가 찬바람에 끼익 끼익 울고 있다.

입구 쪽 철탑에는 '레닌은 살아 있다'고 쓴 낙서가 있다. 연금 생활자들이 땅바닥에 페인트로 그린 체스판에 길이가 허리까지 오는 쇠로 만든 말을 옮기면서 놀고 있다.

그들 중 와시리가 말했다.

"이건 비밀인데, 데도브시나야. 군대 내 폭력이지. 그게 원인이야. 군도 나빠졌어."

입김에서 보드카 냄새가 풍겼다.

"일본군에도 있었을걸. 상관이 신병을 괴롭히는 것 말이야. 옛날에 치타 주(시베리아 남동부에 있다가 2008년에 다른 주로 통합되었다.—옮긴이)에서 일본군 포로를 봤는데, 그들 사이에도 데도브시나가 있었어. 뺨을 때리고, 이렇게 눈 위에 무릎을 꿇리기도 하고……."

군대 내 고기 통조림 불법 유출설. 데도브시나설. 아무래도 이해가 안 되었다.

항구 근처의 민영 키오스크 거리를 어슬렁거린다. 철책으로 둘러싸인 부스에서 방탄조끼, 속이 훤히 비치는 팬티, 한국제 과자, 중국제 즉석면, 거대한 브래지어 등을 늘어놓고 판다. 상품이 뒤죽박죽 섞여 있다. 암거래 상인을 통해 들여온 물건이라 그럴 것이다.

가짜 리복 상품을 산 검은 제복 차림 병사에게 물었다. 열아홉 살이다. 군함 '그로자시'의 승무원이라고 한다.

"네 명은 군대 생활이 힘들어서 병가로 제대하려고 비누를 먹었어요. 그래서 죽었죠. 상관한테 그렇게 들었어요."

여드름이 난 얼굴 입 끝에서 입김이 하얘진다.

"저도 사실 비누를 먹은 적이 있어요. 다 먹지 못해서 병은 안 걸렸지만……."

여드름이 난 수병을 동료 병사가 팔꿈치로 찔렀다. 이제 그만해, 위험해. 수병들은 북적거리는 거리로 사라졌다.

식량의 불법 유출, 폭력설에 비누설까지 더해졌다. 어떡하나, 이러면 앞뒤가 맞지 않는다. 마침 그곳을 지나던 해군대학 2학년생 알렉세이라는 청년에게 물어보니, 이유를 더 알 수 없게 되었다.

"그 사건요? 원래 건강에 문제가 있는 부적격자를 입대시켰기 때문이에요. 네 명은 입대할 때 이미 병에 걸려 있었대요."

군대는 지금 병자나 범죄자라도 채용하지 않으면 안 될 정도로 인기가 없다. 의무 병역에서 도망친 사람이 많아 러시아군 병사는 필요한 수에 한참 못 미친다. 알렉세이는 자조 섞인 어조로 그렇게 말했다.

이건 좀 곤란하다. 이번에는 병자 입대설이다. 네 가지 힌트가 모두 '죽음'을 완전히 설명하지는 못한다. 분명한 것은 그만큼 군 당국이 진상을 공표하지 않았다는 사실뿐이다.
한 번만이라도 좋으니 현장을 보고 싶다.
블라디보스토크 시 북동쪽 끝에 있는 에게르셸드 곶에서 2킬로미터 떨어진 바다. 그곳에 루스키 섬이 떠 있다. 지도에서 보면 마치 좌우대칭 잉크 얼룩을 어떻게 보는가로 인격 장애를 진단하는 로르샤흐 테스트에서 쓰는 얼룩 모양처럼 생겼다. 문제가 발생한 훈련 기지다. 페리를 타고 건너가려고 하는데 항해 허가증이 있어야 한다고 한다.
할 수 없이 곶의 끝까지 가서 보았다. 절벽과 숲과 송전탑이 잿빛 바다 위에 희미하게 보였다.
"저 절벽 뒤편에 훈련 기지가 있어요."
붉은 코 운전사가 알려 주었다.
"여름에는 버섯을 딸 수 있는데, 지금 같은 겨울에는 먹을 게 아무것도 나지 않아요."
따뜻한 색이 전혀 없는 섬이다. 찬바람이 두들겨 대듯 분다.

결정적인 계기를 못 찾은 채 1주일이 지났다. 작은 낭보가 들어왔다.
함대 홍보부에서 내가 신병들과 '기지 내 회식'을 할 수 있도록 허가했다고 한다. 거절당할 각오를 하고 신청한 일이다.
'꾸미지 않은 일상적인 식사를 하겠다'는 주문을 했다.
입장을 허락받은 곳은 문제의 훈련 기지가 아니고 해병 사단 기지였다. 위장한 T55형 전차, 장갑 수송차 안쪽에 레닌 동상이 철거되지 않은 채 서 있었다.

젖소를 몇 마리나 보았다. 기지에서 목축을 한다.

해병 사단장을 비롯해 장군들을 만난 나는 조마조마한 마음으로 물어 보았다.

"함대는 식량에 쪼들리지 않습니까?"

사단장이 아주 큰 코끝으로 나를 찌르듯이 의연하게 대답했다.

"말도 안 되는 소리요. 2, 3년 전에 전군에서 식량이 부족했을 때도 우리 태평양 함대는 문제가 없었소. 식사를 1그램이라도 줄인 적이 없소."

그럼 왜 영양실조로 네 명이나 죽었냐고 물었다. 사단장실의 공기가 무거워졌다.

홍보관이 사단장 대신 말했다.

"그 네 명은 신병 중에서도 체력이 가장 약했습니다. 체중 미달이었어요."

규정에 어긋나는 채용이다. 식량 불법 유출도, 데도브시나도 있었다고 홍보관이 인정했다. 하지만 주요 원인은 '체중 미달'이라는 말이다.

군량을 담당하는 미히엔코 대좌가 금니를 번쩍거리면서 끼어들었다.

"일반적으로 하루 세끼, 총 4500칼로리의 식사가 보장되어 있습니다."

하지만 식당 요리나 어머니가 만들어 주는 음식밖에 모르는 요즘 젊은이들은 처음에 군대 식사에 적응하지 못한다고 한다. 대좌가 눈을 치켜뜨며 말한다.

"자, 말보다는 증거요. 신병들과 점심 식사를 즐겨 보시죠."
회견은 재빨리 끝났고, 나는 해병대 식당으로 안내되었다.

2

어둡고, 지저분하고, 기분이 나쁠 것이라는 예상은 빗나갔다.
하얀 커튼, 역시나 하얀 식탁보, 눈부신 조명. 200명을 수용하는 하급 병사용 식당이 일본 관청의 식당만큼 청결하고 훌륭했다.
아뿔싸, 혹시 함대에서 가장 좋은 식당으로 안내했나? 속으로 혀를 찼지만 이미 늦었다. 뭐든 실마리를 찾을 수밖에 없다.
병사 100여 명이 식당 밖에서 줄지어 있었다. 몸집은 크지만 천진난만한 얼굴을 한 열여덟에서 스물한 살 정도의 젊은이들뿐이다. 볼품없는 가죽 장화가 철제 무기처럼 무거워 보였다.
"알겠나? 빵을 남기면 안 된다."
검은 베레모를 쓴 훈련 장교가 주의 사항을 말하고 손목시계를 본다.
드디어 "식당으로 입장!" 소리가 들렸다. 오후 2시 35분. 단 1분도 이르거나 늦어서는 안 된다.
각 반 병사들이 입구에서 모자를 벗고 식당으로 들어간다. 붉은 완장을 찬 당번병이 돌아와서 '착석 종료'를 고하면, 다음 반 병사들이 입장한다.
식당 중앙 벽에 '빵은 국가의 보물'이라고 쓰여 있다. 귀하게 여기는 마음으로 먹으라는 말일 것이다.

오늘의 메뉴는 채소 샐러드, 으깬 감자, 청어 찜, 양배추 수프, 푹 끓인 쇠고기 요리, 나피토크(주스)다. 꽤 많은 양이다. 항상 이렇다면 영양 실조는 생각할 수도 없다.

식당 안에서 우적우적 먹는 소리가 난다. 다들 소고기 요리를 씹고 있다. 하지만 잡담 소리가 나지 않는다. 웃음소리도 없다. 젊은 나이인데도 눈이 흐리멍덩하고 어둡다. 우적우적 씹는 소리만 건강하다.

나도 고기를 씹었다. 고무처럼 질겼다. 이가 부러질 것만 같다. 맞은편에 앉아 있는 열아홉 살 신병인 블라디미르에게 해병대 식사가 어떤지 물었다. 그러자 상관이 소리 없이 그의 옆으로 다가섰다.

젤리처럼 붉은 블라디미르의 입술이 움직였다.

"그저 그런 정도예요."

특별히 먹고 싶은 것이 있나?

"……없어요."

훈련 기지에서 네 명이 영양실조로 죽은 사건을 알고 있나?

"……예."

왜 영양실조에 걸렸나?

"……."

어떻게 생각하나?

"……슬픕니다."

월급이 6000루블(12만 원 정도다.―옮긴이)이라는 블라디미르의 속내는 옆에서 쫑긋 귀를 세우고 있는 장교 탓에 딱 한마디 '슬프다'는 말만 했다.

위압적인 목소리가 뒤에서 들렸다. 돌아보니 훈련 장교가 신병을 꾸짖고 있었다.

"빵 가장자리를 남기면 안 된다고 말했잖아."

한 사람이 하루에 빵 750그램, 고기 225그램, 생선 125그램, 버터 50그램, 우유 100그램, 채소 900그램, 설탕 70그램, 과일 30그램…….

이것이 1992년에 제정된 러시아 해군의 식사 규정이라고 한다.

"(네 명이 죽은) 루스키 섬의 훈련 기지도 양은 동일합니다."

식당 담당 장교가 말했다.

그럼 왜 영양실조가 생긴단 말인가, 막 튀어나오려는 말을 삼켰다. 여기서는 아무도 진상을 말하지 않는다. 식당 입구에 놓인 노란색 소형 계량기 앞으로 안내해 주었다.

"식사량이 규정보다 적다고 느끼는 신병은 이걸로 재 본 뒤 항의할 수 있습니다."

완벽한 '겉치레'의 세계다.

가만히 서 있으니, 서둘러서 다른 방으로 안내했다. 식자재 담당 미히엔코 대좌, 인사 담당 알료신 중좌 등 지위가 높은 사람들이 기다리고 있었다. 러시아와 일본의 우호를 위해 보드카로 건배하자고 한다.

아니, 좀 전에는 알코올 금지라고 하지 않았나? "뭐, 당신은 손님이니까." 하고는 이유 같지 않은 이유를 대더니 실컷 건배를 한다. 결국 나는 비틀거리는 발걸음으로 해병대의 휴대용 음식까지 선물받고 기분 좋게 돌아왔다. 이 휴대용 음식을 호텔에서 먹어 보았다. 내가 소말리아에서 먹은 미국·프랑스·독일·이탈리아 등 각국 군인들이 먹는 어떤 음식보다도 맛없고 형편없었다.

이런 식으로는 죽은 네 명의 이야기가 드러나지 않는다.
스스로를 반성했다. 하지만 여전히 수수께끼를 풀 결정적인 단서는 없었다. 그런 한편 나는 루스키 섬의 신병 가운데 쓰레기통에서 음식 찌꺼기를 뒤지던 사람, 또 어느 주의 권투 챔피언이었는데 입대하고 두 달 만에 영양실조에 걸린 사람도 있다는 꽤 확실한 정보를 얻었다. 하지만 '왜'를 설명하지는 못했다.
어느 날 구원자가 나타났다. 지역신문 『블라디보스토크』의 오스트로프스키 기자였다. 서른네 살. 줄곧 이 사건을 맡고 있다고 한다.
고백건대 나는 이 사건을 모스크바의 보도기관에서만 보도했다고 잘못 생각하고 있었다. 그래서 지역신문사를 찾아가지도 않았다. 사실 『블라디보스토크』지는 1993년 1월 30일에 이 사건을 특종으로 실은 뒤에도 꾸준히 취재하고 있다고 한다.
편집부의 종이 더미에 파묻힌 듯 일하는 오스트로프스키 기자를 드디어 만날 수 있었다.
"니에트, 니에트, 니에트!"

오스트로프스키가 아니라는 말을 세 번 외쳤다.
죽은 네 명은 원래 체력 면에서 부적격자였다는 해병대 간부들의 설명에 대해 어떻게 생각하는지 내가 물었을 때다. 왜 그렇지 않은지, 그가 연갈색 콧수염을 쓰다듬으면서 말해 주었다.
"루스키 섬에 장인, 장모의 별장이 있어서……." 하고 운을 뗐다.
1992년 여름에 그 별장으로 훈련 기지의 신병이 찾아왔다. 장모가 집으로 들이자, 풀 뽑기든 뭐든 할 테니까 일을 시켜 달라고 부탁했다는 것이다. 보드카라도 마시고 싶은가 보다 하고 생각했는데, "일할 테니까 먹을 것 좀 주세요." 하고 병사가 말했다. 파랗게 질리고 야윈 신병에게 통조림과 채소를 주고 돌려보냈는데, 그 뒤로도 몇 번이나 젊은 병사들이 그런 식으로 별장에 찾아왔다는 것이다.
"신병들은 그때부터 충분히 먹지 못했던 것 같아요. 그게 한 가지 배경입니다. 그리고 또 다른 사실이 있어요."
오스트로프스키 기자가 계속 말했다. 같은 해 가을, 민영 키오스크에 고기 통조림이 대량으로 나돌았다. 섬의 군 창고에서 불법으로 빼돌린 것이었다.
"그래서 우리는 루스키 섬의 훈련 기지가 아무래도 수상하다고 생각하고 있었어요."
여기까지 말한 기자가 러시아제 싸구려 담배에 불을 붙였다.
"그런데 1993년 1월 27일에 선박 병원에서 근무하는 의사의 아내가 신문사에 제보하겠다고 전화를 걸어 왔어요. 루스키 섬에서 영양실조에 걸린 신병이 병원에 많이 실려 왔다는 겁니다. 한 명은 이미 죽었다고 했고요."

그래서 루스키 섬 훈련 기지에 군사 전문 기자와 사진기자가 몰래 들어갔다.

"나치 수용소 같은 사진을 찍어 왔어요." 하고 오스트로프스키가 말했다. 피골이 상접한 신병이 여러 명이었다.

나는 그 사진을 보여 달라고 했다. 끔찍했다. 병사가 극도로 말라, 온몸의 살이 모두 깎여 버린 채 노쇠해 죽기 직전의 눈을 하고 있었다.

"입원한 사람은 수십 명이 아니에요. 병원 네 곳에 200명이 넘었죠."

오스트로프스키의 목소리가 커졌다. 영양실조만이 아니라 폐렴, 피부염, 설사를 앓는 병사도 있었다.

장교들이 통조림을 비롯한 식료품을 조직적으로 빼돌렸다. 그 탓에 군대 식탁의 내용물이 형편없어졌다.

상급 병사들이 앞다퉈 영양가 있는 음식을 먹으니, 신병들은 굶주리고 쓰레기통까지 뒤지게 되었다.

"원래 있던 데도브시나, 즉 폭력은 불법 유출에 따른 식량 부족으로 이상할 정도로 심각해졌습니다. 군 내부의 복합적인 악행으로 그렇게 됐죠."

전쟁 중도 아닌데 말입니다, 하고 그가 한숨을 내쉬었다. 신병에게는 식사 시간을 5분만 주는 데도브시나까지 있었다고 한다.

3

오스트로프스키는 네 대째 담배에 불을 붙이면서 말을 이었다.

"신병에게 음식을 안 줄 뿐만 아니라, 쇠약해진 병사에게 중노동을 시키는 데도브시나까지 있었어요."

난방용 석탄을 배에서 내리는 일이다. 꽁꽁 얼어붙은 석탄 해체 작업. 죽은 병사 네 명 중 한 명은 그 중노동으로 죽었다고 한다.

군 당국의 설명은 어떻게 된 것일까?

"비밀주의죠. 최소한의 정보밖에 내놓지 않아요."

러시아 전역에서 1992년에 식자재가 부족했기 때문에, 신병들은 입대 전부터 건강에 문제가 있었다는 변명도 했다고 한다.

"그럼 러시아 부대 전체에서 병에 걸리거나 죽은 병사가 속출했겠죠."

오스트로프스키는 반박했다.

"그런 게 아니에요. 루스키 섬의 부대가 특히 부패한 겁니다."

사람들의 눈에 잘 띄지 않게 멀리 떨어진 곳에서는 비슷한 사건이 또 일어날 것이다. 콧수염을 기른 이 기자는 처음부터 끝까지 냉철하게 말했다. 적은 급료를 받지만 갈색 눈이 반짝반짝 빛나는 남자. 오랜만에 보는 기개 넘치는 동업자다.

지역신문철을 조사했다. 신병이 입원한 병원의 간호사가 증언했다는 기사를 찾았다.

"병사들이 병원의 비누를 먹어 버리는 거예요."

체력이 회복되어 부대로 다시 가는 것이 무서웠기 때문이다. 간호사들은 한때 병사들이 병원의 비누를 못 보게 숨겨 놓았다고 한다.
이름이 코소라보프고 키가 192센티미터나 되는 남자도 증언했다. 입대 전에 체중이 83킬로그램이던 사람이 17킬로그램이나 빠져서 폐렴에 걸렸다. 아침에는 카샤라고 하는 보리죽에 빵과 차, 점심은 묽고 맛없는 수프 발란다와 주요리로 감자에 오이, 저녁은 또 카샤에 빵……. 이것이 전형적인 신병의 메뉴였다고 한다.
사건이 발생한 뒤 문제의 부대로 급히 가서 직접 하급 병사의 식사를 맛본 프와토프 함대 사령관의 발언이 신문에 실렸다.
"주요리는 틀림없이 맛있었다. 수프는 약간 묽었다."
그는 나중에 경질되었다. 부대 측은 식사를 바꿔서 내놓았을 것이다. 내가 얼마 전 해병대 신병들과 먹은 영양 넘치는 점심 식사, 그건 '진짜'였을까? 모든 것이 의심스러워졌다.
황폐한 군대에서 벌어진 미필적 고의의 '음식 살인'. 이것이 내가 내린 영양실조 사망 사건의 결론이다. 하지만 사태가 해결되었을까?

15분만이라는 조건으로 체레브코프 블라디보스토크 시장을 만날 수 있었다. 그는 태평양 함대 잠수함 부대의 대좌로 이 사건의 조사를 맡은 적이 있다. 적갈색 테두리의 돋보기안경을 쓴 왠지 음침한 느낌이 드는 사람이다.
"사태는 거의 나아졌지만, 아직도 데도브시나의 피해자들이 내게 호소하러 옵니다."

며칠 전에도 '금속 상자'(영창을 말하는 건가?)에 사흘 동안 구금되어 호흡 장애를 일으킨 병사가 들이닥쳐 하소연했다고 시장은 말한다.

"군에는 공산당 시절의 구조가 아직 남아 있어요. 능력이 아니라 당에 충실한지 여부로 장교를 임명하고 해임했죠. 지식인은 군에서 축출되고 장교의 질이 지적으로나 도덕적으로 눈에 띄게 나빠졌어요. 그 때문에 부대가 마치 교도소나 폭력 조직처럼 되어 버렸어요."

병사가 죽은 루스키 섬의 두 교육 훈련 부대 장교 중 체포되거나 면직된 사람이 15명이다. 또 20명을 조사하고 있다고 한다. 하지만 시장은 군대가 자정 능력을 잃었다고 말한다.

"군이 군을 재판할 수 없어요. 서로서로 감싸 주고 있으니까요."

지금은 사건의 철저한 규명은커녕 사건에 연루되어 강등된 고관들의 명예 회복에 관한 움직임까지 일고 있다고 시장이 말했다.

해병 사단이 '축제'를 한다고 연락해 왔다.

무슨 축제인지 물으니, '러시아 해병대 탄생 288주년'(11월 16일)이라고 한다. 어이가 없지만 표트르 대제 시대부터 계산한 것이었다. 소련군의 색을 철저히 없애기 위한 '역사적 발상'이라고 할 수밖에 없다.

그날이 러시아혁명 이후 첫 축제라고 해서 가 봤지만, 장군의 인사말에는 넣기 어려웠는지 '왜 288주년인지'에 대한 언급이 없었다.

장갑차가 모의탄을 발사하고, 백병전이나 격투 시범 등을 해 보였다.

전문가는 아니지만 미군이나 중국 인민해방군, 베트남군 등의 모습을 조금이나마 들여다본 내가 보기에는 솔직히 병사들의 사기와 숙련도도 느껴지지 않았다. 게다가 사단 행사인데도 썰렁할 만큼 사람이 없다. 장병의 숫자가 얼마냐고 물었더니, '기밀'이라고 딱 잘라 말했다. 병사의 수가 정말 부족한지도 모르겠다.

관람석에서 멍하니 시범 격투를 지켜보는 신병에게 말을 걸었는데, 상관이 옆에 없으니 불만이 술술 흘러나왔다.

우랄 지방 출신 신병 알렉세이는 "수프 안의 고기가 항상 통조림 고기라서 맛이 없어요. 구운 고기를 먹고 싶어요." 하고 속마음을 털어놓았다. 그러더니 병가 제대를 하려고 요오드팅크를 먹은 신병, 데도브시나 때문에 자살한 사람도 있다고 들었다는 등 갖가지 '소문'을 줄줄 쏟아 냈다.

사단의 인사를 맡은 알료신 중좌에게 신병에게 어떤 교육을 하는지 물으니, 마르크스 레닌주의 교육은 1991년 쿠데타 미수 사건을 계기로 그만두었다며 마치 낡은 라디오를 버린 것처럼 말한다. 지금은 법률과 역사를 가르친다고 한다. 군용품의 불법 유출이 빈발하든 표트르 대제의 역사적 의미가 있든, 신병의 마음을 잡기란 무척 어렵겠다는 생각이 들었다. 싸워야 할 적이 자기편에 있으니.

블라디보스토크를 떠나야 할 날이 다가왔다.

군 검찰국이 최근 군량 불법 유출 사건 22건을 적발했다는 소식을 들었다. 이것으로 나아질 것 같은지 물었더니, 군악대에 있었다는 택시 운전사가 흥 하고 코웃음을 쳤다.

"지금도 고기 통조림이나 설탕, 가솔린 같은 군용품을 시가보다 30퍼센트 싸게 살 수 있어요. 나도 열흘 전에 고기 통조림을 샀어요. 돈을 내도 되지만, 보드카와 맞바꾸는 방법도 있죠. 군용 트럭에 물품을 실어서 팔러 오는 놈들도 있으니까……."

그럼 어딘가에서 또다시 신병에게 '음식의 재앙'이 일어나겠지, 데도브시나라는 형태로.

불가사의한 나라다. 고개를 들이밀면 들이밀수록 바닥이 보이지 않는 부패의 진상이 보인다. 일찍이 '정의'라고 불리던 것이 티끌처럼 부서지고, 지금은 상식이 '악'과 같다고 여겨질 정도로 모든 것이 일그러져 있다.

취재 마지막 날, 러시아 TV 방송 지국의 사무실에 총탄 한 발이 박혔다. 사무실은 내가 날마다 찾아가던 번화가의 건물에 있었다. 마피아의 짓일 거라고 한다. 군 안팎에 악이 만연해 있다.

이날 엄청난 눈보라가 몰아쳤다. 신병 네 명이 죽은 훈련 기지의 섬 그림자가 희고 어렴풋하게 흔들리다가 사라졌다.

러시아

첼로를 켜는 소녀

처음에는 소녀의 의도를 헤아리기 어려웠다.
그 소녀는 모스크바 아르바트 거리의 눈길 한복판에서 어린이용 첼로를 켠다. 단조로운 롬베르크의 소나타나 모차르트의 자장가가 땅거미를 흔들고 있다.
천식에 걸린 제설차 소리 같은 잡음이 섞이고 가끔 음정이 고르지 못한 것은 추위로 손가락이 곱은 탓도 있겠지만 실력이 좋지 않기 때문이기도 하다. 그래서 마음이 더 애달팠던지, 지나가는 사람들이 악기 앞의 검은색 종이봉투에 돈을 얼마씩 넣어 주고 간다.
꼬깃꼬깃한 루블 지폐가 바람에 날려 봉투 입구에 걸린다. 그러면 소녀는 곧바로 능수능란하게 활을 움직여 지폐를 휙 휘감듯이 봉투 속으로 다시 떨어뜨려 놓는다. 그래서 나는 소녀가 돈을 목적으로 하는 거리의 악사라고 알아차린다.
하지만 여전히 이해되지 않는다. 실력이 너무 형편없기 때문이다. 첼로는 단지 눈과 귀를 끄는 소도구고, 찬바람 속에서 연주하는 모습으로 동정을 살 뿐이라는 생각도 들었다.
허울 좋은 거지가 아닌가! 어느 괘씸한 작자가 소녀에게 이런 일을 시키는 것이 틀림없다.
500루블을 종이봉투에 넣어 주면서 물었다. 왜 첼로를 켜니?
"약을 사려고요. 여동생이 아파서요."
갸름하고 야윈 얼굴의 소녀가 하는 대답이 녹음테이프에서 흘러나오는 말 같다. 그때 바로 근처에 있는 바흐탄고프 극장 기둥 뒤쪽의 그림자 속에서 중년 여자가 나를 날카롭게 쏘아보았다. 거리는 10미터쯤 되었다. 둘 사이에 긴장의 끈이 생겼다. 끈 한쪽 끝에 있던 내가 걸어가서 물었다. 어머니십니까?
번쩍거리는 눈이 큰 여자였다.
날이 추운데도 무척 얇은 외투를 입고 있었다. 값을 매기는 듯한 눈으로 나를 노려보며 주위를 살피더니 첼로를 켜는 소녀의 엄마라고 단번에 인정했다. 소녀의 여동생인 듯한 갈색 눈의 소녀를 데리고 있다. 콧물을 흘리지만 병에 걸려 보이지는 않았다. 그러니까 조금 전 첼로 켜는 소녀가 한 말은 거짓말이었다. 아니, 크고 번들거리는 눈을 가진 엄마가 그렇게 말하라고 시킨 것이다.

모녀가 가 버린 아르바트 거리를 하레 크리슈나, 즉 힌두교의 크리슈나를 숭배하는 사람들이 춤추며 걸어갔다. 그다음에는 머리를 박박 깎은 (일본 불교) 니치렌종계 러시아인들이 북을 둥둥 치며 지나갔다.

시의 북동부 메이데이 거리에 있는 집합 주택에 사는 모녀를 방문한 이유는 나도 확실히 알 수 없다. 처음부터 약아빠진 엄마가 혐오스러웠지만 마음에 걸리는 것이 있었다. 왜 마음이 병들어 갔을까?
문이 열리자 꼬끼오 하고 요란한 울음소리가 났다. 부엌 하나에 방 셋인 아파트에서 닭을 키우고 있었다. 냄새가 코를 찔렀다. 개도 있고 사랑새도 있었다.
"자연하고 일체가 된 생활이에요."
엄마 타티아나가 말했다. 첼로를 켜는 소녀는 알료나, 열서너 살쯤으로 생각했는데 열 살밖에 안 됐다. 여동생은 올랴라고 했다.
이상하게도 엄마는 성격이 밝은데, 자매는 칙칙한 피부에 어두운 눈동자가 박혀 있었다.
딸아이에게 왜 구걸을 시키는지 물었다.
1987년부터 별거 중인 남편이 보내 주는 돈만으로는 생활할 수 없기 때문이라고 타티아나가 대답했다.
"나도 일을 찾고 있지만 구할 수가 없어요."
전자회사 공장의 기사인 남편 이고르는 마더 콤플렉스가 있다. 그래서 타티아나는 시어머니와 사이가 나쁘다. 별거의 주된 이유 같다. 시어머니와 사는 남편 이고르도 아마 할 말은 있을 것이다.

타티아나와 올랴는 토끼띠, 알료나는 돼지띠, 남편은 양띠다.

"토끼 · 돼지 · 양띠는 잘 맞는데, 여기 소띠(시어머니)가 들어오면 안 돼요."

타티아나는 점괘에 신경을 많이 썼다.

생활비에 대해 묻자, 엄마가 아니라 첼로를 켜는 소녀가 대답했다. 집세가 900루블, 수도 요금이 937루블, 전화 요금이 300루블이다.

"전화는 다음 달부터 800루블이 돼요."

열 살짜리 소녀가 미간에 세로 주름을 지었다.

12월 선거 때 누구에게 투표했냐고 타티아나에게 물었더니 바로 대답했다.

"(극우 민족주의자인) 지리노프스키예요. 2년 뒤에는 냉장고를 고기로 가득 채워 주겠다고 했거든요. 전에는 옐친을 좋아했는데 대통령으로는 너무 엉망이에요."

이고르도 옐친도 양띠다. 남편은 엄마에게 기대고, 옐친은 미국에 기댔다. 둘 다 쓸모없는 남자라고 말한다. 우스운 논리지만, 파시즘이 의외로 가벼운 동기에 기대어 유지되기도 한다.

"러시아인의 위대함을 다시 상기시켜야 해요."

타티아나는 딱히 누구에게랄 것도 없이 말했다.

볼쇼이 극장 앞 광장에서 지리노프스키의 연설을 들은 적이 있다. 극우파 지도자는 무서울 만큼 단순한 논리와 농담으로 부자나 인텔리가 아닌 가난한 자들을 웃게 하고 기쁘게 만들었다. 듣기에 따라서는 혁명기의 공산당 집회 같았다. 그 무리에 타티아나도 큰 눈을 번쩍거리고 있었을 것이다.

모녀의 저녁 식사가 시작되었다.
메뉴는 흑빵에 꿀과 따뜻한 물이 전부였다. "수요일과 금요일에는 고기를 먹지 않아요." 하고 엄마가 말했다. 요가 교실에 다니기 시작했는데, 고기와 탄수화물은 함께 먹지 않는 것이 좋다고 가르쳐 주었다고 한다.
고기는 화요일과 목요일에, 생선은 월요일에만 먹는다. 수요일과 금요일은 빵에 카샤, 비스킷, 꿀, 홍차다. 그리고 토요일에는 모녀가 함께 단식을 한다고 한다.
제멋대로인 엄마라는 생각이 들었다. 아이들한테는 달갑잖은 배려 아닌가!
"위가 깨끗해져요."
엄마는 지리노프스키처럼 자신만만하게 말하고, 애들은 몽유병에라도 걸린 것처럼 퍽퍽한 빵을 먹는다.
거실에 옴진리교(일본의 신흥 종교 단체로 1995년 도쿄의 지하철에서 독가스 살포 테러를 일으켜 유명해졌다.—옮긴이) 소책자가 있었다.
"아사하라 쇼코(麻原彰晃) 교주한테 흥미가 있어요."
흑빵을 입에 문 타티아나가 지리노프스키를 칭찬했을 때와 같은 말투로 말했다. 대체로 세기말 러시아에는 '초인'을 축하하며 기다리는 분위기가 있다.

딸에게 첼로를 켜게 해서 돈 받는 것을 별거 중인 남편이 알고 있는지 타티아나에게 물었다.

"물론 비밀이죠. 알면 보내 주는 돈을 줄일 게 틀림없으니까요."

모질다고 해야 할까, 무신경하다고 해야 할까? 하지만 이 엄마는 그다지 우울해 보이지 않았다. 거리에서 '연주'하게 하는 것은 1주일에 두 번뿐이지만, 한 시간에 3000루블이나 벌 때도 있다고 부끄러움 없이 말한다.

남편이 돌아오면 좋겠다고 생각하는지를 물었다.

"시어머니가 살아 있는 한 싫어요. 이고르를 완전히 조종하고 있으니까요."

첼로를 켜는 소녀는 엄마가 화장실로 간 틈을 타서 엄마보다 나이 들어 보이는 표정으로 중얼거렸다.

"생활비 때문에 밖에서 연주하는 건 괜찮아요."

그러고 나서 바로 "하지만……." 하고 머뭇머뭇하더니 아이의 얼굴로 돌아왔다.

"손이 시려요. 손가락이 딱딱해져요. 친구들이 보는 것도 싫고요."

다시 타티아나의 집을 방문했을 때, 첼로 켜는 소녀와 그 여동생이 검은 구스베리 잼을 다 먹고 그 접시를 납작한 혀로 날름날름 핥고 있었다. “남편은 찰흙 같은 남자예요. 어떤 모습으로도 자신을 바꿀 수 있어요. 언제나 남 보기에 좋은 얼굴을 하죠.” 엄마는 마구 욕설을 퍼부었다.

눈이 오는 날, 볼쇼이 극장 앞에서 첼로를 켜는 알료나를 보았다.
또 음정이 엇나간 롬베르크의 소나타 E단조. 그것이 끝나면 모차르트의 자장가. 첼로 앞에 검은 종이봉투가 입을 벌리고 있다.
첼로를 켜는 소녀는 화려하고 웅장한 극장의 네 번째와 다섯 번째 기둥 사이에 있다. 엄마는 일곱 번째 돌기둥 뒤 그림자에 가려져 있다. 소녀의 등 뒤로 호텔과 가로수가 아름다운 설경을 이루고 있다. 소녀의 어깨에 눈이 쌓인다. 아무도 돈을 넣지 않는다. 활을 쥔 소녀의 손이 빨개졌다.
소녀의 집은 그날, 고기가 없는 날이라는 생각이 불쑥 내 머릿속에 떠올랐다.

러시아

아름다운 바람이 부는 섬에서

모스크바에서 예비 조사를 하고 있을 때 만난 러시아인 통역은 결코 실력이 좋다고 할 수 없었다. 그가 말했다. "이투루프 섬 사람들은 파포로트니크도 로푸흐도 먹는다고 해요."

파포로트니크, 로푸흐. 마치 숲속의 장난꾸러기 요정 이름 같지 않은가? 파포로트니크는 고사리다. 러시아의 극동 지방 일대에서 고사리를 먹는다는 사실은 이미 알고 있었다.

그런데 '로푸흐'는 뭘까?

"우, 우엉이네요."

소비에트 인사이클로피디아 출판사에서 1964년에 펴낸 『러일 사전』을 보면서 통역이 딱 잘라 말했다. 설마 하고 생각했다. 하지만 사전에는 분명히 '우엉'이라고 퉁명스러운 느낌으로 쓰여 있다. 다른 사전을 봐도 로푸흐는 우엉이다. 의심할 근거는 없다. 문제는 정말로 그것을 먹고 있는가 하는 것이다.

(헤이안시대 초기라는 설이 유력한데) 옛날에 생약으로 중국 대륙에서 일본으로 전해진 우엉. 나는 잘게 썰고 간장에 조려 긴피라로 만들어 먹는 걸 가장 좋아하지만, 세상 대부분의 백인에게는 그저 못생긴 '뿌리'일 뿐이다.

그 증거로, 2차세계대전 중 포로로 잡힌 미국인에게 우엉을 먹인 것이 포로 학대로 인정되어 사형당한 일본 군인이 있다고 들었다. 그런 우엉을 이투루프 섬의 러시아인들이 먹고 있다면 그 섬이 '일본 영토'였다는 것을 음식이 뒷받침하는지도 모른다.

"로푸흐." 살짝 맥 빠진 듯하게 한번 발음해 본 뒤 나는 결정했다.

1

비자 없이 바다를 건넌다고는 해도 모스크바에서 여름날이 아닌 겨울에 그 섬을 왕복하기란 대기권 바깥을 여행하는 것만큼 힘들다는 것을 온몸으로 절절히 느꼈다.

러시아 항공사 아에로플로트가 예고도 없이 정기 운항을 줄이는 바람에 공항에 출입하고 세 번 만에야 겨우 출발해 유지노사할린스크를 경유하고 이투루프 섬의 부레베스트니크 공항에 도착하기까지 사흘이 걸렸다.

그리고 공항에서 다시 대형 트럭의 짐칸 부분에 버스 객실을 통째로 갖다 붙인, 흔히 말하는 트럭 버스를 타고 물보라를 맞으며 바닷가를 달려 다리가 없는 작은 강을 건넜다. 기우뚱거리고, 튀어 오르고, 숨을 헐떡이면서 진흙 길의 산기슭을 오르내렸다. 포장된 도로는 단 한 군데도 없었다. 덜컹덜컹, 털썩털썩. 그렇게 한 시간 40분을 달려 인구 2700명으로 섬에서 가장 큰 마을인 쿠릴리스크에 도착했을 때는 틀니마저 빠지려던 참이었다.

차에서 내려 발을 디딘 그곳의 풍경은 왠지 처량했다.

전에는 파란색과 녹색 페인트가 칠해져 있었을 목조 주택들은 바닷바람으로 색이 바랬지만, 기분 탓인지 온통 흑백이나 세피아로 보였다. 게다가 철썩철썩 부딪히는 거센 파도 소리, 갓난아기가 우는 듯한 갈매기 울음소리, 바람에 삐걱거리는 썩은 널빤지가 있었고, 옷깃을 세우자 유리구슬만 한 우박이 떨어졌다.

마을에 딱 하나 있는 '호텔'이라는 이름이 붙은 곳에 묵기로 한 것은 취소했다. 우엉을 찾으려면 민박을 하는 편이 좋다. 오호츠크 해가 멀리 내다보이는 높은 곳에 자리 잡은 오스킨 가(家)에서 신세를 지기로 했다.

마흔다섯 살이라는 주인 빅토르는 웃을 때 푹 꺼진 눈 주위로 주름이 수도 없이 생기는 말수 적고 부지런한 사람으로, 섬의 통신 시설에서 일한다. 그보다 한 살 위라는 쾌활한 아내 나탈리아를 보자마자 내가 물었다. 다들 로푸흐를 먹습니까?

그녀는 얼굴색도 변하지 않고 대답했다.

"물론이죠. 이 섬에서는 먹을 수 있는 건 뭐든지 먹어요. 살기 위해서요."

만세, 로푸흐!

이렇게 싱겁게 찾으리라고는 생각지도 못했다. 남은 일은 실물을 확인하고 맛을 본 다음 우엉을 먹게 된 유래를 물어보는 것이다. (오래 전 섬에 살던 일본인이 먹는 법을 가르쳐 주지 않았을까 하고 제멋대로 추측해 보았다.) 그래서 좀 늦은 감이 있는 점심 식사를 기다렸다.

우엉은 나오지 않고 이 집 텃밭에서 키운 비트가 들어 있는 보르시(월계수 잎을 넣은 향긋한 수프), 접시 가득 담긴 소금에 절인 연어 알, 역시 텃밭에서 딴 애호박을 튀겨서 조린 요리, 크림소스 소고기 찜과 네스카페가 차려졌다.

"어, 로푸흐는요?" 하고 말하려다가 그만두었다. 첫날부터 무례해 보이겠다는 생각이 들었다. 게다가 한 알 한 알 탱탱하고 오렌지색으로 반짝반짝 윤기가 도는 연어알을 씹으니 톡 쏘지 않고 달지도 않은 맛있는 즙이 혀를 건드리면서 주르륵 흘러나와 우엉 따위는 잠시 잊어버렸다.

소고기 말고는 평소 점심 식사와 다르지 않다고 한다. '자급률'이 대단하다. 감자, 당근, 토마토, 파 등 모든 채소가 텃밭이나 온실에서 키운 작물이라고 한다.

빅토르는 1959년부터 이투루프 섬에 살고 있으며 나탈리아는 1968년에 우랄 지방에서 간호사로 파견되었다고 하니, 이 땅의 맛이라면 속속들이 아는 데다 텃밭 가꾸기에도 오랜 세월 갈고닦은 솜씨를 볼 수 있다. 가게에서 파는 채소 값이 모스크바에 비해 두세 배 비싸다는 것도 자력갱생에 박차를 가하는 듯하다.

어떤 비료를 쓰냐는 내 질문에 빅토르가 작은 소리로 중얼거리자, 통역이 큰 소리로 옮겨 주었다.

"대변하고 소변하고 다시마예요."

눈앞의 요리들이 훌륭한 유기비료의 산물임이 판명되었다.

우엉이 있지 않을까 해서 텃밭에 나가 보니, 키가 작고 얼굴색이 칙칙한 청년이 바닷가에서 주워 온 듯한 다시마를 들고 서 있었다. 무척 어두운 눈이었다. 그를 본 빅토르의 얼굴이 갑자기 굳어지더니 저리 가라며 손으로 떨치는 시늉을 한다. 마치 개한테 하듯. 젊은 남자는 아무 말 없이 고개를 숙이고 집 뒤로 사라졌다.

나중에 나탈리아에게 물어보니 불길한 일이라도 털어놓듯 말했다.

"큰딸 발레리아의 남편인데, 세르비아인이에요. 유고슬라비아에서 살다가 전쟁이 터지니까 탈출해서 발레리아를 따라 여기로 들어왔어요."

행복해 보이는 이 집안에서 그 젊은 남자만큼은 손님에게 보여 주고 싶지 않은 '그림자'인 모양이다.

그날 밤, 복도 건너편에서 세르비아인이 중얼거리는 소리와 발레리아가 훌쩍거리며 우는 소리가 들렸다. 이 집에서는 눈치가 보여 주눅이 든다고 세르비아인 남편이 아내에게 화풀이하고, 아내는 어쩔 도리가 없다며 울 수밖에 없나 보다 하고 상상했다.

이튿날. 우엉은 아직 식탁에 오르지 않았다. 텃밭과 온실에도 없었다. 결국 나는 부탁했다. 로푸흐를 먹고 싶다고. 그런데 나탈리아가 쓴웃음을 지으며 변명했다.

"미안해요. 지금은 다 떨어졌어요."

불안해졌다. 섬의 우엉을 다 먹어 버렸을까? 우엉을 찾아서 휭휭 바람이 휘몰아치는 마을로 왔다. 로푸흐, 로푸흐 하고 중얼거리면서.

가장 번화한 곳이 소비에츠카야 거리라는 말을 듣고 가 보니, 꽁꽁 얼어붙은 진흙 길 양옆으로 겨울잠에 빠진 듯한 점포 세 개에 조금 세련된 박공지붕이 눈에 띄는 식당 겸 디스코장이 있을 뿐이었다.

인적도 없는 버스 정류장에서 터질 듯이 옷을 껴입은 엄마와 아들이 노란색과 하얀색 국화를 팔고 있었다. 한 송이, 두 송이 줄기가 바람에 꺾이고 그 바람에 그 둘도 그만 뒷걸음질을 친다. 나도 덩달아 뒷걸음질 치며 매실로 착각한 작은 사과를 파는 식품점에 뛰어 들어갔다.

그곳에서 로푸흐가 있는지 물어보았다. 그랬더니 문으로 드나들 수나 있을까 싶을 만큼 엉덩이가 큰 아주머니가 깔깔거리며 웃었다.

"이봐요, 로푸흐는 파는 게 아니에요. 산에서 캐 와요."

아아, 자생하는구나. 산우엉인가?

밖으로 나오니 또다시 모든 것을 쓰러뜨려 버릴 만큼 세찬 바람이 불었다. 기운이 빠졌다. 이런 바람이 부는 섬에서 용케 사람이 사는구나, 하고 혀를 찼다. "로푸흐." 하고 한숨을 쉬며 말하자 그 말이 바람에 휩쓸려 사라져 버렸다.

2

'공중목욕탕'을 발견했다.

계산대에 여성이 앉아 있지만 욕조는 없다. 사우나와 샤워 시설뿐이다. 그래도 세상 돌아가는 이야기로 꽃을 피우는 사교장이고 대중탕의 정취가 있다.

남자들이 몸에서 더운 김을 뭉게뭉게 피워 올리며 이야기하고 있다.

"올해 고기잡이는 최악이었어. 연어도, 대구도 다 망했어."

"건설 투자도 끊어지고 일도 없고……."

"곰처럼 겨울잠이나 자야지."

지독한 불경기다. 집에서 담근 월귤주, 벌꿀주, 허브주를 탈의장에서 벌컥벌컥 병째 들이켜더니 다시 사우나로 들어간다.

틀니를 한 할아버지가 앞도 가리지 않고 내게 술을 권하면서 말을 걸었다.

"옛날에 섬에 온 지 얼마 안 됐을 때는 꼬리가 둥근 일본 고양이가 엄청 많았어."

익살을 부리며 내 엉덩이를 엿보려고 하는 할아버지에게 로푸흐에 대해 물어보았다.

"집으로 불러서 대접하고 싶은데, 그건 여름철 음식이라……."

채소가 부족해서 저장한 것도 다 먹어 버렸다고 한다.

잃어버린 물건이 있으면 경찰서로 가라는 말이 있어서, 나는 다음 날 파도 치는 바닷가에 목조로 지어진 경찰서에 가 보았다.

우랄 지방 출신이고 체중이 125킬로그램이라는 거구의 나차토이 서장은 자기 고향에서 (밀가루 반죽 피로 싸서) 만드는 피로시키가 얼마나 크고 맛있는지를 설명하는 데 온 정열을 바쳤지만 로푸호는 입에 담지도 않았다.

생각다 못한 내가 유치장에서 식사하는 것을 부탁해 보았는데, 물론 로푸호를 찾으려는 속셈이었다. '냄새나는 밥'으로 불리는 교도소 밥에 혹시 우엉 조각이 나온다면 대발견이 아닐까 하고, 지금 생각하면 정말 바보 같은 기대를 한 것이다.

사람이 정말 좋은 그 서장은 식사 전에 유치장에 있는 '섬의 악당'이라도 보지 않겠냐며 다섯 칸밖에 없는 유치장의 철문을 열어 보여 주었다. 갇힌 사람은 절도 용의자를 포함해 젊은이 네 명뿐이었다. 유치장에서 느긋하게 미국 담배 같은 것을 피우고 있던 그들의 눈매를 보니 모스크바나 블라디보스토크의 악당에 비하면 귀엽다는 생각까지 들었다.

"살인 같은 건 없죠?" 하고 은근슬쩍 물어보니, '1991년에 두 건 있었을 뿐'이라고 서장이 말했다.

"두 건 다 불륜이 원인이었지."
갈매기와 바람이 우는 소리 말고는 온통 잠든 듯한 이 섬에도 불륜의 사랑이 있고, 온몸을 불태우는 질투가 있구나.
비어 있는 감방의 마룻바닥에서 기다리고 있으니, 서장이 "자네도 참 유별나군." 하고 중얼거리면서 직접 피의자용 식사를 가져다주었다. 면이 들어 있는 수프에 카샤와 중국제 소고기 통조림이었다.
수프와 카샤를 뒤적여 보았지만 역시 우엉은 없었다. 알전구 밑에서 책상다리를 하고 앉아 식어서 맛이 연해진 카샤를 먹고 있는데, 철썩 철썩 하는 소리가 등을 씻어 내린다. 벽 바로 너머가 정신이 아득해질 만큼 쓸쓸한 오호츠크의 거친 파도였다. 등 뒤의 파도 소리만으로도 충분히 벌을 받는 듯한 느낌이 들었다. 지은 죄를 모조리 고백하고 싶어질 만큼 쓸쓸했다.

그다음 날에도 우엉을 찾아 얼어붙은 마을을 헤매고 다녔다.
금발 소년이 식빵을 끌어안고 그 빵으로 몸을 녹이면서 바람을 거슬러 비틀비틀 걸어오고 있다. 근처 빵 공장에서 산 갓 구운 빵이다.
창살에 바른 비닐이 바람에 펄럭펄럭 소리를 내는 그 빵 공장 옆에는 '아르군'이라는 식당이 있었다.
추운 데다 달콤한 빵 냄새에 허기진 배에서 소리가 나는 바람에 '아르군'으로 들어간다는 것이 뒷문으로 들어가 버렸다. 어두침침하고 화장실 냄새가 나는 통로에 법랑이 벗겨진 욕조가 있고 장어처럼 가늘고

긴 자주색 식물이 소금물에 둥둥 떠 있었다. 건져 보니 엄청나게 큰 머위였다.

그런데 여종업원에게 뭐냐고 물어보니, 쌀쌀맞은 목소리로 이렇게 말하는 것이 아닌가!

"로푸흐요."

뭐? 그럼 로, 로푸흐가 머위였나? '우엉'이라고 말하지 않았냐고 통역을 쏘아보니, 그는 갑자기 유창해진 일본어로 마치 예전 소련 관료처럼 강하게 변명했다.

"사전에는 우엉이라고 나와 있어요. 그리고 난 우엉도, 머위도 본 적이 없어요. 아, 맞다. 그땐 말하지 못했는데 로푸흐는 세간에서 쓰는 말로 '멍청이'라는 뜻도 있어요."

나와 로푸흐를 비교하며 웃는 것이다. "로푸흐!" 하고 나는 쥐어짜는 소리를 낼 수밖에 없었다.

하지만 로푸흐가 우엉이 아니고 머위라고 한들 뭐가 나쁘겠나?

둘 다 국화과에 속하는 일본의 전통 식품이고 오히려 머위 쪽이 한층 정취가 있다. 이렇게 마음을 고쳐먹고 식탁 앞에 앉았다. 좀 전에 본 여종업원이 "전채는 노빈카(새로운) 샐러드밖에 없어요." 하고 가져온 그것. 볶았기 때문인지 무참히 갈색으로 변해 버리긴 했지만, 아아, 그리운 머위 요리였다.

파포로트니크나 머위로 만든 샐러드를 이투루프에서는 '새로운 샐러드'라고 부른다.

러시아의 전통 요리가 아니고 어떤 사정 때문에 먹는다고 하는데, 왠지 오래전 일본의 '대용식'을 먹는 듯 애처로운 느낌이 있다.

하지만 이투루프에서 처음 먹은 머위 볶음은 정취는 살짝 떨어져도 나쁘지 않았다. 해바라기씨유, 마늘, 고추에 버무린 굵직한 줄기 깊숙이 희미하지만 아직 여름 향기가 감돌며 사라질 듯이 입속에 와 닿는다. 옆을 보니 하늘을 찌를 듯 거대한 몸집의 부인도 포크로 로푸흐를 덥석덥석 집어 입에 넣으며 마구 씹어 먹고 있었다. 바깥은 가랑눈이 섞인 바람이 불었다.

로푸흐가 머위라는 사실을 이렇게 직접 확인한 나는 1948년부터 이투루프 섬에 살고 있는 일흔네 살의 바혼코브 할머니를 만났다. 무척 가난해 보이는 이분에게 '머위'의 유래를 물어보았다.

머리칼이 새하얀 이 할머니의 말로는, 원래 러시아인들은 로푸흐도 다시마도 호수의 작은 새우도 안 먹었다고 한다.

"섬에 있던 일본 사람한테 배웠지. 대구에서 기름을 뽑아내는 것도. 일본 사람은 로푸흐를 좋아해서 그걸 넣은 빵도 만들었어."

어느새 그녀도 머위를 좋아하게 됐지만 눈이 나빠진 뒤에는 채취하러 가지 못한다고 했다.

할머니의 말에 이투루프 섬 머위 요리의 기원이 일본인이라는 생각이 굳어지려던 참이었다. 로푸흐가 옛정을 자극했는지 할머니가 "아나코시 씨랑 사이토 씨는 지금쯤 뭘 하고 있을까?" 하고 눈을 씀벅거리며 연신 혼잣말을 중얼거린다. 아나코시 씨, 사이토 씨……. 할머니에게 머위의 기원 따위는 아무래도 좋은 것이었다.
이튿날 쿠릴리스크의 언덕을 오르다가 하이쿠가 새겨진 다이쇼 시대(1912~1926)의 비석을 보았다. 눈보라를 헤치고 간신히 읽었다.

꽃이 모두 활짝 피어 여름이 곁에 있다

머위의 계어(季語: 하이쿠에서 계절감을 나타내려고 넣는 말이다.—옮긴이)는 여름이다. 봄부터 머위 캘 날을 즐겁게 기다리고 있었을 것이다. 섬의 여름, 로푸흐 캐기. 지금은 러시아인들이 기다리고 있다.

3

어느 갠 날 아침, 민박집 주인 빅토르와 섬의 온천에 가기로 했다.
온천 여관은 있을 리 없다. 그저 산속 움푹 파인 땅에 뜨거운 물이 솟는 곳이라고 한다. 이투루프의 노천탕인가? 나쁘지 않다. 양동이에 세숫대야와 수건 그리고 음식을 조금 챙겨서 출발했다.
그런데 길이 좋지 않아서 빌려 왔다는 '자동차'를 보고 말문이 막혔다. 캐터필러가 달린 장갑 수송차였다. 옛 소련의 전차 공장이 벽지 개발용으로 만든 비전투 차량인데 꽤 오래돼 온통 녹이 나 있었다.
모토크로스 코스보다 100배는 더 지독할 것 같은 울퉁불퉁한 흙길을 엔진 소리도 요란하게 붕붕 부릉부릉 달려간다. 마치 전쟁 같다.

그런데 겨우 5킬로미터도 못 가 산길에서 캐터필러가 빠져 버렸다. 거기서부터 걸어가면 곰에게 당할 수도 있어서 온천에 가는 것은 단념했다. 장갑 수송차를 버려두고 걸어서 돌아오는 길에 어미와 새끼 곰의 발자국이 군데군데 보였다. 아직 살짝 온기가 보이는 발자국을 따라가니 그것이 나왔다. 겨울인데도 키만큼 자란 머위였다.
자주색으로 변하고 있었지만 아키타 머위 같았다.
"로푸흐!" 하고 소리 지르자, 빅토르가 무뚝뚝하게 말했다. "그건 딱딱해서 맛이 없어요. 여름에 나는 작은 게 좋아요. 부드럽고 향도 훨씬 좋아요."
꽤 잘 알고 있었다. 하지만 며칠 전 식당에서 먹은 것도 아키타 머위였던 것 같다.
얼룩조릿대 사이에서 머위가 한껏 자라 있었다. 잎에 남아 있던 어제 내린 눈을 혀에 올려놓았다. 맑다는 게 바로 이런 것이라는 생각이 들 정도로 입안을 아련하고 달콤하게 씻어 주며 위까지 싸늘한 물줄기를 만들어 냈다.
자작나무 숲이 하얗게 펼쳐진다. 본 적 없는 작은 새가 하늘을 가른다. 띄엄띄엄 꼬마전구처럼 붉은색으로 강하게 눈을 비추는 것은 마가목 열매인가? 눈 맛이 입에서 사라지기 전에 계곡으로 나왔다.
빅토르가 말없이 첨벙첨벙 물속으로 들어간다. 뭘 하려는 것일까? 이 남자는 어떤 행동을 하기 전에 일일이 설명하는 법이 없다.
빅토르가 오른손에 돌을 쥐고 있다. 그걸 수면으로 세차게 던진다. 물이 붉게 물든다. 물고기다. 물이 치솟을 정도로 온통 연어다.
연어의 콧등이 돌에 깨져서 더 날뛰는 바람에 은백색 배에서 붉은 염주 같은 알이 뚝뚝 흘러나온다. 물가의 갈매기가 아우성쳤다.
갓 잡은 연어 두 마리를 양손에 든 빅토르가 자작나무 숲으로 들어가 장작불을 피우기 시작한다. 뭘 하려는지 설명은 없다. 할 수 없이 나는 마른 자작나무 가지를 주워 모아 불기운을 돋웠다.
빅토르는 양동이에 담아 온 계곡물을 끓인다. 그리고 감자를 넣는다. 연어 머리를 던져 넣는다. 머리를 건지고는 몸통을 넣는다. 거기에 보드카를 붓고 회향, 타임, 후추를 넣을 즈음에는 더 기다리지 못하고 내 목이 꼴깍 소리를 냈다.
빅토르가 '섬의 우하(생선) 수프'라고 한 연어 몸통이 들어간 그것을 콧물을 훌쩍거리면서 세숫대야에 담아 먹었다. "바다 연어랑 달라서 맛은 안 좋아요." 하고 그는 겸손하게 말했지만, 생선과 물과 술과 양념이 야성의 맛으로 목에서 동시에 연주하니 솔직히 눈이 핑핑 돌아갈 정도로 맛있었다.
밀렵은 아닌지 물으니, 빅토르는 한 번 떠오른 웃음을 수염 속에 감추며 답을 피했다.
"내년에 마샤랑 와샤를 잡을 생각이에요. 이제 어쩔 수가 없어요."
집에서 돼지 두 마리를 키우는데, 사룟값이 비싸져서 햄으로 만든다는 것이다.
"빵을 줬는데, 이제 빵도 비싸니까."

가족이 돼지에게 먹이를 줄 만큼 음식을 남길 수 없으니 못 키우는 것이 당연하다. 도저히 방법이 없다. 그렇게 말하는 빅토르는 막 잡은 연어 알을 후루룩 먹는다. 하도 반짝거려서 루비를 씹는 것 같다.

계곡을 따라 돌아오는 길에 '반환하라! 북방 영토'라고 쓰인 일본어 스티커가 붙어 있는 차가 지나쳐 갔다. 어, 하고 돌아보니 러시아인이 콧노래를 부르며 운전하고 있었다. 그는 뜻도 모르는 스티커가 붙은 중고차를 샀을 뿐이다.

무슨 뜻인지 말해 주니, 빅토르가 금니를 번쩍이며 웃었다. 아내가 영토 반환을 찬성한다고 말하면 빅토르는 언제나 잠자코 듣기만 한다. 반대하지는 않는 듯하다.

한가롭다. 계속 이어지는 물소리는 강물 속에 넘쳐 나는 연어들이 서로 밀고 밀리며 복작거려서 나는 소리다. 산란을 마치고 곧 숨이 끊어질 듯한 연어를 갈매기가 떼 지어 날아다니며 노린다. 새들로 흐릿해진 하늘 건너편 이반뇌제 산에서 연기가 피어오르고 있다. 나는 로푸호를 잊었다.

찾으려고 할 때는 좀처럼 보이지 않던 것이 잊어버렸을 때는 불쑥 모습을 드러낸다.

로푸호가 잔뜩 나타난 것이다.

곰 사냥의 명인이라는 전기 기사 세르게이의 집에서였다. 옛날에 그 근처에서 아이누가 살았다는 호수로 오리 사냥을 함께 갔다 돌아오는 길에 식사 초대를 받았다. 이투루프 요리의 걸작인 연어 햄버거와 오리 스튜를 먹었는데, 전채로 파포로트니크와 함께 로푸호가 당당히 접시에 푸짐하게 담겨 등장했다.

"살짝 데쳐서 볶은 거예요."

마늘과 한국산 간장과 설탕도 들어갔다고, 안경을 쓴 부인 리마가 설명했다.

식당에서 먹은 것보다 부드럽고 일본에서 먹던 맛에 가깝다.

소금에 절인 로푸호를 볶은 것이다. 여름에 캔 머위를 두세 시간 정도 물에 담가 놓았다가 껍질을 벗긴다. 입구가 넓은 그릇에 담아 소금을 듬뿍 뿌리고 돌로 눌러 둔다. 그러면 떫은맛이 자연스럽게 빠진다고 리마가 가르쳐 주었다.

"이렇게 저장해 두고 먹을 때는 다시 물에 담가 소금기를 빼는 거예요."

'파포로트니크 2년, 로푸호 1년'이라고도 말했다. 소금 절임의 유통기한이라고 한다. 속속들이 알고 있기에 일본인이 가르쳐 주었냐고 물었더니, 아니, 잘사는 일본인들도 이런 걸 먹느냐고 묻는 듯한 표정을 지었다.

"그건 바로 이게 가르쳐 줬어요." 하고 보여 준 것은 소련 시절에 모스크바에서 발행된 '먹을 수 있는 야생초'라는 제목의 카드식 요리책이었다. 놀랍게도, 머위뿐만 아니라 고사리와 민들레를 조리하는 방법까지 사진과 함께 실려 있었다.

"줄기는 어린 게 좋아요. 길가에 있는 건 못 먹어요. 배기가스를 뒤집어썼으니."

오염되었다지만 일본에 비하면 배기가스가 아예 없는 것과 같다. 그런데도 리마는 보충 설명을 해 주었다.

머리가 숙여졌다. 알은체 한 것이 부끄러웠다.

하지만 이 책은 아무리 봐도 일본인이 내용을 가르쳐 준 것 같은데, 하는 민족의식과 뒤섞인 의구심이 솟았지만 더는 묻지 않기로 했다. 섬에 사는 사람은 살기 위해 하루하루의 음식을 고심해서 마련한다. 이치를 따지는 것보다 그것이 훨씬 더 중요할 뿐인 것이다. 수렵과 야생식물 채취에 능했던 선주민족, 아이누는 일본인이나 러시아인보다 더 다양하게 풀을 가려 먹지 않았을까? 물론 살기 위해서 말이다.

살갗이 투명할 정도로 하얀 열여섯 살짜리 외아들 비탈리가 우적우적 소리를 내며 머위와 고사리를 먹는다.

세르게이는 자신이 사냥한 곰의 털가죽을 쓰다듬고 있다. 200킬로그램이 넘었지. 수컷 고기는 맛이 없어. 월귤을 먹는 암곰은 송아지 못지않게 맛있지…….

비탈리가 가볍게 트림을 했다. 눈과 바람이 창을 두드린다.

그날 밤, 홋카이도 방송국의 라디오 프로그램에서 고바야시 아키라(小林旭)의 〈북귀행(北歸行)〉이 흘러나왔다. 고향 생각을 억누르며 아키라를 따라 노래를 부르고 나서 잠자리에 들었다.

눈보라 치는 날들이 이어졌다.

정기 여객 편은 내내 결항이었다. 바다표범이 헤엄치고 눈보라가 휘몰아치는 바다를 곁눈으로 보면서 사흘 동안 공항까지 왔다 갔다 했다. 결국 뒷돈을 주고 병사한 군인의 사체를 실은 공군 화물 수송기의 통로에 몰래 숨어 눈보라 속에서 간신히 날아올랐다.

기체가 흔들렸다. 무서웠다. 청회색 눈을 가진 여자가 울면서 십자를 긋고 있었다. 나도 떨면서 "로푸흐." 하고 말해 보았다. 아름다운 섬이었다.

우크라이나

금단의 숲

1

하늘이 무겁다. 내리누르는 듯하다.

그 아래의 납색 구조물 탓일까? 그 모습부터가 불길하다.

'석관'이라니, 참 멋들어지게 이름 붙였다. 고대이집트 이래 고귀한 자의 장례를 치를 때는 돌로 된 관을 썼다. 뚜껑의 기울기나 변형된 직육면체의 윤곽은 일본에서 5세기 무렵에 만들어진 석관과 비슷한 점도 있다.

하지만 높이가 70미터인 그 속에는 고귀한 자가 누워 있지 않다. 비극적이거나 어리석거나, 또는 둘 다 포함하고 있다.

1986년 4월에 사고가 발생한 뒤 어마어마한 방사성물질을 뿜어 올린 체르노빌 원자력발전소 4호기. 방사능 유출을 막기 위해 콘크리트 벽에 묻혀 있다.

이 부근은 공기도, 시간도 멎어 있다. 시선을 오른쪽으로 돌려 보았다. 역시 아무도 없는 잿빛 건물. 벽에는 사고 전에 붙인 표어가 지워지지 않고 남아 있다.

"제11차 5개년 계획을 위해 분투하자!"

가랑눈이 춤을 춘다. 고요하다.

여성 안내인 이네사는 쉴 새 없이 자기 이야기만 한다. 이곳으로 외국인을 여러 번 데려와서 이제 질렸다고 한다.

"남편은 나보다 열다섯 살이나 많아요."

"네, 열다섯 살이나요." 하고 흘려들으면서 대답하고 방사선 측정기의 스위치를 눌렀는데, 숫자가 단번에 15를 넘더니 계량 한도인 19.999 마이크로시벨트까지 뛰어올라 빨간색 오버플로 표시가 깜빡거렸다. 아무리 낮게 잡아도 도쿄의 250배 이상이다. 석관 속에 있는 사람은 숨이 멎지 않은 것이다.

이네사가 중얼거렸다.

"이곳에는 아주 빨간 꽃이 펴요, 여름에."

지금은 온통 눈이다. 설원 위 빨간 꽃을 점점이 마음에 그려 본다. 오한이 났다. 문지기 같아 보이는 붉은 코의 남자가 나를 멍하니 보고 있다. 방호복 같은 것은 입고 있지 않다. 그냥 솜옷이다.

정오다. 석관에서 150미터쯤 떨어진 원자력발전소 직원 식당에서 점심을 먹기로 되어 있다. 식욕은 안 솟았지만 당국에 식당 취재를 허가해 달라고 요구한 쪽은 나니 꼭 가야 한다.

식당은 2층이다. 대부분의 창이 석관 쪽으로 난 것을 조금 전 밖에서 확인했다.

계단 아래에는 '관문'이 있고, 남자가 앉아 있다. 금속 탐지기처럼 보이는 막대기를 옷에 댄 다음, 탁자에 놓인 작은 상자에 녹색불이 깜빡이면 입장할 수 있고 빨간불이면 점심 식사가 연기된다. 피폭량으로 결정된다. 한계량이 설정되어 있을 것이다. 구체적인 수치는 나타나지 않는다. 불가 판정을 받으면 샤워를 해야 하는데, 빨간불인데도 관문에 있는 남자에게 눈짓으로 신호를 주고 계단을 오르는 노동자가 있다. '신호 무시'가 종종 있나 보다.

2층은 사람들의 훈기가 대단했다. 400명쯤 되는 사람들이 식권을 들고 조리장 쪽으로 줄지어 서서 감자 수프, 카샤, 통닭구이, 사과 주스 배급을 기다리고 있었다.

문득 깨달았다. 석관 방향으로 난 창은 없었다. 밖에서는 보였는데 말이다. 가짜 창이다. 아니, 가짜라기보다는 안쪽이 콘크리트 벽으로 덮여 있다. 석관에서 뿜는 방사능 차단이 목적일 것이다.

"방사능? 전혀 문제없어요. 여기 식품은 다 키예프에서 운송되어 오니까요."

원전에서 30킬로미터 거리 이내에서 재배한 채소와 과일은 절대 쓰지 않는다고 명랑한 여성 주방장 릴리야가 새하얀 손을 호들갑스럽게 흔들면서 말한다.
"이 건물도 괜찮아요. 사고 뒤에 두세 달 동안 오염 제거 작업을 했으니까요."
주방장이 말한 '괜찮다'를 시작으로 나는 여기저기서 '괜찮다'는 말을 100번쯤은 들었다.
대참사가 발생했을 때, 희소 가스를 제외하고 약 5000만 큐리의 방사성물질이 대기 중으로 방출되지 않았나? 게다가 4호기 코앞이다. 단순한 화재라면 몰라도 정말 괜찮을까, 하고 생각하면서 감자 수프를 먹었다. 방사능에 맛이나 색이나 냄새가 있으면 좋겠지만 그럴 리 없으니, 간이 센 듯한 소금맛과 특별할 것도 없는 감자 맛이 날 뿐이다.
머리 위로 주방장의 목소리가 들린다.
"괜찮아요. 나도 남자들도 다 건강해요."
다들 왕성하게 먹는다. 현재 운전 중인 1호기와 3호기의 노동자들도 아무 걱정 없이 씹고 핥고 삼키고 있다. 그것만 보면 펄프 공장이나 화력발전소 대식당의 모습과 다를 바 없다. 점심 식사 때 느껴지는 특유의 권태도 감돈다. 안도의 표정까지 보인다.
이 식당에서 지금 음식을 먹는 노동자들은 사실 훨씬 전에 실직할 뻔한 사람들이다.
1991년에 우크라이나 최고회의가 체르노빌 원자력발전소의 전면 폐쇄를 결정했다. 하지만 1993년 10월에 에너지 부족을 이유로 결정이 취소되어 다시 운전되면서 관계 시설을 포함해 약 9000명의 목숨이 일단 끊어지지 않고 이어졌다. 방사능오염과 사고 재발 위험에도 에너지 확보와 대량 실업 회피 정책이라는 말로 강하게 밀어붙이고 있는 것이다.

체르노빌에서 '먹는다'는 것은 여기까지 다다른 끝에 어쩔 수 없이 해야 하는 행위다. 우크라이나는 사상 초유의 경제 위기를 맞고 있고, 월간 인플레이션율은 50퍼센트를 넘었다. 먹는다는 것은 오염 여부를 따지기 전의 절박한 문제다. 이렇게 생각하면 눈앞의 풍경이 애절하고도 비장하게 보였다.

식사를 마치고 식당 앞 길에서 살짝 측정기를 보았다. (한 시간당) 1.0 마이크로시벨트가 나왔다. 도쿄의 열 배가 넘는다.

알 수 없는 불안을 가슴에 안고 차를 달리는데, "저기 보이는 게 오렌지색 숲이에요." 하고 안내인이 가리켰다. 그런데 아무것도 없다. 짙은 녹색 침엽수림이 중간에 끊기고, 어렴풋이 구름이 낀 들판에는 야윈 나무 몇 그루가 드문드문 불에 타고 남은 것처럼 기울어지거나 쓰러져 있을 뿐이었다.

예전에는 그곳에 검푸른 수풀이 있었다고 한다.

사고가 나고 몇 년이 지나 오렌지색으로 말라 가더니 사라져 버렸다. 선명한 색의 기억만 남기고 사라져 간, 이제 눈에 보이지 않는 숲이 되어 버렸다.

죽은 숲의 소나무 종자를 채취해 키웠다는 못자리를 보았다.

석관에서 3, 4킬로미터 떨어진 과학기술 센터의 실험 농장이다. 잎이 비틀어지고, 보통은 같은 높이에서 다섯 갈래로 가지가 나오는 소나무 줄기에서 일고여덟 가지가 뻗는 등 이상한 현상이 나타났다.

하지만 이곳 방사능 응용 실험실의 겐나지 미셸킨 주임도 '괜찮다'파다. 머리카락과 눈썹이 새하얀 이 학자는 방사능치가 사고 당시의 1퍼센트 이하라면서 "뭐, 일광욕을 실컷 하고 있는 것과 비슷해요. 몸에 좋은 면도 있죠."라는 등 가슴이 덜컥 내려앉을 만한 말을 던진다.

다만 "숲속 버섯이나 주변에서 잡은 생선은 먹지 않는 편이 좋아요." 하고 충고했다. 반감기가 30.2년이고 인체에 유해한 세슘 137이 포함되어 있기 때문이라고 한다. 사과도 문제가 있지만 "생선 1킬로그램보다는 사과 1톤을 먹는 편이 그나마 낫죠." 하고 말한다. 아무리 생각해도 표현이 거칠다.

농민들은 적어도 1000년 동안은 주거에 적합하지 않다는 이 금단의 땅에 굳이 살고 있다. 그들은 대단히 낙천적인 학자들조차 '먹지 말라'고 하는 경고를 과연 굳게 지키고 있을까?

아니다. 먹는다. 숲속의 버섯도, 생선도, 사과도 우적우적 먹고 있다.

2

버스가 오지 않는 정류장. 문이 열려 있는 헛간. 그 안의 움직이지 않는 어둠. 밭은 온통 잡초의 바다다. 마른 풀이 파도 치며 웅성거린다.

민가의 아무도 없는 거실. 1986년 달력. 깨진 창으로 눈이 날려 들어오고 바랜 커튼이 밖으로 비어지는 바람에 눈물을 흘린다.
출입이 금지된 체르노빌 원자력발전소에서 30킬로미터 거리 안쪽의 마을을 내가 걷고 있다.
사고가 난 뒤 5만 명이 넘는 농민이 모두 퇴거 명령을 받았다. 그로부터 벌써 8년이 되어 가고 있다. 소개지의 생활에 익숙해지지 않아 결국 800명 정도가 금단을 깨고 돌아왔지만, 차가운 풍경은 변하지 않았다.
하늘이 뿌옇고 낮다. 고요해진 숲도 수상하다.
어이 하고 소리치면, 소리는 눈길을 따라 이웃 마을에 가 닿는다. 사람이 없다.
원자력발전소에서 남서쪽으로 20킬로미터 떨어진 일리옌치 마을에 왔다. 굴뚝에서 가늘게 연기가 나오는 집을 겨우 발견했다. 노파가 말린 버섯을 듬뿍 넣은 채소 수프 솔랸카를 만들고 있었다.
마트료나, 일흔두 살. 감기에 걸려 있었다. 사고가 난 뒤 모스크바를 비롯해 여러 곳을 전전하다 이듬해에 '마을의 깨끗한 공기가 그리워서' 혼자 돌아왔다. '방사능이 늙은이하고는 아무 상관없다는 말도 있어서'라며 콧물을 훌쩍거렸다. 투실투실한 고양이가 자고 있었다.
"소개지에서 돌아오니 우리 고양이 볼라가 살아 있었어. 마을 안의 고양이들을 모았지."
지금은 하루의 대부분을 페치카 앞에 앉아서 사고가 나기 전에 세상을 뜬 남편을 떠올리며 꾸벅꾸벅 존다. 페치카에 쓸 장작은 숲에서 주워 온다. 할머니의 눈을 피해 장작에 방사선 측정기를 갖다 대니 0.4 마이크로시벨트가 나왔다. 도쿄의 네다섯 배인가?

숲에는 가면 안 된다. 숲속의 버섯도 먹으면 안 된다. 과학기술 센터의 연구원이 내게 그렇게 주의를 주었다. 방사성물질이 지금도 떠돌고 있다. 지난여름 숲에 불이 났을 때, '죽음의 재'가 날아다니며 방사능치가 비정상적으로 높아졌다고 한다. 숲의 장작이 이제 할머니 곁에서 깜박깜박하며 발갛게 타오르고 있다.

"버섯은 위험하답니다."

내가 중얼거리니 마트료나는 힘없이 웃는다.

"옛날부터 먹었어. 뭐, 사모곤(집에서 만든 술)을 마시면 괜찮아."

노인들은 다 그렇게 믿고 있다. 현지의 학자 몇몇도 믿고 있다. 보드카나 적포도주가 방사능을 씻어 낸다고 말이다. 그래서 자주 마신다.

하지만 사모곤을 만들려면 위험하다는 사과를 써야 한다.

"나도 매일 조금씩 마셔."

할머니는 직접 만든 술이 담긴 병을 갓난아기라도 품듯 가져왔다.

"자네도 남자라면 1리터는 마셔야지."

할머니와 둘이 잔치를 벌였다. 눈을 바라보며 마시는 술. 50도라는 술을 할머니는 꿀꺽꿀꺽 마셨다. 표고버섯을 닮은 버섯이 들어간 수프를 홀짝이며 우크라이나식 물만두 와레니키를 집어 먹고 돼지간 꼬치구이를 먹었다. 돼지를 키우고 있었다. 키예프에 있는 아들이 얼마 전에 와서 죽인 돼지의 간이었다.
할머니는 가끔 오른팔이 악수도 하기 힘들 정도로 저리다고 했다.
"나이 탓인지, 방사능 탓인지는 신만이 아시겠지."
인생관과 과학이 뒤죽박죽 섞인 말이다. 이 주변에서는 모두 그렇다. 나도 그럴 때가 있다. 체념으로 의심을 이겨 낸다. 그렇게 오늘이라는 날을 이어 간다. 그렇게 살아가는 삶도 있는 것이다. 하지만 나는 결국 확실하게 결론을 내지 못하고 불처럼 타는 듯한 술로 목구멍을 태운다. 페치카도 타오른다.

다른 날, 나는 역시 30킬로미터 안쪽에 있는 쿠포바테 마을에 갔다. 원자력발전소 바로 근처에는 프리퍄티 강이 흐른다. 그 강이 몇 배나 더 큰 드네프르 강과 합류하기 직전의 강가에 있는 마을이다.
앞니 하나가 빠진 빅토르라는 남자가 생선을 운반하고 있었다. 꽁치처럼 머리 부분이 긴 생선이다. 슈카라고 한다. 얼어붙은 강 수면에 구멍을 내고 잡은 것이다. 예순한 살인 빅토르는 키예프보다 더 남쪽에 있었지만, 음식이 맞지 않아 몸이 나빠져서 돌아왔다고 한다. 3년 전의 일이다. 그 뒤로는 소개되기 전과 똑같이 음식을 먹고 있다.
정원에 사과나무가 있다. 썩어서 검게 변한 열매가 아직 매달려 있다. 담배도 예전처럼 재배한다고 한다.
"생선이든 사과든 다 먹어요. 그걸로 됐어요. 어차피 앞날이 많이 남지도 않았으니까."

손등의 문신을 가리면서 말한다. 군대에서 시베리아로 갔을 때 기차에서 새겼다. 그냥 우크라이나어로 '시베리아'를 쓴 것이다.

소개지에 있는 가족이 걱정이다. 빅토르는 8년 전의 원전 사고와 그보다 훨씬 전에 시베리아로 갔던 일을 같은 무게로 기억하는 듯했다. 그리고 옛날에 시베리아로 가던 기차 안에서처럼 지금 최악의 사태를 각오하고 있다. 그래서 뭐든지 먹는다. '자포자기'한 듯, 하지만 또 다른 뭔가가 있는 듯. 뭘까, 그건.

예전에 집단농장장이던 이웃 안드레이 부부는 말이 많고 빅토르보다 활달하다. 하지만 이곳에도 체념 섞인 분위기가 감돈다.

밤에 술자리로 날 불러 주었다. 왠지 고골(Nikolai Gogol)의 『죽은 혼(*Myortvye dushi*)』이 떠올랐다.

눈이 번쩍 뜨일 만한 식탁이었다. 버섯볶음, 키예프 저수지에서 잡은 생선 튀김, 항아리에서 끓인 수수 카샤, 양배추 찜, 팜푸시카(둥글고 흰 빵), 당연히 사모곤도 있다. 모두 꿀꺽꿀꺽 들이켠다.

"밭 한 뙈기도 없던 이 마을을 일군 사람이 누구라고 생각해? 바로 나야."

예순 살의 안드레이가 가슴을 쭉 폈다.

"잘난 체하지 마. 이 바람둥이야."

열두 살 아래의 아내 소피아가 술독이 오른 남편의 이마를 손으로 톡톡 친다.

두 사람은 사고 후 1년이 지나 돌아왔다.

"그런데 이게 뭐야, 지금. 너무 끔찍해."
안드레이가 화를 낸다. 원전 사고를 말하나 했더니, 그게 아니었다.
"페레스트로이카니 뭐니 하는 말이 나오기 시작하면서부터 세상이 갑자기 이상해졌어."
안드레이의 얼굴이 문어처럼 벌겋게 물들었다. 사모곤의 술기운이 꽤 돌았다.
"옛날에는 3루블만 있으면 빵이든 고기든 대충 살 수 있었어. 지금은 빵이 5000쿠폰(우크라이나의 잠정적 금권)이야. 저번 주보다 두 배나 올랐어. 정신이 썩어 빠진 지도자밖에 없으니 이렇게 된 거야."
나무를 깎아 만든 마트료시카 인형처럼 살집이 좋은 아주머니도 어느새 술자리에 푹 빠졌다. 친구라고 한다. 마트료시카가 술에 취해 노래를 부르기 시작한다.
남편은 장에서 돌아오는 길에 술집에서 돈을 다 써 버렸어. 바보 같은 남편. 내년에는 어떻게든 돈을 벌어야지…….
인적도 드문 마을에서 목소리가 울려 퍼졌다.
"밭을 좋아하고, 돼지를 좋아하고, 사회주의를 믿으면서 살아왔어, 난."
안드레이가 연설을 한다. 배우 로버트 듀발을 닮았다.
"바보 같으니라고. 이 바람둥이."
소피아가 또 툭툭 때린다. 그래도 소리친다.
"여기서 싸울 거야. 죽을 때까지 싸울 거야."

나는 방사능과 싸울 생각이냐고 묻지 않는다. 색깔도, 형태도 보이지 않는 것을 향한 분노. 뱃속 깊숙한 데서 불끈불끈 분노가 솟아오른다.

"나는 신념으로 살아갈 거야. 난……."

노랫소리와 말소리가 끊기는 것이 두렵다. 침묵이 힘들다. 그래서 이야기한다. 지칠 때까지. 날이 샐 때까지.

3

아마도 이건 언젠가 꿈에 나타날 거라고 나는 생각했다.

체르노빌 원전에서 북서쪽으로 30킬로미터 떨어진 마을 프리퍄티에 가 보았다.

예전에는 원자력발전소에서 일하는 노동자의 마을 프리퍄티에 5만 명이 살았다. 약 8년 전 사고로 다 탈출하고 죽은 마을이 되었다. 바람이 멎자 심장 뛰는 소리까지 들릴 만큼 고요해진다. 수십 동이나 되는 고층 집합 주택에 사람이 없다. 콘크리트 벽의 글자가 지금도 또렷하다.

"레닌의 공산당은 우리를 승리로 이끈다."

시간이 뚝 멈춘 채로 있다.

'숲'이라는 이름의 무인 호텔이 있다. 그 옆도 무인 문화회관. 앞쪽 정원의 돌이 깔린 바닥에는 잡초가 듬성듬성 솟아 있다. 이 두 건물 사이 공간의 꽤 깊숙한 곳에 마치 환상처럼 노란색 고리가 어렴풋하게 보였다.

고리는 천천히 돌고 있다. 아니, 착시였다. 멈춰 있다. 윤곽이 가늘고 아름다운 관람차다. 꿈에서만 볼 것 같던 것이 바로 이 관람차다. 방사선 측정기에 2.45마이크로시벨트가 표시되었다. 도쿄의 30배가 넘는다.

안내인 이네사는 여기서 잠시 서 있는 것도 싫어했다. 차창을 닫고 안에서 나오지 않는다. 이 주변은 꺼림칙하다고 한다. 나는 혼자 고리를 향해 갔다.

카페 '올림피아' 근처의 작은 공원에 관람차가 있었다. 노란색 지붕이 달린 곤돌라에 드문드문 녹이 슬어 있다.

1986년 노동절에 영업을 시작하기로 했던 새 관람차가 그곳에서 조립되었다고 한다. 사고는 그해 4월 26일에 났다. 관람차는 단 한 번도 아이들을 태우고 돌지 못한 채 방치되었다. 아이들은 관람차를 뒤돌아보며, 뒤돌아보며 도망갔을 것이다.

진한 방사선 속에 멈춰 있는 관람차. 멀리 병들어 있는 숲. 8년 세월은 풍경을 그다지 정화하지 못했다. 나는 노란 고리를 뒤돌아보며, 뒤돌아보며 다음 마을로 향했다.

원전에서 20킬로미터 거리 안에 있는 파리셰프 마을.

출입 금지 구역이지만 고령자 80명 정도가 소개지에서 돌아왔다. 나를 의사로 착각했는지, 집회장으로 쓰는 듯한 빈집에 지팡이를 짚으며 40명이나 모여들었다.

알전구 밑에 생굴처럼 물컹물컹한 눈동자가 80개나 나란히 줄지어 있다. 어쩔 수 없이 "여러분, 건강하세요?" 하고 큰 소리로 인사했다.
그러자 잠들어 있던 소들이 한꺼번에 일어나듯 묵직하게 술렁거리기 시작했다.
나도, 나도 하고 소리를 높이는 바람에 어떻게 할 수가 없었다.
침착한 목소리는 없었다. 하나같이 모래를 뿌린 듯 거칠거칠하고 녹이 슬어 가라앉아 있다.
대표자 격인 미하일이 무슨 말을 하는지 정리해 주었다. …… 2년 전에 모스크바에서 학자가 와서 식품을 조사했는데, 이 땅의 음식은 뭐든 먹을 수 있다고 했다. 그래서 채소든 과일이든 생선이든 다 먹고 있는데, 현재 대부분의 주민이 갑상선이 부어오르거나 열이 난다며 아무래도 이상하다는 것이다.
소개지로 옮긴 사람까지 합하면 사고 전에 2000명이던 마을 사람 가운데 100명 가까이 죽었다. 행정 당국에서는 이곳에서 살지 말라고 했지만, 가서 살 다른 곳도 없다. 세상에서 버림받은 것이다. 어떡하면 좋을까?
솔직히 말해 알 수 없었다. 그래서 "숲속의 버섯이든 뭐든 먹는 겁니까?" 하고 물어보았다. 그러자 걸걸한 목소리로 야유가 날아왔다.
"그것 말고 뭘 먹어야 한단 말이오? 그것 말고!"
따지고 나무란다고 해도 도리가 없다. 이러지도 저러지도 못한다.
'노인을 산속에 버린다는 전설'이 떠올랐다. 고려장이다.
소개지는 어디든 물가가 높다. 젊은이에 비해 노인은 방사능의 영향을 적게 받는다고 농민들은 믿고 있다. 먹는 입을 하나라도 덜려는 것이다. 그래서 출입 금지 구역으로 돌아온 노인도 많다. 적당한 죽음을 맞이한다. 하지만 몸의 통증은 어떡하나. 부글부글 끓어오르는 불안. 누구든지 좋다, 그저 이 심정을 호소하고 싶은 것이다.

나에게는 단 한 마디의 답도 없다.

하지만 한순간만이라도 좋으니 이곳의 공기를 맑게 하고 싶다. 기념 촬영을 하기로 했다. 앞줄 사람이 앉지 않으면 사람들을 다 사진에 담을 수 없다. 앉으라고, 앉으라고 소리친다. 하지만 노인들은 저마다 한 마디씩 한다.

"무릎이 아파서 앉을 수가 없어."

그리고 점심시간이 되자 노인들이 나를 위해 식사를 준비해 주었다. '녹색 보르시'와 돼지비계인 '살로'를 대접받았다. 돼지비계에는 방사능이 붙지 않는다며 신경 써 주었다. 자네도 우리와 같은 음식을 먹는군, 하는 표정으로 들여다보는 바람에 맛은 기억나지 않는다.

"저 노인들은 사실 외국에서 식품 원조가 와도 먹지 않고 소개지에 있는 손자들에게 보내 줘요."

키예프에서 만난 (사고 유족·피폭자 단체) 우크라이나 체르노빌 동맹의 안드레예프 의장은 탄식했다.

손자들과 어떻게든 연을 이어 가려고 한다. 여름방학 때 손자들이 찾아오면 방사선량이 많은 숲속의 묘로 데려간다고 한다.

위험하다. 하지만 위험 지대에 사는 사람들은 이제 귀향자들뿐만이 아니다. 노숙자나 탈주병도 빈집에 들어가 살기 시작했다고 한다. 자세한 숫자는 알 수 없지만 최근 경향이 그렇다. 하루하루의 생명을 이어 가기 위해 위험을 선택한다. 그런 사람들이 늘고 있다.

"동맹은 30킬로미터 안쪽에 사는 것을 반대합니다." 의장이 말한다. 하지만 원자력발전소를 계속 운전하는 것은 찬성한다고 한다. 우크라이나는 전체 전력의 30퍼센트를 원자력에 의존하고 있다. 러시아와 관계가 악화되어 값싼 석유 수입이 만만치 않다. 에너지 위기가 닥친 지금은 어쩔 수 없는 결론이라고 한다.

"방사성물질을 내는 건 사고를 일으킨 4호기뿐만이 아닙니다." 하고 우크라이나 그린피스의 사브란 대표가 말한다.

원전에서 30킬로미터 거리 안쪽의 800곳에 사고 잔해가 비밀리에 묻혔고, 방사성물질이 지금도 지하수를 더럽히고 있다. 완전 봉쇄가 필요하다고 한다. 하지만 30킬로미터 안쪽에서 지금도 먹고 마시는 노인들의 이야기가 나오자, 그녀가 양팔을 벌리며 고개를 흔들 뿐이다.

"말을 들으려고 하지 않아요. 어쩔 수 없는 사람들이에요."

손쓸 길이 없다. 원전과 그 주변을 완전 봉쇄한 다음에는 어떻게 할 것인가?

"에너지 절약이에요. 체르노빌 원자력발전소는 사실 우크라이나 전체 전력의 3퍼센트밖에 공급하지 않으니까요."

대표의 목소리에 힘이 없다. 많은 공장이 조업을 단축하고, TV도 방송

시간을 줄이고, 대학은 겨울방학을 연장해 사실상 휴교 상태다. 에너지 절약은 이미 하고 있지만 성공하지 못했다.

일상은 얼마나 평온하면서도 두려운 것인가!

사람들에게 닥친 재해는 지금도 숨어들고 있다. 4호기를 폐쇄한 '석관' 콘크리트의 상태가 관 내부의 어둠 속에서 조용히, 조용히 악화되고 있다. 금이 간 것도 아직 완전히 복구되지 않았다. 이대로는 10년 안에 무너지고 말 가능성도 없지 않다고 한다. 하지만 보강 대책은 예산 문제로 제자리걸음만 하고 있다.

위험 지대에 사는 노인들은 그래도 음식을 먹는다. 먹고 그날그날 목숨을 이어 간다.

체르노빌 숲의 침묵. 멈춰 선 관람차.

풍경이 말없이 드러내는 그 깊이가 내게는 보일 듯, 여전히 보이지 않는지도 모르겠다.

딱딱한 흑빵을 씹으면서 빙글빙글 도는 역사라고 중얼거렸더니 쿠쿠가 또 삐, 삐, 삐 하고 울었다.

5장

가깝지만 낯선 한국의 맛

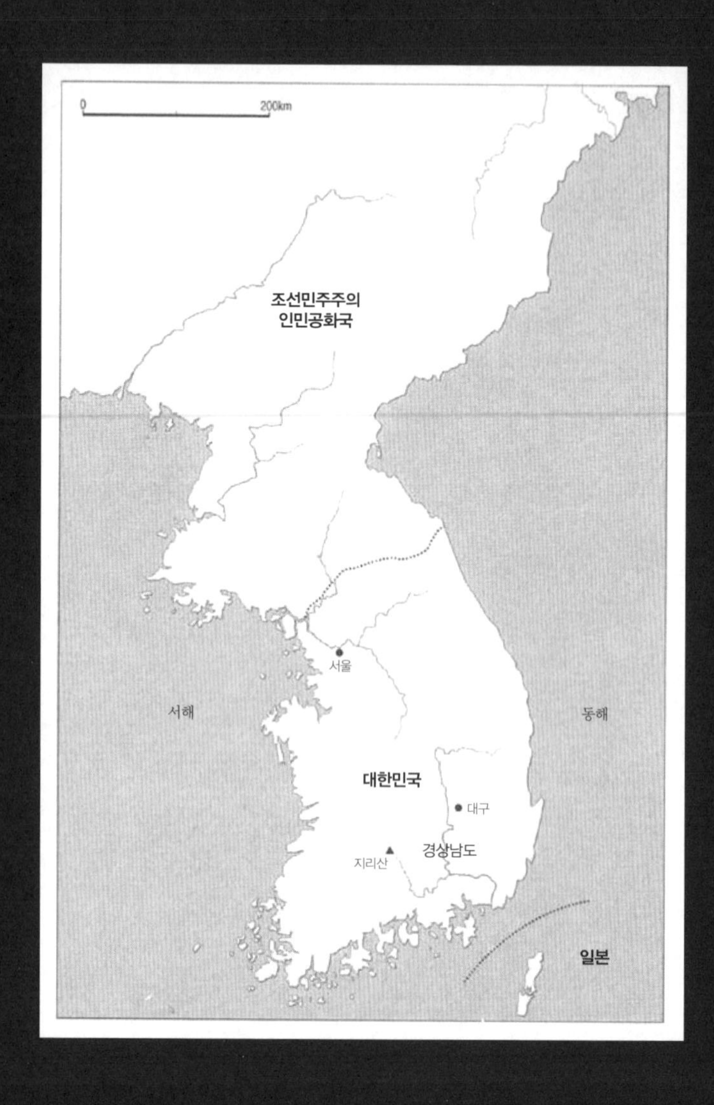
0
200km
조선민주주의
인민공화국
서울
서해
동해
대한민국
대구
경상남도
지리산
일본

대한민국

유생에게 식사 예절을 배우다

한국 경상남도 지리산의 싱싱하고 푸르른 산속 깊은 곳에 유생들이 사는 작은 마을이 있다.
마을 사람들은 서로 공경하면서 세상의 이상을 논하고, 예부터 전해 내려오는 예를 배우고 지키며 살아간다. 마을의 이름은 청학동이다.
사라져 가는 한반도 문화의 원류가 이곳에 남아 있다. 서울에서 이렇게 들었다.
비행기를 타고 진주로, 다시 열차로 진주에서 하동으로, 그다음에 택시를 타고 하동에서 지리산 속으로 들어선 나는 남아 있는 눈 탓에 이따금 발걸음을 늦추면서 청학동으로 가는 산길을 걷고 있다.
주제는 두 가지다. 유생들의 음식 철학과 식사 예절이다.

백제가 일본에 처음으로 유학을 전해 주었다고 한다. 『논어(論語)』에서도 음식의 철학을 엿볼 수 있다. 지금도 그것을 존중하는 사람들을 통해 일본 식사 예절의 원형을 발견할 수 있지 않을까?

쥐 죽은 듯 고요한 산길에 계곡물 흐르는 소리와 날카로운 까치 울음소리가 들렸다.
돌다리가 나왔다. 그 밑에는 맑은 물이 거대한 돌을 누비며 흐르고 있다. 삼나무와 삼나무 사이를 까치의 검고 긴 꼬리가 스쳐 간다. 다리를 건너고 가파른 비탈길을 올라가니 청학동이었다.
산봉우리를 등지고 남쪽으로 골짜기가 펼쳐져 있으며 초가지붕과 기와지붕을 얹은 집들이 드문드문 스무 채쯤 보였다.
20세기 말인 지금, 그 옛날 조선 시대로 쿵 하고 떨어지기라도 한 듯 열두 줄 가야금 소리가 어디에선가 어렴풋이 들리고, 붓순나무 껍질에서 나는 듯한 향이 공기를 은은하게 물들인다.
언덕길에서 흰색 저고리에 흰색 바지를 입은 남자와 눈이 마주쳤는데, 그쪽에서 공손히 허리를 굽히고 인사했다. 머리에 두른 명주 뒤쪽으로 독신 남성임을 나타내는, 한 줄로 길게 땋아 내린 머리가 뻗어 있다. 이런 사람을 총각이라고 부른다. 옷차림도 예의도 옛날식이다.
좀 더 걸어가니 '공맹의 도덕', '요순이 환생해 세상을 정한다' 같은 문구들이 먹으로 쓰여 있는 목판을 붙여 놓은 집이 보인다. 가르침을 받기에는 안성맞춤인 곳이 아닌가!

"계십니까?" 했더니, 스모 경기의 심판처럼 검은 모자를 쓰고 흰 한복을 입은 남자가 나왔다. 방문한 이유를 말하니, 하루이틀 만에 유교의 본질을 알 수는 없다며 말도 못 붙이게 한다. 그럼 사흘을 내리 다니겠다고 말하고 겨우겨우 '유생의 식사'라는 제목의 강의에 들어가도록 허락받았다.

콧수염과 턱수염이 난 이 인물은 '청학서당'의 훈장, 이정석 씨였다. 내가 유생의 식사 예절을 배우기에 딱 맞는 사람이다.

하지만 '식사'하기 전까지 이어진 유교 개론이 죽을 만큼이나 길었다. 게다가 "도요토미 히데요시(豊臣秀吉)의 조선 침략이 몇 년인지 말할 수 있는가?", "천황이 백제에서 건너갔다는 사실을 아는가?" 같은 어려운 질문을 퍼붓는 바람에 내내 당황스러웠다. 농담이 전혀 섞이지 않는 대화를 어떻게 해야 할지 몰라서 조금 힘들었다.

첫날 강의 내용은 대강 정리하겠다. 요점은 '히데요시의 침공(1592)으로 사람들이 이 산속으로 피난한 것이 청학동 마을의 시작'이라는 것, 마을의 이상은 '유교·불교·도교를 합한 한국 고유의 전통적 유교'라는 것이다. 마을 사람들이 '한국 문화의 정체성인 유교'를 의식적으로 배우기 시작한 것은 한국전쟁 이후다. 한국이야말로 세계 문화가 발상하고 종언하는 곳이라고도 했다.

흠, 흠. 나는 그저 듣고 있을 수밖에 없었다.

그리고 이튿날, 드디어 유교의 식사 예절에 관한 강의가 있었다. 밥상을 사이에 두고 현장 교육을 받았다.

누가 맨 처음에 젓가락을 들어야 하는가? 손님인가, 주인인가, 부모인가, 자식인가? 나는 이 문제가 무척 흥미로웠다. 마흔다섯 살이라는 나이에 비해 머리가 꽤 벗어진 내 스승은 엄숙하게 말했다.

"선식후기(先食後已)."

손님이 있을 때는 주인이 먼저, 부모 자식 사이라면 자식이 먼저 젓가락을 드는 것이 예의라는 뜻이다.

아니, 뜻밖인데? 손님보다 주인이 먼저 먹고, 부모를 두고 자식이 먼저 젓가락을 들어도 되나? 게다가 주인과 자식은 손님과 부모가 젓가락을 놓은 다음에 식사를 마친다. 이건 무례하지 않은가?

스승은 '그래도 괜찮다'고 했다. 나는 이유를 물었다.

너무 뜨겁지 않은지, 너무 차지는 않은지, 썩지는 않았는지, 독 같은 것이 있지는 않은지 등을 자기 입으로 먼저 확인한 다음에 "드시지요." 하고 식사를 권하는 것이 주인의 손님에 대한 예이자 자식의 부모에 대한 효라고 한다. 손님이나 부모가 만족스럽게 젓가락을 놓는 것을 끝까지 지켜본 다음, 주인이나 자식은 식사를 마친다. 이것도 예이자 효다. 스승이 그렇게 가르쳤다. 그렇다, 그렇다.

그런데 왜 부모가 자식보다 먼저 젓가락을 드는 것이 '상식'이 되었는지를 물었다.

스승은 대답했다. 일본 제국주의 통치 시절 말기에 한국 사람들은 도저히 식사 예법을 지킬 수 없을 만큼 가난했다. 그래서 예절이 일부 뒤바뀌고, 그것이 그대로 잘못 전해졌다고 한다.

스승은 말을 이어 가면서 손을 모은 채 "음시감혜(吽時感惠)"(하늘과 땅의 은혜에 감사드립니다.) 하고 낮은 소리로 말하더니 숟가락으로 두부와 오이 된장국을 떠먹고 나서 제자지만 손님이기도 한 내게 "드시지요." 하고 권했다.

밥은 왼쪽, 된장국은 오른쪽에 놓는다. 그릇과 음식에도 각각 음양의 차이가 있는데, 이 설명은 어려워서 생략하겠다.

요점은 식사 중에는 말을 하지 말 것. 침이 튀지 않게 한다는 지극히 당연한 이유도 있지만, 말을 하면 '위의 기(氣)'를 분산해서 소화가 잘 되지 않기 때문이다.

입에 음식이 있는데도 또 넣는 '더해서 먹기', 반찬 위를 이리저리 헤매는 '망설이는 젓가락' 등도 유교 예절에 어긋난다. 이세 사다타케(伊勢貞丈)가 쓴 『데이조잡기(貞丈雜記)』에도 비슷한 내용이 있는 것을 보면 이는 한국과 일본의 공통 예법이다.

나로서는 처음인 '유교식' 메뉴는 앞에서 말한 된장국과 함께 갓김치, 피조개 고추장절임, 살짝 말린 조기, 깻잎 고추장절임이었다. 특별하다고 할 만한 맛은 없지만, 깻잎으로 밥을 싸서 먹으니 아주 향긋하고 독특한 맛이 났다.

식사 뒤에도 강의는 이어졌다.

유생이 절대 먹으면 안 되는 음식은 개고기와 뱀 고기다. 즐기면 안 되는 것은 담배다. 이런 것들은 다 영적 세상인 신명계(神明界)에서 싫어하는 냄새가 나기 때문이라고 한다.

유생은 채식을 하는 것이 바람직하다고 한다. 동양 문화에 통하는 채식은 '사랑과 평화의 기질을 만들고, 정신의 질을 높이는 것'이다. 반면에, 육식은 도저히 권할 수 없다고 스승이 말했다.
"왜냐하면 그것은 서양 문명에 통하는 것으로 전쟁과 투쟁을 좋아하는 잔인한 기질을 만듭니다. 그래서 예수도 채식을 권했습니다."
그러고 나서 스승은 "걸프전쟁을 보시오, 그것이야말로 육식 인종의 본능이오."라고 말했지만, 나는 "그렇군요." 하고 고개를 끄덕이면서도 논리가 너무 단순하다는 생각에 신경이 쓰였다.
알전구 밑에서 스승의 가느다란 눈이 때때로 멍해졌다. 젖은 솜처럼 지친 것이다.
최근에 기업이나 관청의 신입사원 연수, 간부 대상의 강연 요청을 많이 받는다고 한다. 한국은 아직 일본만큼은 아니지만, 예전의 장유유서가 흐트러지고 젊은이들의 문화로 상징되는 서양식 취향을 정체성 상실로 느끼는 경향이 있어서 스승에게 가르침을 얻으려는 흐름이 이어진다는 것이다.
내가 시험 삼아 물어보았다. 이 마을은 쌀 수입 자유화를 당연히 반대하겠지요?
"전혀 그렇지 않습니다." 스승은 뜻밖의 답을 한다.
"생활 수단이나 과학기술은 받아들여도 좋아요. 거부해야 할 것은 세균 같은 문화, 쓰레기 같은 문화죠."
전체적인 문맥에서 보면, 세균이나 쓰레기의 원천이 일본과 미국인 듯하다.

스승은 말한다.

"신토불이(사람의 몸과 땅은 밀접하고 떨어지지 않는 것으로, 살고 있는 땅에서 나는 것을 먹으면 가장 좋다는 생각이다.)는 농산물보다 이상이나 문화에 더 들어맞는 것입니다."

이 마을은 한국 문화가 일본화되거나 미국화되는 것을 가장 우려하고 있다.

사흘째 되던 날 오전 5시. 뭐가 뭔지 분간할 수도 없는 어둠 속에서 스승의 집에서 열리는 기도 행사에 참가했다. 스물세 가구가 모두 동이 트기 한 시간 전부터 향을 피우고 '하늘을 공경하고 선조를 받드는 사람을 사랑한다'는 내용의 글을 외고 기도한다.

불상이나 공자상은 없다. 물을 담은 사발과 찻잔에 담긴 쌀에 꽂은 향을 남쪽으로 두고, 그 앞에서 가부좌를 틀고 기도를 올린다. 사발과 향을 둔 앉은뱅이책상 바로 옆에는 안주인이 쓰는 어지간히 낡은 브라더 재봉틀이 있어서, 왠지 재봉틀에게 기도를 올리는 것처럼 보였다.

그렇게 한 시간이 지나자, 한심하게도 나는 꾸벅꾸벅 깊이 잠들고 말았다. 기척이 느껴져 눈을 떴지만 발이 저려 일어서지도 못하는 꼴이 되어 버렸다. 스승이 매서운 시선을 퍼부은 것은 말할 필요도 없다.

아침 식사를 마치자, 여자들은 집안일을 하고 남자들은 농사와 양봉 등을 하면서 『사기(史記)』나 『주례(周禮)』, 『춘추(春秋)』 등을 배웠다.

청학동에서 지낸 마지막 날, 마을 모임인 '이회(里會)'가 있다기에 가 보았다.
의제는 고로쇠나무 수액의 판매였다.
단풍나무당과 비슷해 보이고 만병에 효과가 있다는 이 수액을 청학동 일대에서 구할 수 있다. 서울 등지에서 상인들이 찾아오는데, 전에는 집집마다 따로 판매하던 것을 이제 일정한 장소에서 통일된 가격으로 판매하게 되었다. 그 장소와 가격을 결정하려고 모인 것이다.
어쨌든 옛날식 한복을 입은 유생들의 회의다. 냉정하게 인정과 도리를 다할지 또는 대숲의 청담으로 끝날지 아주 흥미진진했다. 그런데 생각과 달랐다.
그날이 특별했는지는 모르겠다. 의장과 사회자 없이 말하고 싶은 사람은 어떤 말이든 하고 싶은 대로 했다. 간혹 다른 사람이 목소리를 높여 끼어들어서 싸우는 것처럼 들렸지만 싸움은 아니었다. 좋게 말해 토론주의라고 할 수 있겠다. 시간이 많지 않으면 실행할 수 없는 형식이다.
오전에 시작된 회의는 결론이 나지 않았다. 그런데 휴식 시간에 막걸리와 귤이 나오더니 술자리가 벌어지고 그 뒤에 다시 토론이 이어졌다. 그래도 결론이 나지 않아 다들 점심을 먹고 또 의논을 이어 갔다.
결국 오후에도 결론은 나지 않았다. 그래도 나중에 또 하면 된다며 다들 아무렇지도 않은 표정이었다. 회의하는 동안 수십 명에 이르는 참가자 중 단 한 사람도 담배를 피우지 않았다.

나는 이것도 나쁘지 않다고 생각한다. 의장의 일방적인 제정, 담합, 이면공작, 사전 교섭 또는 단념 같은 것이 없이 모든 사람이 이해할 때까지 이야기를 나눈다. 꽤 신선한 민주주의지만, 여성이 없던 것은 역시 유교다운 모습이다.

사실 이회에서 나는 호되게 비판받았다.

'일본인 방문자 비판에 관한 긴급 안건'이라고 할 만큼 거창하지는 않았지만, 내가 참석한 것을 본 민박 주인이 수액 판매에 관한 논의를 잠시 중단하더니 갑자기 일어섰다. 그리고 나를 가리키며 나무라기 시작했다.

"우리 집에 묵으면서 주인인 나한테 한 번도 인사하러 오지 않은 건 참으로 예의가 없지 않은가?"

한국은 예의 나라다. 청학동은 그중에서도 가장 예를 숭상하는 마을이다. 외국인이라도 그것을 무시할 수는 없다. 동행한 한국인 통역은 이런 점을 무례한 일본인에게 왜 알려 주지 않았나? 가차 없이 꾸짖었다.

놀랐지만, 듣고 보니 지당한 말이었다.

나는 돈을 내고 묵고 상대방은 민박을 사업으로 한다는 것이 일본인인 나의 상식이었다. 주인에게 일일이 인사한다는 것은 솔직히 생각지도 못했다.

마을에서 절대 금지인 담배를 민박집에서 뻐끔뻐끔 피웠다. 이런저런 일로 지친 탓에 밤이면 방에서 날이 새도록 술을 마셨다. 눈이 내린 날 민박집 주인은 내가 밖에 벗어 놓은 진흙 묻은 신발을 "내일 신을 때

차가워지겠네." 하고 가슴에 품듯 하며 온돌방으로 옮겨다 주었다. 그런데도 나는 "어이구, 고맙습니다." 하고 가볍게 인사했을 뿐, 술을 벌컥벌컥 들이켜고 담배를 뻑뻑 피워 댔다. 생각해 보면 분명 무례했다.
이회에서 나는 정말 죄송하다고 사과했다. 고개를 꾸벅꾸벅 숙이면서 사과했다. 사과하면서 스승의 말을 떠올렸다.
"감사의 말이든 사죄의 말이든 몇 번씩 할 필요는 없습니다. 표현도 중용이 좋아요. 일본인은 입으로는 거듭 고맙다고, 미안하다고 해요. 사실 내용은 함께하지 않으면서 말입니다."
그래서 사과하는 것을 적당히 하고 멈췄는데, 그때 중요한 것을 깨달았다.
이들에게는 농담이 없지만, 음습하게 비꼬는 것도 없다. 변화구가 없는 직구 진검 승부. 기분 나쁘게 에둘러 표현하거나 간접적으로 표현하지 않는다. 간명하고 솔직하다. 꾸짖음이 끝나면 그것뿐. 아무 말도 덧붙이지 않는다.
일본에서는 집과 회사에서 비꼬는 식의 말을 숱하게 들은 내 귀에는 이쪽이 오히려 기분 좋다. 물론 끊임없이 듣고 있어야 한다면 도저히 견딜 수 없겠지만 말이다.
이회가 끝난 뒤, 유학을 40년 배웠다는 장로 격 은재표 노인의 집에 초대받았다. 이 할아버지가 나를 비판했기에 집으로 불러서 다시 잔소리를 하려나 했는데, 고사리를 안주 삼아 막걸리를 먹자고 했다.
술자리가 마련되었다. 유가의 마을답지 않게 색소가 든 게살 어묵을 입에 달랑달랑 물고 있는 손녀가 응석을 부리며 매달리고, 은 노인은 그저 마음씨 좋은 할아버지의 눈을 하고 있었다. 나는, 아이고, 그렇게 갑자기 꾸짖으실 줄 알았다면 바로 인사드리러 갔을 거라는 등 술 깬 뒤에 핑계를 늘어놓듯 구구하게 변명했다.

나는 소인배다.

대한민국

27번 선수의 고독한 싸움

등 번호 27번이 보이지 않는다. 물 좋은 생선처럼 무리 속에 묻혀 있다. 바로 알아볼 수 있으리라고 대수롭지 않게 여기고 왔는데…….

일본 신문에 실린 그에 관한 기사에는 '조국'이라는 글자가 다섯 번이나 나왔다. 게다가 결의, 맹연습, 역투 같은 말이 기세등등하게 돌아다니고 있었다.

그런 글을 읽다 보니 27번의 얼굴은 사진이 없어도 짐작할 수 있다. 눈이 반짝반짝 빛나며 이를 악물고 연습에 몰두하는, 무리 속에서도 단연 두드러지는 얼굴.

하지만 그렇지 않았다. 그런 선수가 있기는 해도 27번은 아니었다.

그 기사는 기자가 애써 형식에 맞춰 쓴 것이었다. 선의였겠지만 정확

한 정보는 아니었다. 그 주제라면 그렇게 기사를 쓰는 것이 가장 편하다. 알기 쉬운 글, 말하자면 형식이다.

이런 생각에 잠겨 있는데, "너희들, 병원에 온 환자야?" 하고 호통 치는 코치의 목소리가 들렸다. 복근 연습 중에 지쳐서 주저앉은 사람이 있었다. 27번이다. "이봐, 똑바로 해."라고 말하고 싶어 하는 나와 "뭐야, 바보같이."라고 말하려는 듯한 27번이 서로 눈을 마주치고 쑥스러워했다.

영리한 눈에 반듯한 얼굴이었다.

한명호(韓明浩), 한국 삼성라이온즈 2군 투수, 열아홉 살. 오사카의 이쿠노공업고등학교를 졸업하고 1993년에 삼성에 입단할 때까지 아사노 아키조라는 이름으로 불리던 재일 한국인 3세.

지난 시즌에 1군 등판은 없었다. 2군에서 0승이었다.

"적응이 빠르고 기초가 잘 되어 있어요. 1994년이 승부처죠."

김중 신임 2군 감독이 말했다.

"그런데 근성이 없어요. 교포 선수는 근성이……."

옛날에는 김치와 밥만 먹고도 참고 연습했다는 쉰다섯 살의 감독 눈에는 근성이 부족하다는 것이다. 그럼 '조국=분투'라는 식이 성립하지 않는 셈이다. 이 시점에 27번의 취재를 그만두었어도 좋았다.

하지만 아직 천진함이 남아 있는 눈빛에 담긴 슬픔의 색깔, 살갗 한 꺼풀 밑에 어렴풋이 보이는 초연함의 색깔 때문에 그만두지 못했다.

왠지 그 두 색깔이 '조국'과 '근성'을 초월했을 거라는 생각이 들었다.

대구시 교외의 삼성라이온즈 구장과 기숙사 '필승관'을 나흘 동안 다녔다.

1군은 오스트레일리아의 골드코스트에서, 2군은 이곳에서 훈련 중이었다.

필승관 1층에 선수 식당이 있다. 푸른 단복을 입은 젊은이들이 하루에 4800칼로리의 한국 요리를 트랙터 셔블이 산을 깎아 버리듯 먹어 치운다.

하지만 27번은 "1년 동안 꽤 익숙해졌어요." 하고 말하면서도 식욕은 왕성하지 않다. 매운 음식을 잘 못 먹는 것이다. 찌개에 갖가지 김치, 불고기 등 날마다 바뀌는 푸짐한 메뉴지만 맵지 않은 음식을 찾기는 어렵다.

이런 경우, 내 세대의 사람이라면 노력한다. 억지로 먹든지, 먹지 못하는 음식은 숨기는 것이다.

27번은 다르다. 무리하지도, 거짓말을 하지도 않는다.

"처음에는 한 끼는 거르고 닭튀김이나 스시를 먹으러 자주 외출했어요."

지금도 대구시 수성구에 살고 있는 부모가 일본 컵라면, 가다랑어나 꽁치 통조림과 밥에 뿌려 먹는 양념 가루 등을 보내 준다고 한다.

필승관 2층에 있는 그의 방은 온돌만 빼면 거의 일본식이다.

일본인 여자 친구와 신사에서 산 부적이 벽에 걸렸고, 일본 연예인 톤네루즈의 비디오가 있고 레게 CD도 있다.

일본에서 지낸 생활을 색깔에 비유하면 무슨 색이었냐고 한명호에게 물어보았다.

"좋아하는 색이죠. 핑크와 빨강의 중간쯤?"

한국에서 보낸 지난 1년은 '짙은 파랑'.

색이 변한 것은 흠씬 두드려 맞은 첫해의 성적 때문만은 아니다. 관계의 차이라고 해야 할지, 말로 설명하기 어려운 소외감이 있었다.

'진짜 한국인' 선수는 한번 친해지면 친형제처럼 대한다. 아무 말도 없이 27번의 치약을 쓰기도 한다. 자신이 원해서 독방을 선택했는데도, "외롭지?" 하며 방에 들어오는 식이다. 경기에서는 교포 따위한테 질 수 없지, 하고 정색하고 달려든다. 27번은 변화구를 던지고 싶은데 포수는 직구로 삼진을 잡고 싶어 한다. 보내기 번트 따위는 하지 않는다. 생활이든 야구든, 한국 음식과 일본 음식처럼 맛이 다른 것이다.

하지만 27번은 비난도, 비관도, 낙관도 하지 않는다.

뜨겁고 진한 인간관계에 감탄하기도 하고, 박력 넘치게 승패를 겨루면서 "전 야구를 얕잡아봤어요." 하고 반성하고, 병역으로 훈련을 단념할 수밖에 없는 동료들을 걱정하면서도 그것을 면제받을 수 있는 자기 처지를 다행이라고 생각한다.

문제는 그가 재일 교포 3세라는 존재로 살아야 할 앞날이다.

아마 고추장이나 부추, 마늘처럼 위를 부글부글 끓게 하고 뇌 속으로 파도처럼 진격하는 '진짜 한국의 맛'에 몸과 마음도 익숙해지면서 27번이 조국에 적응해 앞으로 승승장구할 것이라고 나는 쓰지 않겠다.

왜냐하면 본인이 이렇게 말하기 때문이다.

"전 앞으로 10년을 살아도 한국인은 될 수 없다고 생각해요."

어째서? "일본에서 18년 동안 산 저 자신을 바꾸고 싶지 않으니까요."

한국인처럼 무리하게 행동할 필요는 없다. 진짜 나 자신 그대로가 좋지 않은가?

콧방울이 부풀어 오른, 지기 싫어하는 얼굴이 내 예상을 걷어차 버렸다.

그래서 "가야쿠 밥(육류, 채소 등 여러 가지를 섞어 지은 밥이다.—옮긴이)을 좋아해요."라고 그리워하는 듯한 표정으로 망설임 없이 말할 수 있다. '편히 입는 옷'을 사는 것이 취미라고 순순히 말할 수 있다. 일본군 위안부, 강제 연행 문제를 잘 모른다고 말할 수 있다. 경기가 없을 때 일본인 여자 친구가 놀러 온다고 말할 수 있다.

이야기를 듣고 있으니 왠지 내 기분은 천천히 느슨해지고 있었다. 좋구나, 생각했다. 내 안의 공식이 무너진다.

기를 쓰고 노력하지는 않는 것이 27번의 법칙이다.

맛과 격투를 벌일 때도 조용한 방법으로 한다. 물김치나 설렁탕 등 비교적 담백한 맛을 찾아낸 뒤로는 먹는 것도 견디고 있다.

매운 음식에는 '밥을 마구 넣어' 매운맛을 줄여 먹는 기술도 터득했다. 동화가 아니라, 맛의 타협점을 찾는 것이다. 그런 식으로 '여기서 좋은 결과를 만들어 일본 프로 야구에서 주목받고 싶다'는 먼 꿈을 하루하루 이어 가고 있다.

1994년의 목표는 2군 최다승, MVP다.

"열심히 해요." 하고 나는 틀에 박힌 말을 했다. 속으로는, 괜찮을까, 했지만.

대구 거리에서 함께 스시를 먹은 다음 날, 27번이 비밀이라도 털어놓듯 중얼거렸다.

"〈사라이(サライ)〉라는 노래 가사를 정말 좋아해요. 왠지 나를 노래하는 것 같아요."

그때는 몰랐던 노래 〈사라이〉를 귀국한 뒤에 들어 보았다. 27번을 알 수 있는 중요한 열쇠가 노래에 숨어 있을 것 같아서.

'머나먼 꿈 버리지 못하고 고향을 버렸네'라는 가사로 시작한다.

그리고 '벚꽃 휘날리는 사라이의 하늘로 언젠가는 돌아가리, 언젠가는 돌아가리, 반드시 돌아가리'로 끝난다.

승리해서 가슴을 펴고 돌아가겠다는 노래가 아니다. 오히려 그 반대의 감상이다.

'아, 그 녀석. 그 나이에 속으로는 패배를 각오하고 한국으로 건너간 건가?' 이런 생각이 드니 어떻게든, 무슨 일이 있어도 1승을 올려 주길 바랐다.

비록 만에 하나, 전패하더라도 '진짜 자신'을 바꿀 녀석은 아니겠지만.

대한민국

그날의 기억을 지우려고

흐린 잿빛 하늘 아래 노부인 세 명이 몸을 떨고 있다.
서늘한 빛을 띤 흰색의 상복 같은 치마저고리를 입고 있다. 세 사람 모두 시퍼렇게 빛을 내는 자그마한 식칼을 감추고 있다. 쓰지 않은 새것이다.
그 칼끝을 자신 쪽으로 한 채 움켜쥐고 있다. 가슴을 향해 칼끝을 번쩍 추켜올리려던 찰나, 억센 형사들에게 세 사람은 맥없이 제압되고 말았다. 온몸이 흥분에 휩싸여 한계를 넘은 탓이리라. 한 사람이 절규하다 정신을 잃고 말았다. 세 사람 모두 병원으로 이송되었다. 1994년 1월 25일 오전 11시쯤이었을 것이다. 서울에 있는 일본대사관 앞에서 벌어진 일이다.

"돈을 노리고 거짓말했지, 사람들 앞에서 연기하는 거야." 많은 사람이 이렇게 말했다. 한국의 각 일간지에는 '자살 미수'라는 제목으로 기사가 실렸다. 게재를 보류한 신문사도 있었다. 일본의 신문에도 보도되었다. 깜짝 놀랄 만큼 작은 기사였다.

나는 세 사람을 따라가기로 했다.

사실 마음이 개운치 않았다. 그런데도 굳이 따라가서 취재하려는 이유가 뭔지 나도 알 수 없었다. "할머니, 정말로 목숨을 끊으려고 한 겁니까?" 이렇게라도 묻고 싶었는지, 지금도 모르겠다.

식사 세 번

김복선(金福善 · 68세), 이용수(李容洙 · 66세), 문옥주(文玉珠 · 70세).

자라난 환경 · 성격 · 생김새가 제각각이지만, 세 사람을 연결하는 단 한 가지 공통점은 일본군 위안부였다는 사실이다.

사건이 일어난 날, 일단 병원으로 실려 간 세 사람은 몸에 이상이 없다는 사실을 확인한 뒤 퇴원했다. 그리고 어딘가로 모습을 감췄다. 이틀 뒤에 김복선 할머니와 통화할 수 있었다. 만나고 싶지 않다고 했다. 간곡히 사정한 끝에 사흘 뒤 서울의 올림픽공원 근처 찻집에서 그녀를 만났다.

교사 부부가 사는 집에서 같이 지내며 집안일을 돕고 있는 할머니가 그 집에서 나와 걸어왔다. 얼굴이 꽁꽁 얼어붙은 호수처럼 굳어 있었다. 보리차를 홀짝이며 마시더니 표정이 조금 풀리고 입을 열었다.

"아직도 몸이 아파."

형사들이 덮쳐서 넘어지는 바람에 머리와 손이 땅바닥에 부딪혔다고 했다.

왜 죽으려고 했느냐고 묻자 바로 할머니의 하얀 이마에 거미줄이 쳐지듯 주름이 펴졌다.

"내가 죽으면 남아 있는 사람들이 (일본 정부한테) 보상금을 받을 수 있을 거라고 생각했어."

그러더니 작은 목소리로 말했다.

"내가 죽는 걸 일본인들한테 보여 주고 싶었어."

칼날이 15센티미터쯤 되고 칼끝이 날카로운 식칼을 시장에서 샀다. 그 칼을 칼갈이에게 갈아 달라고 한 다음, 마음을 다졌다. 전날 밤에는 두 사람을 만나 끌어안고 울며 밤을 지새웠다. 사건 당일에는 땅이 피로 물들까 봐 무릎 밑에 신문지를 깔았다. 결과는 실패였다.

"이제 그만하실 거죠?" 내가 물었다. 김 할머니가 중얼거렸다.

"난 마음먹으면 하는 성격이야……. 두 번 해서 안 되면 세 번이라도……."

그러지 마시라고 부탁했다. 제발, 부탁입니다.

"아냐, 살아 있어도 괴롭기만 해."

정신이 오락가락하기도 하고 몸을 의지할 데도 없었다.

"날마다 생각나서 괴로워. 잊히지를 않아."

일본은 말로는 옛날 일을 사과했다지만 진심으로 와 닿은 적은 한 번도 없어…….

얼굴이 일그러지면서 원시용 안경 너머로 눈물이 넘쳤다.

김 할머니가 독실한 기독교 신자라는 사실을 안 것은 1월 30일, 그녀가 감리교 교회에 기도하러 간다는 말을 들었을 때다. 일본대사관 앞에서 벌인 행동이 정말 진심이었을지를 의심하던 내 마음은 그때 완전히 날아가 버렸다.

나를 포함한 대부분의 사람이 처음에 그랬듯이, 그렇게 할머니들을 의심하는 것이 구차하다는 생각이 들었다. 하지만 할머니는 기독교 교리를 거역하면서까지 몸소 천국행을 위태롭게 만들었다. 아니, 만에 하나 거짓말이었다고 한들 뭐가 나쁘단 말인가? 내가 그들을 탓할 수는 없다.

교회에서 돌아온 할머니와 내가 각각 비빔밥과 냉면을 먹으면서 이야기를 나누었다. 점심 식사를 하면서 주고받을 만한 이야기는 아니었는지도 모른다.

"처음 당했을 때 1주일 동안 피가 흐르는 바람에 누워만 있었어. 아기가 생겼지."

전라남도 강진군에서 태어난 할머니는 1944년 9월 무렵, 내가 이 세상에 태어나던 해에 군복을 입은 일본인들에게 끌려갔다. "일본에서 일하면서 돈 벌어 보지 않을래?" 하는 꾐을 거절했지만 소용없었다.

할머니는 열여덟 살이었다고 한다.

광주에서 인천으로, 다시 부산을 거쳐 오사카, 사이공으로 갔다가 미얀마의 랑군(양곤)에 다다랐다.

그곳 외곽의 붉은 땅에 단층 임시 건물이 있었다. '랑군 군인 위안소'라는 간판이 붙어 있었다. 복도 양쪽으로 열 개씩 전부 스무 개의 방이 있고, 그녀는 '3호실'로 들어가 '미쓰코'로 불렸다.

쇼와 천황의 '수족 같은 신하'들이 바지춤을 내리고 줄을 섰다. 미쓰코는 하루에 20~30명을 받아들여야 했다.

그리고 그 세계에는 '끼니와 끼니 사이'라는 것이 있었다.

아침 8시에 식사를 마치면 일반 병사들이, 오후에 점심을 먹고 나면 하사관들이, 저녁 식사를 끝내면 장교들이 찾아왔다. 병참부 군인들이 가져오는 퍼석퍼석한 밥과 된장국, 단무지를 미쓰코 같은 여자들이 허겁지겁 먹고 나면 끝도 없이 그것이 시작되었다.

아니, 저녁 식사가 끝나면 또 다른 일을 해야 했다.

"사용한 주머니(콘돔)를 장교가 오기 전에 씻어야 해."

김 할머니는 양손의 엄지와 집게손가락으로 고무 집는 동작을 해 보였다.

"강가에서 씻었어. 모두 웅크리고 앉아서. 괴로웠지, 한심했어, 그게 가장."

냉면이 고무줄처럼 딱딱해져 목구멍을 막았다.

그 고무주머니를 씻을 때 달이 말예요, 보름달이 뜨지 않던가요? 내가 갈라진 목소리로 물었다. 내가 그린 풍경에는 달이 있었다. 강물 위에 비쳐 흔들리고 있었다. 아마 나중에 그렇게 글을 쓰고 싶었기 때문일 테다.

김 할머니가 대답했다.

"없었어. 항상 구름이 끼어 있었지. 한 번에 마흔 개나 씻기도 했어."

이보게, 그거 말이야, 고무주머니 씻는 일. 그게 잊히지 않아. 지금도 떠올라. 언젠가 일본에 가서 내가 죽는 모습을 일본인들한테 보여 주고 싶어…….

나는 김 할머니를 반세기 전 기억 속의 오래된 우물가로 떨어뜨리고 있었다.

나는 떨어지지 않은 채, 우물 바닥에서 들려오는 할머니의 목소리를 듣고 있다. 끌어올려 줄 밧줄도 없는데.

"나쁜 사람만 있었던 건 아냐. 나한테 비누나 망고, 설탕을 가져다준 병사가 있었어."

'와이노'라고 했던가, 아무튼 그런 이름이었다고 한다. 와이노는 '미쓰코'가 다른 병사와 있으면 묵묵히 계속 기다렸다가 결국 만나지 못하면 다음 날에 와서 또 기다렸다. 가끔 "난 이제 곧 죽어." 하고 말했다. 할머니는 와이노가 준 설탕을 따뜻한 물에 녹여 마셨다. 은은하게 퍼지던 단맛을 지금도 기억하고 있다.

그것 말고도 그때의 맛으로 기억에 남은 것이 있나요?

끌려가던 중에 오사카의 포장마차에서 먹은 '우동'이라고 할머니가 답했다.

"멸치 육수 맛을 잊을 수가 없어. 빨간 어묵이었는데, 정말 맛있었어."

귀국한 뒤에 그 맛을 내려고 만들어 봤지만 아무리 해도 그 맛이 나지 않았다고 한다. 그날 할머니는 100만의 지옥 같은 기억과 100만분의 1의 기분 좋은 기억을 남김없이 식칼로 없애 버리려고 했구나.

"이제, 그러지 마십시오." 내가 또다시 부탁했다.

김 할머니는 '미쓰코'의 기억을 가진 채 하얗게 센 머리를 천천히 가로저었다.

아무 말도 못하는 야스쿠니

김복선 할머니와 두 번째 만나 이야기를 나눈 다음 날, 김 할머니의 소개로 이용수 할머니와 문옥주 할머니도 만날 수 있었다. 이 할머니와 문 할머니는 사건 뒤에 일단 고향인 대구로 내려갔지만, 뒷일을 의논하기 위해 다시 서울로 올라왔다. 장소는 세 사람이 소속되어 있는 '강제 군대 위안부 피해 대책 협의회' 사무소였다.

사무소의 창가에 현수막이 보였다. 거기 검은색으로 이렇게 쓰여 있었다.

"일본은 들어라. 강제적으로 군대의 위안부로 삼은 부인들에게 정당한 배상을 하라. 그러지 않으면 죽어서 일본의 악행을 전 세계에 알릴 것이다."

사건이 일어난 뒤 처음 만난 일본인이었기 때문인지, 이용수 할머니는 나에게 격분했다.

평소에는 가늘고 온화한 눈을 부릅뜨고 일본어로 울부짖었다.

"당신, 당신네 천황 폐하를 여기로 데려와! 우리 손을 잡고 사과하란 말이야. 호소카와(細川護熙) 총리도 데려와. 무릎 꿇고 사과해!"

나는 일본이든 일본인이든 대표하고 싶지도, 대변하고 싶지도 않다. 그렇게 스스로 다짐했다. 나는 사과하지 않고 고개를 숙이며 이제 자살은 하지 말아 달라고 애원했다.

울음소리가 머리를 스쳐 갔다.

"우린 말이야, 옛날에 백합처럼 예쁜 처녀였어. 일본이 처녀 이용수를 창녀로 만들었어!"

소란 속에서 키가 작은 문 할머니가 왠지 무표정한 얼굴로 담배 연기를 천장으로 뿜어 올리고 있다. 김 할머니는 가면같이 하얀 얼굴을 조금도 움직이지 않는다.

그러던 중 이 할머니의 핸드백이 열렸다. 가죽 케이스에 들어 있는 작은 칼이 보였다. 자살 미수 사건 때 쓴 식칼은 압수당해서 다른 것을 들고 다닌다고 했다.

나는 그걸 가리키면서 "그러지 마세요."를 고장 난 레코드처럼 되풀이했다.

이 할머니는 왼쪽 가슴을 두드리며 말했다.

"우리는, 여기에 병이 있어. 일본이 우리 말을 제대로 들어 주면 나을 거야."

'아아, 기억의 일이구나, 마음의 일이구나.' 나는 생각했다.

이 할머니도 기억을 죽이고 싶은 것이다. 팔을 거꾸로 해 가슴을 찌르는 몸짓을 하면서 이 할머니는 토해 내듯 말했다.

"지금도, 아직도 죽고 싶어. 난 죽고 싶어."

멍하니 있으니 이 할머니가 일본어로 노래를 부르기 시작했다. 나는 깜짝 놀라 고개를 들었다.

"아무 말도 못하고 야스쿠니 궁 계단에 엎드려 머리를 조아리니 뜨거운 눈물이 솟아오르는구나."

애교 섞인 훌륭한 목소리였다.

이 노래, 들어 본 적이 있는지도 모르겠다. 성운 같은 먼 기억이 꿈틀거렸다. 하지만 결국 형체를 이루지 못한다. 노래는 이어진다.

"그래, 감사의 그 마음이 모이고, 모이는 마음이 나라를 지킨다."

김 할머니도 문 할머니도 발로 박자를 맞췄다.

이 할머니는 미친 것이 아니었다.

뭔가를 설명하려고 한 것이다. 그것은 결코 있어서는 안 되는 '음식'의 이야기였다.

1944년 가을, 이 할머니는 군복 차림의 남자에게 끌려가는 바람에 대구를 떠나게 되었다. 경주, 평양, 다롄으로 가서 상하이로 향하는 배를 탔다. 일본 장병 여러 명과 한반도 각지에서 끌려온 소녀들이 타고 있었다.
어느 군인이, 노래를 부르면 먹을 것을 주겠다고 말했다. 그녀는 대구의 야학에서 일본인 선생에게 배운 야스쿠니의 노래를 불렀다.
노래를 잘 불러서 두 번 불렀다. '단팥소가 든 떡'을 두 개 받았다.
큰 찹쌀떡이었는지, 설날 먹는 찰떡이었는지 내가 물었다. 모른다고 했다.
하나를 다른 소녀 둘과 나눠 먹고, 하나는 남겨 두기로 했다. 그런데 그때 금지되어 있던 한국말을 무심코 해 버렸다. 그것 때문에 화가 난 군인이 입에서 떡을 뱉으라고 명령했고, 떡을 뱉자 군화로 짓밟아 버렸다.
그 뒤 이 할머니는 뱃멀미를 했다. 화장실로 가서 토하고 있는 사이, 군인이 덮쳐서 할머니를 범하고 말았다. 다른 소녀들도 배에서 차례차례 당했다고 한다.
시간과 일부 장소가 분명하지 않다. 하지만 이 할머니는 약 50년 전의 이 일을 되풀이해서 이야기한다.
네 가지 일이 벌어지는 사이사이에 안도 (또는 희미한 기쁨), 그리고 그와 반대로 터무니없는 비참이 있다. 이상한 음식의 베풂과 범죄가 같은 배 안에서 같은 조직을 통해 벌어졌다. 그래서 소녀들의 마음은 바닥에 짓이겨진 떡처럼 갈기갈기 찢어져 버렸다.
떡은 반세기가 지나도 여전히 짓이겨져 있다.

이 할머니는 지금 불면증이 있다고 한다. 새벽녘에 뒷산에 올라가 한스러운 마음을 모조리 소리치고 난 다음에야 비로소 잠이 든다.

기억이라는 것을 우리가 우습게 여기고 있다는 생각이 들었다. 50년 전은, 여전히 꽤 많은 사람들에게는 어제와도 같은 날이다.

점심시간이 되었다.

우리는 사무소 근처 식당으로 가 돌솥비빔밥과 된장찌개를 먹으면서 이야기를 계속했다.

이 할머니는 그 뒤 타이완의 일본군 위안소로 보내졌다. 1945년이 되었다. '손님'은 특공대원들뿐이었다. 내일 죽는다는 대원이 많았다. 분위기가 거칠고 거칠었다.

"그래서 고무주머니 같은 건 하지 않았어. 우리는 고무주머니가 어떤 건지도 몰랐어."

성병에 걸렸다. 매일 쌀과 좁쌀을 섞은 밥을 먹었다. 배가 고프면 사탕수수를 갉아 먹었다. 김 할머니처럼 식사 사이사이에는 지옥이 이어졌다. 위안소에는 수도가 없어서 도랑물로 다리 사이를 씻었다.

그런 나날이 이어졌는데도, 이 할머니는 '하시카와'라는 특공대원을 지금까지 잊을 수 없다고 말한다.

그 남자는 이 할머니에게 '도시코'라는 이름을 붙여 주었다. 출격하기 전날 밤에 찾아와서 고백했다.

"도시코는 내 첫사랑이야."

이 할머니의 기억 속에서 증오스러운 일본의 하시카와는 세상 누구보다도 아름답고 다정한 인간이었다.
"달을 보고 말했어. 저 작게 빛나는 것이 도시코하고 내 별이야. 내일 내가 출발하면 저게 하나 떨어지는 거야. 도시코는 죽지 마. 절대로. 나한테 그렇게 말했어."
이 할머니는 하시카와와 '피를 나누었다'고까지 말했다.
기억은 50년이 흐르면서 아마도 조금씩 각색되었을 것이다. 하시카와에 관한 이야기만큼은 미화되었을지도 모른다. 하지만 지옥의 기억 속에 단 하나의 구원도 없었다면 살아야 한다는 마음을 유지할 수 없었을 것이다.
지금은 그마저도 무너지고 있다. 비빔밥을 먹은 이 할머니가 인사하면서 참 아름다운 일본어로 말했다.
"정말 잘 먹었습니다."
전에 김 할머니와 먹었을 때도 똑같은 인사를 받았다. 일본인은 이미 잊고 있는 식사 후 인사를 할머니들은 언제 어디서 익혔을까?
나는 깨달았다.
김 할머니도, 이 할머니도 맛의 기억을 담은 개인사를 오랫동안 천천히 이야기하면 할수록 날카롭던 눈매가 부드러워졌다. 한 사람 한 사람의 고난이 다른 위안부 할머니들의 비참함과 같아 보여도, 하나하나 세세하게는 역시 자기 자신만의 것이다.
아마도 대충 한데 묶여서 언급되는 것에 지극히 사적 기억이 반발하기 때문에, 이들이 때때로 우울해지는 게 아닐까? 나는 할머니들의 입에서 흘러나오는 쓸데없는 말처럼 들리기도 하는 이야기의 세세한 부분에 점점 빨려 들어가고 있다.

이 할머니와 문 할머니는 2월 3일에 대구로 돌아가기로 했다. 김 할머니도 함께 간다고 했다. 자살하지 못했다는 마음이 여전히 정리되지 않은 것이다. 나도 할머니들을 따라 대구로 가기로 했다. 김 할머니와 이 할머니는 '두 번째 자살'을 아직 단념하지 않았다.

그러지 마시라고, 나는 앵무새처럼 되풀이할 수밖에 없다. 고집을 부릴 수밖에 없다.

잔치 약속

그것은 마치 시간의 강을 거슬러 올라가는 듯 묘한 여행이었다.

2월 3일 오전에 세 할머니는 서울에서 떠나는 새마을호 기차 안에서 도시락을 먹고 있었다.

김, 어묵, 김치가 담겨 있었다. 김 할머니와 이 할머니는 무릎에 손수건을 깔고 밥을 곱게 조금씩 입으로 가져갔다. 문 할머니는 호쾌하게 밥을 먹었다.

세 사람이 서울 일본대사관 앞에서 칼로 자결하려던 일이 있고 나서 열흘이나 흘렀다. 게다가 김 할머니와 이 할머니는 또다시 자결하겠다는 의지를 거리낌 없이 내게 밝혔다.

그래도 밥을 먹는다. 눈을 가늘게 뜨고서 밥을 먹는다. '그래도 드십시오. 언제까지고 밥을 드십시오.' 나는 그렇게 바란다.

세 사람 가운데 한 할머니가 일본어로 "정말 맛있게 먹었습니다." 하고 말했다. 나는 가슴이 철렁했다. 밥을 먹는 동안은 그래도 마음이 놓인다. 하지만 밥을 먹고 나면 또다시 50년 전 일이 도진다. 군 위안부의 기억이 몸속에 되살아나는 것이다.

기차는 정오가 지나서 대구에 도착했다.

김 할머니는 이 할머니가 사는 아파트에 묵기로 했다. 문 할머니는 혼자 망설이다가 함께 사는 남동생네로 향했다.

나는 세 시간 뒤에 문 할머니의 방으로 찾아갔다.

얼핏 보면 무척 활달한 문 할머니는 사실 살아 있는 '슬픈 백과사전' 같은 사람이었다. 나는 그 사전의 한 쪽 분량도 글로 쓰지 못한다.

1942년 2월부터 3년 동안 미얀마 각지에서 강제로 위안소 생활을 했다. 할머니 말로는 하루에 병사를 50명 '받은' 적도 있다고 한다.

잊을 수 없는 맛도 있다. 랑군의 위안소에 있었을 때다. 사단 사령부의 창고계 병사가 꽁치 통조림을 가져왔다. 달랑 통조림 하나에 채소와 소금을 곁들여 여자들 열 명이 나눠 먹었다.

"맛있었어. 정말 최고였어."

얼마쯤 시간이 지나자 혼다 미네오라는, 이바라키 현 출신 상등병을 사랑했다고 할머니는 고백했다. 혼다는 그때 '요시코'라고 불리던 할머니에게, 익숙하지 않은 일본어로 편지를 쓸 때는 "물 없는 강의 물레방아, 잘 돌아가지 않는 붓으로 쓰는 글을 용서하십시오."라고 첫머리에 쓴 다음, 하고 싶은 말을 쓰면 된다고 가르쳐 주었다고 한다.
그러더니 할머니가 갈라진 목소리로 털어놓았다.
"사실 난 죽으려던 게 이번이 두 번째야."
얼마 뒤 혼다도 만날 수 없게 되면서 지옥 같은 생활이 너무나도 힘들어 위안소 지붕에서 뛰어내렸지만 몸만 크게 다치고 죽지 못했다고 한다. 그리고 이번에는 자살 미수로 그치고 말았다.
"세 번째는 없는 거죠?" 하고 내가 물었다.
잠시 가만있더니 할머니가 고개를 끄덕였다.
이번에 병원에서 눈을 떴을 때 사실은 '살아서 다행'이라고 생각했다는 것이다. 퇴원하고 돌솥비빔밥을 맛나게 먹었다고 한다.
나는 안도의 한숨을 쉬었다. 죽음을 굳게 다짐한 세 사람 중 한 명이 살겠다는 의지를 보였다. 남은 건 두 사람이다. 죽지 않으면 좋겠다. 내 마음은 오로지 그것뿐이다. 그 뒤에는 아무것도 없다. 살아갈 세월만큼 또 이어질 그녀들의 기억을 나로서는 어찌할 도리가 없다.
다음 날, 이 할머니의 아파트로 가 보니 할머니가 하얀 치마저고리를 입고 있었다. 일본대사관 앞에서 자결하려던 때 입은 옷이다. 부모가 묻혀 있는 산소에 간다고 했다. 김 할머니와 나도 따라갔다.
가는 길에 막걸리와 말린 오징어와 향을 샀다. 대구 교외에 있는 언덕에 도착하니 수없이 많은 무덤이 펼쳐졌다. 무덤과 무덤 사이로 새하얀 옷자락을 끌면서 할머니가 걸어갔다. 마침내 사이좋게 나란히 붙어 있는 무덤 두 기 앞에 할머니가 앉았다.

추운 날씨에 새도 울지 않았다. 너무나도 고요했다.

할머니가 "엄마…… 엄마……." 하고 울기 시작했다. 처음에 나지막하던 목소리가 점점 커지더니 나중에는 온 묘지가 울릴 만큼 커다란 소리로 변했다. 10분 넘게 울고 나서 겨우 말을 시작했다.

"엄마, 아버지…… 드릴 말씀이 있어요."

뭘 말하려는 걸까?

"용수가 위안부로 대만에 있었어요."

이 할머니가 비틀거리며 일어서더니 무덤을 붙잡고 귀를 갖다 대며 무덤 속 소리를 들으려고 했다. 김 할머니는 옆에 서서 눈물을 훔치고 있었다. 이 할머니는 통곡하며 막걸리를 무덤에 뿌리고 오징어를 올렸다.

무덤은 끝도 없이 술을 빨아들였다.

1971년에 아버지가, 1976년에 어머니가 돌아가신 다음 몇 번이나 산소를 찾았지만 위안부였다는 말을 한 것은 이날이 처음이었다. 부모님은 무덤 속에서 "용수야, 걱정 말고 잘 살아라." 하고 속삭여 주었다. 이 할머니가 내게 그렇게 말했다. 자살 미수 사건 이후 할머니의 마음은 거세게 요동치고 있었다.

다음 날 이 할머니의 방에 다시 찾아갔는데, 김 할머니와 치크댄스를 추는 할머니를 보고 깜짝 놀랐다. 일본의 원조 단체에서 보낸 테이프에서 〈동백꽃 여관(さざんかの宿)〉이라는 노래가 흘러나오고 있었다.

이 할머니가 춤추면서 말했다.

"어쩔 수 없어. 누구나 첫사랑을 하잖아. 일본 병사라도 첫사랑은 첫사랑이야."

특공대원 하시카와를 말하는 것이다.

김 할머니의 기억 속에도 좋은 감정을 가졌던 일본 병사가 딱 한 사람 있다. 두 할머니는 서로를 일본 병사로 여기고 춤을 추었다.

김 할머니의 안경 너머가 젖어 있었다. 나는 김 할머니를 대신해 이 할머니와 춤을 추었다.

할머니가 뺨을 댔다. 나는 조금이라도 하시카와가 되려고 애썼다. 그런 생각을 하니 눈물이 펑펑 솟았다.

할머니가 귓전에서 속삭였다.

"하시카와한테 내가 임질을 옮겼어. 그 사람이 저승 가는 길에 선물로 가져가겠다고 말했지."

발밑에 데생이 그려진 스케치북이 있었다. 눈동자가 부리부리하다고 생각했는데, 호소카와 총리의 얼굴이었다. 이 할머니는 데생이 취미라고 했다.

김 할머니가 서울로 돌아간다고 해서 떠나기 전날 밤에 잔치를 열기로 했다.

대구역 근처에 있는 식당에서 세 할머니와 나는 마늘을 산더미처럼 쌓아 올린 불고기를 먹었다. 연근조림과 오징어김치도 먹었다.

그러고 나서 문 할머니가 아는 사람이 한다는 식당 겸 술집의 온돌방으로 자리를 옮겼다.

문 할머니가 장구를 두드리기 시작했다. 할머니는 귀국한 다음 잠시 동안 기생이 되어 장구를 배웠다고 한다.

"보고 싶은 마음, 무서운 마음 잊어버리고……."

문 할머니가 노래를 부르자 모두 따라 불렀다.

할머니는 오른손에 쥔 대나무 채와 왼손으로 장구로 두드리며 온갖 가락을 끄집어냈다.

"구사쓰 온천 좋아요, 한번 오세요." 하고 말하더니 익살을 부리며 하카타 민요를 부르기 시작했다.

할머니들에게 이 기억은 무엇일지를 생각했다.

둥둥, 두둥둥 하고 북소리가 울리자 50년 전 기억이 둥둥, 두둥둥 하고 다가온다.

둥둥, 둥둥, 둥둥, 둥둥.

일찍이 일본군 장병들이 부르던 난잡한 노래까지 튀어나왔다.

문 할머니가 일본어로 "그거 해, 그거 해!" 하고 소리쳤다. 김 할머니와 이 할머니가 춤을 추고, 나도 함께 추었다.

"즐거운 도시, 하하하, 그리운 도시, 하하하……."

할머니들의 몸속 깊이 둥지를 튼 '일본'은 도대체 어떤 것이었을까?

몇 년이 흘러도, 없애려고 해도 없어지지 않는 아픔의 둥지 같은 그 '일본'은 무엇일까?

잔치가 끝난 뒤에 내가 말했다. 이제는 죽겠다고 하지 마십시오.

문 할머니가 장구 치던 손을 멈추더니 "약속할게." 하고 대답했다.
김 할머니도, 이 할머니도 고개를 끄덕였다.
이 할머니가 고쳐 앉더니 말했다.
"나, 어젯밤에 김 할머니하고 얘기했어. 케 세라 세라, 그렇게 살기로 했어. 안 좋은 일은 잊어버리는 거야. 어떻게든 되겠지."
다행이다, 다행이야. 케 세라 세라. 나는 할머니들의 손을 꼭 쥐었다.
케 세라 세라. 할머니들의 삶이 그 말처럼 되리라고는 결코 생각하지 않으면서, 또 우리도 절대로 그래서는 안 된다고 생각하면서, 내 아버지뻘 되는 수많은 일본 병사들의 몸을 눈물을 흘리며 만질 수밖에 없었던 손, 50년이 지나 칼로 그 모든 기억을 지우려 했던 따스하고 부드러운 손을, 나는 울면서 꼭 잡았다.

맺음말

방황과 닮은 기묘한 여행이 끝났다.

지금도 여전히 허탈의 바다에 있지만, 위장에는 이번 여행 중에 맛본 이국 음식의 파편들이 소화되지 않은 채 들러붙어 단맛, 매운맛, 쓴맛과 함께 때때로 강하게 자기 맛을 주장하면서 내게 기나긴 여로를 돌아보게 한다.

다카의 음식 찌꺼기, 피타빵, 고양이 통조림, 솜탐, 카사바, 듀공의 이빨 가루, 참새, 쌀국수, 바인자이, 독일 감옥의 식사, 되네르 케밥, 사츠카부르마, 보그라치, 옛 유고 난민용 구호 식품, 아드리아 해의 정어리, 코소보의 수도원 음식, 성수, 유엔 소말리아 활동단 각 국 부대의 휴대식, 낙타 고기와 젖, 인제라, 소금 커피, 버터 커피, 우간다 에이즈 마을의 마토케, 러시아 해군 급식, 체르노빌의 방사능 오염 식품, 로푸흐, 이투루프 섬 유치장의 카샤, 우하 수프……. 내 나약한 일본제 혀와 위장이 이 여행에서 두려움에 떨고 기뻐하면서 받아들인 음식의 종류는 헤아릴 수 없을 정도다.

이상하게 보여도 이상한 음식은 이 세상에 단 하나도 없다. 가는 곳마다 먹는 인간이 있고, 지금 그 음식을 먹는 데는 넘치도록 충분한 이유가 있으며, 먹는 것과 먹지 못하는 것을 둘러싸고 알려지지 않은 드라마가 펼쳐진다. 오로지 그 인간극의 핵심에 조금이라도 다가가기 위해 나는 각지를 돌아다니며 지나치다 싶을 만큼 유별나게 먹고 마시기를 되풀이했다.

나는 그 주인에게서 기억을 나눠 받아먹었다.

잔류 일본 병사의 인육식, 한국인 일본군 '위안부'의 가혹하고도 격렬한 음식과 삶이 바로 그런 경우다. 그 음식들은 그들의 기억에 의지할 수밖에 없었다. 그 기억을 더듬어 악몽과 환상을 이 입으로 씹어 보고서야 비로소 나는 처절하고 깊디깊은 드라마의 한 단편을 알 수 있었다. 인간의 고요한 기억 속 우물에 돌멩이라도 던지듯, 두 번 다시 되풀이할 수 없는 죄 많은 행위였다.

인간 사회의 옳고 그름, 선과 악의 가치 체계가 주로 냉전 체제의 붕괴로 무너지면서 우리는 지금 큰 주제를 잃고 있다. 오늘날의 그 어떤 모습을 그린다 해도 거기에 그려지는 것은 체계 없는 세계의 과도적인 현상에 지나지 않지 않을까?

이렇게 막연한 인식에서 나는 '먹는 인간'이라는 짧고도 형이하학적이며 까닭 없이 애잔한 인간의 주제를 발견했다. 고매하게 세상을 말하는 것이 아니라 오감에 의존해 '먹다'라는, 인간의 필수 불가결한 영역에 숨어들어 보면 도대체 어떤 광경이 펼쳐질까? 그 광경을 그린 것이 이 책이다.

귀국하고 보니, 일본의 음식 상황은 무분별한 포식에서 나름대로 자중하려는 기색이 조금씩 외롭게 생겨나고 있는 듯하다. 여행을 떠나기 전 내 예감과 그것이 겹치는지는 아직 모르겠다. 다만 음식을 둘러싼 일본의 과거와 미래의 모습이 지금까지 내가 여행지에서 본 음식 풍경과 무관하지만은 않다는 생각이 든다. 혹시나 포식의 시대가 나중에 되갚아야 할 빚처럼 공복의 시대로 변하는 것은 그리 먼 훗날의 일이 아닐지도 모른다. 내 위장은 기나긴 여정 끝에 그렇게 느끼고 있다.

닥쳐올 기근의 나날을 위해서, 사랑하는 모든 먹는 인간에게 이 책을 바친다.

1994년 5월

헨미 요

문고판 맺음말

『먹는 인간』을 위한 여행을 떠나면서 세상을 향해 뭔가를 호소할 생각이 아니었다. 애초에 나란 인간은 그와 반대로 그저 나 자신만 생각하는 사람이다. '세상을 향해 경고한다'는 것은 얼토당토않은 말이다. 이 책을 세상을 향한 경고라고 말하는 사람도 있다. 하지만 경고든 각성이든 우국이든 안타깝게도 처음부터 내 몫이 아닌 말들이고 그 말들은 내가 쓰는 말의 범위에 있지 않다. 이치를 따지려는 것은 아니지만 나는 살아 있는 내 몸의 단 1그램도 국가라는 바보 같은 환상 속에 끼워 넣거나 더할 수 없기 때문이다.

온갖 착각 속에서 국가에 자신을 덧붙이는 (최근 매우 늘어나는 듯한) 착각을 나는 주저 없이 멀리하는 버릇이 있다. 국가 단위로 사물을 생각하면 안 된다. 이 말이 내게는 생명선과도 같다. 따라서 이 여행을 계획했을 때도, 이 책이 출판되었을 때도 나는 세상을 향해 묻는다거나 이 나라에 묻는다거나 하는 고매하고 거만하게 잘난 체할 생각은 눈곱만큼도 없었다. 문고판을 펴내면서도 그 생각에는 조금도 변함이 없다. 내가 의식하는 것은 오로지 나 자신과 독자들뿐이다. 다시 읽어 보고 새삼 절실히 느낀다. 이 책은 여행을 떠나는 사람의 독백이고, 본 적도 없는 독자들을 상대로 하는 어쩔 수 없는 독백의 되풀이라고. 그것으로 충분하다. 나는 투덜투덜 영원히 혼잣말을 해야 할 테니까.

생각해 보면 나는 이 여행을 오로지 나 자신을 위해 기획했다. 사고의 화살 끝은 그 누구도 아닌 나 자신을 향해 있었다. 고백건대 병을 치료하기 위한 여행이기도 했다. 그 무렵 나는 가벼운 대인 기피증에 빠져 있었다. 정감의 상실이다. 외부 세계의 굴곡, 출렁임, 생명의 약동, 죽음과 죽음의 냄새, 격분, 살의, 비탄, 큰 재해……. 이런 압도적인 질감과 양감을 받아들이는 감각기관이 마치 눈앞이 가로막혀 버리듯 엉망이 되어 버렸다. 내게 중요한 것은 단지 직업상 필요한 자료였고, 장악할 수 있는 수치였으며, 단조로운 정보에 지나지 않았다. 인간 세계에 소용돌이치는 모든 감정을 똑같이 일정하게 그리고 무기질적인 기호로 바꿔치기했다고 말해도 좋았다.

세계는 언제나 기껏해야 신문에 실리는 몇십, 몇백 줄 기사 속에서 해석할 수 있는 대상이었으며, 데이터베이스에 입력할 수 없는 정세나 광경은 있을 수 없다는 원칙 속에서 나는 일하고 있었다. 또 세계는 그저 나라는 해석자에게 해석되기 위해서만 존재하는 것, 시차표가 달린 종이 지도 한 장과도 같은 것, 그 이상도 그 이하도 아니었다. 도대체 이 무슨 자만이란 말인가! 나는 통신사의 외신부 데스크를 맡고 있었고, 넘쳐 나는 기호 정보를 바탕으로 분노도 슬픔도 섞이지 않은 약삭빠른 얼굴로 세상을 냉정하고 재빠르게 분석하는 일이 일상이었다. 정세 하나하나의 변화에 흥분한 목소리로 표정을 드러내면 일이 진행되지 않는다는 사정도 있겠지만, 나는 어느새 부식된 싸구려 양철판처럼 지쳐 있었다. 결국 대인 기피증이 생긴 것이다.

오만함의 대가일 수도 있다. 나는 세계를 선명하게 실감하지 못하게 되었다. 때때로 세상이 투명한 비닐 막으로 빈틈없이 덮인 것처럼 여겨졌다. 또 때로는 내 온몸이 랩 같은 것에 싸여 세계로부터 차단된 것 같았다. 그곳에 있으면 눈에는 보여도 촉감이 없었다. 말하자면, 타자의 기쁨·괴로움·분노·신음이 내게는 닿지 않았다. 소리가 없고, 냄새가 없고, 손으로 만져 느낄 수 없는 자료 사진처럼 되고 말았다. 살아 있으면서 그만큼 슬픈 일은 없다. 외부 세계와 맺는 유기적 관계를 피하고 자본이나 국가의 외교를 통해 어딘지 모르게 무기적으로 접하는 것, 사실대로 말하면 타자와 맺는 관계를 철저히 회피하는 상태를 이 나라에서는 안심과 평온이라고 말하며 안태(安泰)라고 부른다는 것을 모르지는 않았다. 나라 전체가 대인 기피증을 앓고, 투명한 항균 벽으로 격리되지 않으면 주변 세계와 도저히 함께하지 못하는 병에 빠져 있는 것이다.

어느 날 나는 이 벽이나 비닐 막을 갈기갈기 찢고 싶어졌다. 당위 때문이 아니라 강한 충동 때문이었다. 내 방식대로 말하면, 신체 세포가 숨이 막힐 듯 더는 견딜 수 없다고 일제히 소리를 지르며 음침한 비닐하우스에서 한시라도 빨리 탈출시켜 달라고 내게 애원한 것이다. 지금도 이 나라의 지나친 정보화는 아마도 지나친 상품화, 지나친 소비화와 마찬가지로 인간이 타고난 시스템과 리듬에 맞지 않는다고 생각한다. 서서히 반죽음 상태로 만드는 폭력과도 비슷하다. 설령 비린내가 나고 쓰레기 냄새가 나고 썩어 버려 죽음의 냄새가 난다 하더라도, 나는 인간세계의 바람다운 바람을, 냉풍기 바람이 아닌 제대로 된 바람을 몸속에 불어 넣고 싶어졌다. 몸속에 꽉 들어찬 자료나 수치나 분석 정보들을 남김없이 토해 버리고, 꽉 막혀 있던 모든 감각기관을 되살리고 싶어졌다. 출발할 때는 이런 의식이 분명하지 않았지만, 신체성을 회복하는 것도 기나긴 여행의 큰 목적 가운데 하나였다고 생각한다.

'먹다'라는 주제는 이런 의미에서 깊이를 재는 도구 같은 것이었다. 나와 타인의 위장 안 어둠 속으로 그것을 내려 보면 인간세계의 수수께끼 같은 깊이가 조금은 보이지 않을까? 무엇보다 나와 타인 사이에 존재하는 신체성의 굉장한 낙차를 온몸으로 알 수 있지 않을까? 이렇게 막연하게 생각했다. 그만큼 나는 신체라는 것을 의식하지 않을 수 없었다.

실제로는 좌충우돌이 잇따른 여행이었지만, 무의식의 지침 같은 것이 하나 더 있었다. 그것을 기록하기가 사실 왠지 쑥스럽다. 솔직히 격에도 맞지 않는다는 생각이 든다. 잠언이나 인생론, 교훈이 담긴 문구나 경구 같은 것을 나는 아주 질색한다. 나는 금언이나 격언이 귀에 거슬리는 사람이다. 하지만 문고판 간행을 앞두고 용기를 내어 간단히 써 볼까 한다. 나는 여행 중에 종종 이런 말을 떠올렸다.

"보이지 않는 모습을 보아라. 들리지 않는 소리를 들어라."

쓰고 보니 역시나 잠언처럼 들려서 쑥스럽다. 옛날에 내가 통신사 기자로 일한 지 얼마 안 되었을 때, 어느 중국 노인에게서 들은 말이다. 이런 뜻을 담은 아포리즘이라면 이것 말고도 많은 사람이 말했을 것이다. 진부하다고 할 수도 있다. 하지만 지금은 고인이 된 그 이름 없는 노인은 중일전쟁 때부터 오랫동안 저널리즘의 세계를 경험한 사람으로서 만감이 담긴 이 말을 새내기 기자였던 내게 전했다. 특종 경쟁에서 공적을 세우고 있던 나는 이 말을 곧 잊었고, 눈에 확실히 보이지 않는 것들은 대체로 묵살했고, 또렷이 들리지 않는 소리에 귀를 기울이지도 않았다. 그것을 나는 여행 중에 배 위에서, 차 안에서, 취재가 안 돼 술을 진탕 마신 이름 모를 거리의 술집에서 절절히 되돌아보았다. 은근히 권위적인 목소리로 세계의 매크로 정세를 잘난 체하며 말하는 데 지쳐 버린 끝에 나온 반동이었는지도 모른다. 어느 날, 애써 주의를 기울이지 않으면 스치기 쉬운 흐릿한 풍경이나 사람의 표정이 터무니없이 소중하게 여겨졌다. 세세함, 세세함, 세세함! 세세함만이 중요하고, 세세함이 겹치고 겹쳐 시시한 내 세계의 모습을 뒤집어 버려도 좋다. 여행길 곳곳에서 스스로에게 이렇게 몇 번이나 말했던가! 세계에는 아직 기록되거나 분류되거나 등록되거나 동정받지 못한, 앞으로도 그럴 것 같지 않은 마이크로의 슬픔이 헤아릴 수 없이 많다고 확신했다.

이 생각의 연장선상에서 지극히 상식적인 내 '중심 의식'은 모조리 무너졌다고 해도 좋다. 세계에 중심적 장소가 몇 군데 있고 그에 따르는 주변의 연결 고리가 있다는, 파워 게임을 중시하는 매스컴 세계의 이미지는 여행이 깊어짐에 따라 어느새 어딘가로 사라져 버린 것이다. G7을 중심으로 한 세계관이 진심으로 바보 같아 보였고, 바닷가에 아이가 지은 모래성 같다는 생각마저 들었다. 이를 특별히 자각한 것은 책에 등장하는 소말리아 모가디슈에서 마른 나뭇가지 같은 소녀를 만났을 때다. 굶주린 나머지 얼마 안 있어 죽을 모습으로 내 눈앞에 존재한 파르히아 아하메드 유스프. 그곳에 지금 세상의 눈에 띄지 않는 중심이 있다고 생각했다. (이런 것이 필요하다고는 생각하지 않지만) 세상의 중심이라고 표시하는 거대한 기념물을 세울 장소는 워싱턴 DC도, 런던도, 도쿄도 아닌 바로 그곳이라고 생각했다. 단순한 감상이 아니다. 목소리도, 눈물도 나오지 않고 시력마저 사라진 그녀의 얼굴은 선진국 정상들의 수상쩍고 억제된 얼굴과는 비교할 수도 없으며 성스러울 정도로 아름다웠기 때문이다.

곳곳에서 나는 세상의 중심을 보았다. 그곳에는 신과 같은 사람들이 살고, 악마와 같은 사람들이 생활하고, 저마다 예외 없이 먹고 있었다. 그들의 '보이지 않는 모습'을 충분히 글로 남겼는지, '들리지 않는 목소리'를 충분히 들었는지 나는 전혀 자신이 없다. 물론 반성을 많이 했다. 어쨌든 최대공약수와 같은 상식을 전제로 하는 신문용 원고를 써야 했기에 집필하면서 손과 발이 묶여 버린 듯한 기분을 느꼈다. 하지만 나는 열중했다. 보는 것에 열중하고, 듣는 것에 열중하고, 쓰는 것에 열중하고, 살아남는 것에 열중했다. 글을 쓰면서 이어 가는 이 여행의 진정한 목적은 사건을 만나지 않고 사고에 휘말리지 않고 보기 좋게 끝내는 것뿐이라고 생각하면서 사건, 사고에 얽혀드는 것을 두려워한 한심한 시기도 있다. 그리고 나는 무사히 돌아왔다. 거의 제 모습을 갖춘 채로. 남 일처럼 말한다면 괜찮은 이야기였다. 하지만 정말로 괜찮은 이야기였는지, 나는 요사이 한밤중에 자문할 때가 있다.

분명히 이 여행은 내 신체성을 꽤 회복할 수 있게 해 주었다고 생각한다. 꽉 막혀 있던 숨구멍도 대부분 열렸다. 감각기관도 활발해졌다. 하지만 그것은 여행의 일시적 효능에 지나지 않았다고 독자들에게 고백하지 않을 수 없다. 내가 날아 돌아온, 이 고도의 소비 자본주의 국가는 어설픈 모습이 아니다. 일본에 복종하지 않는 감성을 교묘히 빼앗고, 무(無)로 만들어 버리고, 균질화하는 것에 관해서는 어쨌든 경이로운 능력이 있기 때문이다. 모든 가치와 의미가 상품화나 소비로밖에 환원하지 않기 때문에, 사람이 먹고사는 일의 본래 가치와 의미를 전부 하나하나 벗겨 버린 이 열도에서는 신체성의 회복이라는 생각조차 상품화할 수 있는 허구가 될 뿐이다. 귀국 뒤에 이런 허무를 계속 느꼈다. 그리고 3년 남짓한 시간 동안 한밤중에 잠이 깨 바라보는 거울 속 내 얼굴은, 기분 탓인지, 아무것도 먹지 않고 아무것도 보지 않고 아무것도 듣지 않은 사람이었다. 말 그대로 아무것도 없는 텅 빈 얼굴로 보여 소름이 끼쳤다.

경험의 풍화라고 말할지도 모른다. 나는 그것이 너무나도 분해서 이따금 오랜 여행의 흔적을 내 몸에서 끊임없이 찾으려고 한다. 입안을 들여다본다. 출발 전에 이 네 개가 뽑혀 있었었다. 여행 중에 두 개가 없어졌다. 귀국 직후, 또 하나가 빠졌다. 지금은 의치가 총 일곱 개 끼워져 있다. 그래도 여행의 증거라는 확신을 가질 수 없다. 분명한 기억은 오히려 이 살갗 밑에 있는 것 같다. 한창 여행하던 중에 만나서, 내가 그렇게 하려고 의식하지도 않았는데 살갗 밑에 자연스럽게 박혀 버린 듯한 얼굴이다. 특히 죽은 사람들의 얼굴, 이미 죽었다고 생각되는 사람들의 얼굴, 비쩍 마른 얼굴, 원망스러워하는 얼굴, 엷게 웃음 띤 얼굴, 무표정한 얼굴……. 확인할 길은 없지만 파르히아의 생명은 내가 그곳을 떠나고 얼마 되지 않아 사라져 버렸을 것이다. 「바나나 밭에 별이 쏟아지다」에 등장하는 나카부코와 나사카도 이제 이 세상에 없을 것이다. 하지만 자홍색 얼굴은 내 몸에 박혀 있다. 어찌된 일인지 뺨이나 이마에 파리가 붙은 채로. 그곳에서 죽어 가는 자의 얼굴에는 파리가 끈질기게 들러붙어 있으려고 하는구나, 하는 생각이 지금도 새벽에 불현듯 떠오를 때가 있다. 「그날의 기억을 지우려고」에 등장하는 문옥주 할머니는 1996년 10월에 돌아가셨다. 군 위안부 시절과 귀국 후, 총 두 번에 걸쳐 자결을 시도하고 결국 미수에 그친 끝에 찾아온 애통하고도 참을 수 없이 안타까운 죽음이다. 그녀가 치던 장구 소리는 지금도 내 귓속에 머물러 있고, 깊이 체념한 그 얼굴은 내 살갗 밑에 박혀 있다.

이 책에는 나오지 않지만, 아프리카 취재에 큰 도움을 준 교도통신의 전 나이로비 지국장 누마사와 히토시(沼沢均)가 내가 귀국하고 나서 9개월쯤 지난 1994년 12월에 취재차 나이로비에서 자이르의 고마로 가던 중 비행기 사고로 세상을 떠났다. 그는 나를 위해 소말리아와 우간다 취재를 준비하고 현지로 동행했으며 모가디슈에서는 나와 총탄 밑에 몸을 숨기기도 했다. 아프리카 편의 한 줄 한 줄은 업무를 넘어선 그의 우정과 용기에 힘입어 완성되었다. 그의 천진한 웃음도 내 몸 안에서 오래오래 살아갈 것은 말할 필요도 없다.

그러고 보면 『먹는 인간』을 위한 여행 곳곳에서 만난 얼굴, 얼굴, 얼굴의 기억만큼은 내 몸속에 깊이 새겨져 있다. 아직 기억을 아름답게 깎고 다듬을 때는 아니다. 왜냐하면 나는 수많은 비극을 곁눈질로 스치며 여행을 계속했고, 비극에서 비극으로 건너간 끝에 마침내 지금 이렇게 태연히 살아 있기 때문이다. 나는 이 자책과 비슷한 감정에서 벗어날 수 없다. 이렇게 느끼는 한 이 여행은 아직 끝나지 않은, 아니, 적어도 정신적으로는 도저히 끝낼 수 없는 것이다. 예전에는 나름대로 제대로 여행자 모습을 갖췄던 나는 이제 어디에도 뿌리가 없는 사람에 가까워졌다. 아마 내가 몸속에 새겨 넣은 얼굴들이 그렇게 시키고 있는지도 모른다. 나는 또다시 기나긴 여행을 떠날 듯한 예감을 가슴에 품고 비틀거리며 도쿄 거리를 걷고 있다. 어디에도 닿지 못하고, 어떤 평온한 것에도 다다를 수 없는 나의 여행은 죽을 때까지 계속될 것만 같다.

마지막으로, 이 책에서 다루는 세계정세의 최근 3년간 주요 변화에 대해 간략히 기술하겠다. 먼저 구 유고슬라비아의 분쟁은 북대서양조약기구(NATO)군의 대규모 공중폭격에 따라 세르비아인 무장 세력이 점차 힘을 잃을 수밖에 없어졌다. 결국 1995년 12월에 분쟁 3파가 파리에서 평화협정에 조인하고, 미국·영국·프랑스·독일 등의 군으로 구성된 평화집행부대의 감시하에 어느 정도 평화 상태에 이를 수 있었다. 소말리아에서는 유엔 평화집행부대와 아이디드 장군파의 전투로 많은 사람이 사상당했지만, 1995년 3월까지 평화집행부대를 구성하고 있던 미군을 비롯한 모든 외국 군이 어떤 평화적 성과도 올리지 못한 채 전면 철수했다. 아이디드 장군은 1996년 8월에 국내 무장 세력과 전투하다가 입은 부상으로 사망했다. 또 이 책의 마지막 편인 「그날의 기억을 지우려고」에 관한 움직임으로는 1997년 1월에 '새로운 역사 교과서를 만드는 모임'이 발족한 것을 들 수 있다. 이 모임은 '자학 사관(自虐史觀)'이라는 것에 반대하고, 군 위안부의 강제 연행을 뒷받침하는 자료는 발견되지 않았다면서 역사 교과서에 군 위안부 문제를 실으면 안 된다는 주장을 펴고 있다. 이 모임과 거기 찬동하는 자들의 의견에 대한 내 생각은 이 책의 마지막 장에 거의 다 담았다고 보기 때문에 다시 덧붙이지 않겠다.

문고판을 펴내면서 이 책에 등장한 주인공들 모두에게 다시 감사의 마음을 올리고 싶다. 또한 신문에 연재할 때부터 많은 도움을 준 교도통신의 모든 관계자, 특히 내 취재에 장기간 동행하며 사진 촬영을 맡았을 뿐만 아니라 기획 내용 전반에 걸쳐 다양한 의견을 제시해 준 기미나미 쇼지(君波昭治), 사카이 마코토(酒井充), 사카 히토네(坂仁根)와 교도통신 출판국의 기무라 다케히사(木村剛久), 후쿠마 마사즈미(福間正純), 다무라 노리코(田村典子) 등 여러 분의 노력에 다시 경의를 표하며 진심으로 감사의 말을 전한다. 문고판 편집은 가도가와 출판사의 다테 유리(伊達百合), 에자와 노부코(江澤伸子)의 도움을 받았다. 진심으로 감사의 말을 전한다.

1997년 5월

헨미 요

옮긴이의 말

“짐승은 먹이를 먹고, 사람은 음식을 먹는다. 교양 있는 사람만이 비로소 먹는 법을 안다.”

프랑스의 법관이자 미식가였던 브리야사바랭이 『미식 예찬』에서 한 말이다. 하지만 헨미 요는 사람도 가끔 짐승과 다름없이 ‘먹이를 먹는다’고 말한다.

짐승의 먹이와 사람의 음식에는 어떤 차이가 있을까? 헨미 요가 말하는 ‘가끔’이 언제인지, 어떤 상황인지 우리는 『먹는 인간』을 읽는 내내 확인할 수 있다. 잔반(殘飯)을 먹는 방글라데시의 빈민, 필리핀 산속에서 인육을 먹은 태평양전쟁기의 일본 병사들, 쾌락은 죄이기에 살기 위한 최소한의 음식만 먹는 코소보의 데차니 수도원 수도사들,

영양실조와 결핵으로 앙상한 나뭇가지같이 마른 소말리아의 열네 살 소녀, 에이즈에 감염되었지만 달리 먹일 게 없어 아기에게 젖을 물리고, 그 젖을 빠는 우간다의 엄마와 아기, 군대 내 폭력을 피해 도망갔다가 복귀가 두려워 비누를 먹다 죽은 러시아 해군 신병, 원자력발전소 사고가 났지만 살기 위해 그곳의 음식을 먹을 수밖에 없는 체르노빌 사람들, 끼니를 잇기 힘들어 열 살의 어린 딸을 길거리에서 구걸하게 하는 러시아의 여성, 죽지 못해 먹을 수밖에 없었던 위안부 할머니들……. 처절하고 절박한 삶의 장면들에 가슴이 먹먹해진다.

『먹는 인간』은 교도통신 외신부에 재직하고 있던 헨미 요가 1992년부터 1994년까지 2년 남짓 세계 여러 지역의 사람과 음식에 얽힌 이야기를 취재한 논픽션으로 지금까지도 많은 사람에게 회자되는 저자의 대표작이다. 유능한 저널리스트였던 저자는 어느 날 갑자기 삶에 회의를 느꼈다고 한다. 세상을 늘 거시적으로만 바라보는 기자의 직업적 습성에 물려 버린 그는, 그에 대한 반동으로 미미하고 세세한 것, 무관심하게 스쳐 지나온 것들을 자신의 눈으로 보고, 몸으로 느끼고자 세계 여행을 떠난다. 이 여행기를 담은 신문 연재는 당시부터 화제를 불러 모았고, 1994년에 단행본으로 출간되자마자 더 큰 반향을 일으키며 베스트셀러가 되었다.

글 전체를 관통하는 주제는 식(食)과 생(生), 다시 말해 먹는 행위를 둘러싼 천태만상의 인간 모습을 통해 삶이 진정 무엇인지를 묻는다. 지금은 그야말로 탐식의 시대다. 미식이니 건강식이니 하며 먹거리에 관심이 많아졌을 뿐 아니라 TV를 틀면 요리 프로그램이 넘쳐난다. 하지만 이 책은 전쟁, 기아, 재해 같은 분쟁 속에서 하루하루 끼니를 잇고 살아가는 사람들의 이야기로 미식 예찬의 정 반대편에 놓여 있다고 할 수 있다.

취재의 배경은 격동의 세기라고 하는 20세기가 끝나고 새로운 세기가 시작될 무렵이지만, 지구촌 곳곳에는 여전히 '먹이를 먹는' 인간의 모습이 많이 남아 있다. 20여 년이 지난 지금은 어떨까? 그보다 더 나은 세상이 되었을까? 그렇지는 않아 보인다. 가까운 일본에서는 후쿠시마 원자력발전소 사고가 일어났고, 위안부 할머니를 둘러싼 문제는 아직도 제자리걸음이다. 미얀마의 로힝야족을 비롯해 난민으로 불안한 삶을 살아가는 사람들이 넘쳐 나고, 종교를 둘러싼 분쟁도 끊이지 않는 등 세계 곳곳은 여전히 불안정하고 위태로운 상황에 직면해 있다.

『먹는 인간』을 번역하면서 특히 인상 깊었던 것은 결코 포기하지 않고 취재 목표를 파고드는 기자 특유의 집요함이었다. 저자는 읽기만 해도 가슴이 졸아들 정도로 위험하고 살벌한 분쟁 지역에서도 몸을 아끼지 않고 현장에 뛰어들어 식(食)과 생(生)에 얽힌 한 사람 한 사람의 이야기를 건져 올린다.

인간에 대한 저자의 깊은 애정과 따뜻한 마음도 여운을 남긴다. 취재를 다니면서 저자는 저항할 수 없는 역사의 흐름에 무력하게 내맡겨진 사람들에게 집중하면서 그들의 먹는 행위를 끈질기게 쫓아간다.

그 과정에서 비로소 세상에서 가장 약하고 소외된 사람들의 이야기가 드러난다. 먹는다는 것은 산다는 것이다. 그러니 먹는 행위의 본질을 파고 들어가 보면 인간 본래의 모습을 알 수 있지 않을까.

지금은 지구 반대편에 있는 사람들과 실시간으로 이야기를 나누고 무엇이든 공유할 수 있다. 이렇듯 세계는 손에 닿을 듯 가까워지는데 타인에 대한 우리의 감각은 오히려 점점 무뎌져 가는 듯하다. 수백, 수천 명이 죽는 일이 벌어져도 그 사건이 미칠 파장이나 영향에 신경을 쓸 뿐, 정작 고통 받는 사람들에게는 관심을 두지 않는다. 후쿠시마 원전 사고를 보도하는 언론을 향해 영화감독이자 작가인 기타노 다케시(北野武)는 이렇게 말했다. "이것은 2만 명이 죽은 하나의 사건이 아니다. 한 사람이 죽은 2만 개의 사건이다." 거대한 소용돌이에 휩쓸린 한 무리가 아니라 파고를 견디고 있는 한 사람 한 사람의 이야기에 우리는 더 다가가야 하지 않을까? 그것이 슬픔과 아픔을 나누는 진정한 방법이 아닐까? 이 책이 그런 깨달음을 얻는 데 작은 도움이 되었으면 한다.

2017년 2월 5일

박성민

먹는 인간

식食과 생生의 숭고함에 관하여

초판 1쇄 발행 2017년 3월 13일
초판 5쇄 발행 2022년 5월 30일

지은이 | 헨미 요
옮긴이 | 박성민
교정교열 | 김정민
디자인 | 여상우

펴낸이 | 박숙희
펴낸곳 | 메멘토
신고 | 2012년 2월 8일 제25100-2012-32호
주소 | 서울시 은평구 연서로26길 9-3, 동양오피스텔 301호
문의전화 | 070-8256-1543 팩스 | 0505-330-1543
이메일 | mementopub@gmail.com

ISBN 978-89-98614-39-3 (03830)

이 도서의 국립중앙도서관 출판예정도서목록(CIP)은 서지정보유통지원시스템 홈페이지(http://seoji.nl.go.kr)와 국가자료공동목록시스템(http://www.nl.go.kr/kolisnet)에서 이용하실 수 있습니다. (CIP제어번호: CIP2017004339)